Die Stunde des Löwen

D1917868

Alexander Köhl, Jahrgang 1965, war nach dem Studium der Betriebswirtschaftslehre viele Jahre Unternehmer. Heute arbeitet er als freier Schriftsteller und lebt mit seiner Frau in der Nähe von Frankfurt. Seine beiden ersten Romane »Victors Schützling« (2004) und »Schatten im Garten Eden« (2005) wurden im Prolibris Verlag veröffentlicht. Danach erschienen im Rowohlt Taschenbuch Verlag »Wundmale« (2009) und »Opfertier« (2010). Neben Kriminalromanen schreibt Alexander Köhl auch Kurzgeschichten. Mehr Informationen zum Autor unter: www.alexander-koehl.de

Dieses Buch ist ein Roman. Handlungen und Personen sind frei erfunden. Ähnlichkeiten mit lebenden oder toten Personen sind nicht gewollt und rein zufällig.

ALEXANDER KÖHL

Die Stunde des Löwen

FRANKFURT KRIMI

emons:

Bibliografische Information der Deutschen Bibliothek
Die Deutsche Bibliothek verzeichnet diese Publikation
in der Deutschen Nationalbibliografie; detaillierte bibliografische
Daten sind im Internet über http://dnb.d-nb.de abrufbar.

© Hermann-Josef Emons Verlag
Alle Rechte vorbehalten
Umschlagmotiv: photocase.de/jameek
Umschlaggestaltung: Tobias Doetsch
Gestaltung Innenteil: César Satz & Grafik GmbH, Köln
Druck und Bindung: CPI – Clausen & Bosse, Leck
Printed in Germany 2013
ISBN 9-783-95451-160-0
Frankfurt Krimi
Originalausgabe

Unser Newsletter informiert Sie
regelmäßig über Neues von emons:
Kostenlos bestellen unter
www.emons-verlag.de

Dieser Roman wurde vermittelt durch die Autoren- und Verlagsagentur
Peter Molden, Köln.

Für Andrea

In your room
Where time stands still
Or moves at your will
Will you let the morning come soon
Or will you leave me lying here
In your favourite darkness
Your favourite half-light
Your favourite consciousness
Your favourite slave
»In Your Room«, Depeche Mode

PROLOG

Der Kartoffelsack über seinem Kopf versperrte ihm die Sicht. Vorsichtig versuchte er, die Hände zu bewegen. Doch wegen der straff angezogenen Kabelbinder gelang das nur millimeterweise. Durch den Stoff seines Bademantels spürte er rechts von sich die Plastikverschalung der Wagentür, links den bulligen Körper eines nach Schweiß riechenden Mannes. Angst hatte er trotzdem keine.

Osteuropäische Volksmusik dröhnte aus den Lautsprechern. Sentimental klingende Männerchöre, von Balalaikas und Trommeln begleitet. Hinter seiner Stirn brach ein Krieg aus. Doch sie bitten, den Lärm leiser zu stellen, wollte er nicht. Stattdessen versuchte er, das Pochen in seinem Schädel zu ignorieren und sich in Erinnerung zu rufen, wie er in diese katastrophale Lage geraten war.

Da war dieses Geräusch gewesen. Hinten an der Tür zum Garten. Ein Scharren, als ob sich jemand am Schloss zu schaffen machte. Er hatte sofort gewusst, dass etwas nicht stimmte. Hatte intuitiv das Licht gelöscht und in der Stille ausgeharrt. Doch dann, nachdem es eine Weile ruhig geblieben war, hatte er den Fehler begangen. War wie ein Anfänger zur Terrassentür geschlichen und hatte in den nur vom Mondlicht beschienenen Garten gespäht. Die kahlen und verkrüppelt wirkenden Silhouetten der Apfelbäume und die aus der Form geratene Hecke, durch die ständig der Wind strich – ein gewohntes Bild. Auf der puderzuckrigen Schneeschicht, die den Rasen bedeckte, waren die Spuren eines Marders zu sehen gewesen. Sonst nichts. Eine Winternacht wie schon Abertausende zuvor. Und doch war etwas anders. Minuten später hatte er den Schlüssel im Schloss herumgedreht und zwei, drei Atemzüge lang die klare Nachtluft in sich eingesogen, dann den heftigen Schlag gespürt.

»Was wollt ihr von mir?«, fragte er jetzt mit leiser Stimme, doch auf eine Antwort wartete er vergeblich. »Hey, wo fahrt ihr mit mir hin?«

Plötzlich hörte der neben ihm auf, das osteuropäische Gedudel mitzusummen, und rief dem Fahrer etwas zu, was er nicht verstand.

»Wohin bringt ihr Kerle mich?«, rief er nun deutlich lauter.

»In den Wald. Tief in den Wald«, grunzte der Koloss an seiner Seite und drückte ihm durch den Kartoffelsack einen Kuss aufs Haupt.

Dass sie ihm die Sicht nahmen, hatte auch seine gute Seite. Sie befürchteten, später von ihm erkannt zu werden. Daraus schloss er, dass sie nicht vorhatten, ihn zu töten. In dem Fall wäre jegliche Vorsichtsmaßnahme überflüssig. Ihm Angst einzujagen war ihr Ziel. Auf Knien um Gnade winseln sollte er und hoch und heilig versprechen, sich in Zukunft aus den Angelegenheiten anderer herauszuhalten.

»Ich muss mal«, hörte er sich auf einmal sagen.

»Kannst du gleich in Hose pissen. In Wald, aber nix in Auto«, erwiderte der Fahrer.

Nach einer Weile drosselte der Wagen die Geschwindigkeit und nahm tatsächlich eine Abbiegung in einen Wald- oder Feldweg. Das Geräusch von an den Unterboden schlagenden Steinchen oder Eisklumpen mischte sich unter die laute Musik. Von der Fahrt über den unebenen Weg wurde sein Oberkörper hin- und hergeschleudert. Eine Vorstellung, wo sie sich befanden, hatte er keine.

Hinter einer scharfen Rechtskurve hielt der Wagen abrupt an. Das Motorengeräusch erstarb und mit ihm der Lärm aus den Lautsprechern. Im ersten Moment empfand er die Ruhe als Wohltat. Doch plötzlich öffnete sich neben ihm die Wagentür. Aus der Ferne erklang der Schrei eines Nachtvogels. Sonst war kein Laut zu hören. Da er ihm offenbar nicht schnell genug ausstieg, wurde er von dem Koloss ins Freie gestoßen. Er stolperte durch den knöcheltiefen Schnee. Seine Füße wurden nass. Im Bademantel und in den Pantoffeln würde er sich die Erkältung des Jahrhunderts holen, befürchtete er. Idiotisch, dass er in so einem Moment an seine Gesundheit dachte. Als sei das sein größtes Problem: die nächsten Tage mit honiggesüßtem Tee das Bett hüten zu müssen.

Er hörte seine Entführer miteinander tuscheln. Dann packte ihn der Koloss am Revers des Bademantels und zerrte ihn einen Trampelpfad entlang. Durch den grobmaschigen Stoff des Kartoffelsacks konnte er das Aufblitzen einer Taschenlampe sehen. An einer abschüssigen Stelle verlor er den Halt. Ein, zwei Meter rutschte er einen Abhang hinunter, bis ein Baumstamm ihn bremste. Gestrüpp riss an seinem Oberschenkel die Haut auf. Das linke Bein schmerzte. Doch noch bevor er sich die betroffene Stelle reiben konnte, waren sie wieder bei ihm und zogen ihn auf die Füße. Die Männer lachten, während sie ihn auf den Trampelpfad zurückführten.

Nach weiteren etwa hundert Metern Fußmarsch sagte der Fahrer: »Hier gut.«

Der Koloss gab lediglich ein Grunzen von sich.

Sekundenlang machten sich die beiden an einem Baum zu schaffen. Im Geäst über ihm raschelte es. Es klang, als ob etwas nach oben geworfen würde. Doch ehe ihm dämmerte, was das sein könnte, wurde ihm auch schon der Sack vom Kopf gerissen. Der Koloss – ein übergewichtiger Mann mit ausgeprägter Stirn und dichten, zusammengewachsenen Augenbrauen – glotzte ihn mit teilnahmsloser Miene an. Er wurde an den Schulterblättern gepackt und mit einem Ruck herumgedreht. Jetzt hatte er den Fahrer im Blick. Auffällig an ihm war der Ringfinger an seiner linken Hand. Er fehlte. Seine wasserstoffblond gefärbten Haare trug er vorne kurz und nach hinten hin abgestuft. Die graublauen Augen des Mannes fixierten ihn. Ein Machtspiel. Mit größter Mühe hielt er dem Boxerblick stand. Nun würden sie damit herausrücken müssen, was der ganze Hokuspokus sollte. Doch auf einmal setzte der Wasserstoffblonde ein breites Grinsen auf. Da begriff er plötzlich, was es bedeutete, dass man ihn vom Kartoffelsack befreit hatte. Schreien wollte er, doch es ging nicht. Eine Schlinge wurde von hinten über seinen Kopf gestreift. In Panik machte er einen Schritt nach vorne. Das Seil straffte sich und zog ihn in die Höhe, bis er auf Zehenspitzen unter dem Baum stand.

»Du jetzt beten.«

Er schüttelte den Kopf und versuchte, seine gefesselten Arme zu heben.

»Du jetzt beten!«, brüllte der Wasserstoffblonde und trat ganz dicht an ihn heran.

Als er den Atem des Mannes auf seinem Gesicht spürte, ließ er die Arme sinken. Nicht einmal das Vaterunser fiel ihm mehr ein. Stattdessen dachte er an Felix und ob er damals das Opfer einer ähnlich grausamen Tat geworden war.

Vier Tage zuvor

EINS

Jonas Fremden erreichte Bad König gegen zehn Uhr morgens. Während er die fünf Sandsteinstufen des Fachwerkhauses emporstieg, wurde er von der Einfahrt des Nachbargrundstücks aus beobachtet. Ein auf eine Schneeschaufel gestützter Mann starrte grimmig zu ihm herüber.

Bevor Fremden die Eingangstür öffnete, hielt er einen Moment lang inne. Mit den Fingerspitzen fuhr er über das an die Hauswand geschraubte Emailleschild. *»Jonas Fremden, Private Ermittlungen«.* Es war ein merkwürdiges Gefühl, nach so vielen Jahren an diesen Ort zurückzukehren.

Als er über die Schwelle trat, empfing ihn ein modriger Geruch. Im Flur standen alte Möbel. Fast ausnahmslos Stücke aus billigem Pressspan mit Sechziger-Jahre-Furnier. Staubpartikel wirbelten durch die Luft, während er sich in Richtung Küche in Bewegung setzte.

Über dem Türrahmen hing noch die Uhr mit dem Maggi-Schriftzug. Hinter der Keramikspüle, die von einem langen Haarriss durchzogen war, klebten Fliesen mit hellblauem Muster. Am Fenster stand unweit des Bollerofens ein eierschalenfarben lackierter Holztisch mit zwei dazu passenden Stühlen. Auf denen hatten sie gesessen, als sein Onkel ihm von seinen obskuren Fällen erzählt hatte. Damals war er noch ein Junge gewesen, und das Haus mit seinen wuchtigen Möbeln hatte groß und herrschaftlich auf ihn gewirkt. Die Erinnerung an das Mondäne musste ihn wohl begleitet haben, als er sich am Morgen hierher auf den Weg gemacht hatte.

Vor dem Kühlschrank klebte eine bräunliche Lache auf dem Boden. Nichts Gutes ahnend, öffnete Fremden die Kühlschranktür. Ein grün-weißlich verschimmelter Klumpen präsentierte sich ihm auf dem obersten Einlegeboden. Auf den Tag genau vor vier Wochen war sein Onkel tot umgefallen. Einfach so, von jetzt auf gleich. Hirnblutung, hatte der Arzt post mortem diagnostiziert. Seitdem hatte offenbar keine Menschenseele mehr das Haus betreten.

Im Wohnzimmer kämpfte sich die Sonne durch ungeputzte Fenster. Ihre Strahlen fielen auf schwere Polstermöbel und auf die zahlreichen an den Wänden hängenden Bocksgeweihe. Eine Wand war ausschließlich für die Puzzles reserviert. Das Schloss Neuschwanstein, ein herbstlicher Wald sowie Kätzchen und Häschen, die sich mit weit geöffneten Augen über die Jagdtrophäen zu empören schienen. Puzzeln war ein Hobby, dem sein Onkel jahrzehntelang mit großer Leidenschaft gefrönt hatte.

Nach etwa einer halben Stunde hatte Fremden die Erstinspektion abgeschlossen. Frustriert ließ er sich im Wohnzimmer in einem der Polstersessel nieder. Im ersten Stock sah es fast noch schlimmer aus als im Erdgeschoss. Neben einem Uraltbad mit rostigen Wasserhähnen und einem vollgerümpelten Gästezimmer hatte er noch das Schlafzimmer vorgefunden, dessen Interieur er am besten en bloc entsorgte. Das einzig Brauchbare dort war die Digitalkamera, die nebst Ladegerät im Nachttischschränkchen lag. Der Zustand des Dachs hatte ihn jedoch am meisten geschockt. Gleich an mehreren Stellen war es undicht. Schmelzwasser tropfte in Bottiche, die unter schadhaften Ziegeln standen.

Während Fremden überlegte, was er mit dem heruntergekommenen Haus machen sollte, fiel sein Blick auf das Spirituosenschränkchen mit zwei einsamen Schnapsflaschen hinter der Glasscheibe. Auf der Abdeckplatte stand ein Foto, das seinen Onkel mit drei weiteren Jägern zeigte. Daneben eines von seinem Vater, das vor mindestens vierzig Jahren aufgenommen worden war. Die Farben waren verblichen, und das Fotopapier wellte sich bereits hinter dem Glas. Mit dem Vollbart hatte sein Vater dem ehemaligen RAF-Terroristen Stefan Wisniewski damals zum Verwechseln ähnlich gesehen. Heute war er ein biederer und verbitterter Griesgram, der ihm wohl niemals verzeihen würde, wie die Sache mit Felix gelaufen war.

Ein schepperndes Klingeln an der Haustür riss Fremden aus seinen Gedanken. Intuitiv tippte er auf den mit der Schneeschaufel bewaffneten Nachbarn, der sich vermutlich beschweren wollte, dass in den vergangenen Wochen der Gehweg nicht geräumt worden war.

Doch nachdem er die Tür geöffnet hatte, sah er sich einem etwa vierzigjährigen Mann gegenüber, der in einen langen grauen Mantel gehüllt war. Mit seiner rechten Hand stützte er sich auf einem Gehstock ab.

»Sind Sie Jonas Fremden?«, erkundigte sich der Mann, dessen schwarzes unter der Hutkrempe hervorlugendes Haar einen seltsamen Kontrast zu seiner hellen pergamentartigen Gesichtshaut bildete.

Als Fremden nickte, fuhr sich der Mann mit den Fingern über sein schmales Clark-Gable-Bärtchen und lächelte. »Verzeihen Sie, dass ich Sie so unangemeldet überfalle. Vergangene Woche habe ich ein paarmal versucht, Sie telefonisch zu erreichen. Doch es hat nie jemand abgehoben. Und ein Anrufbeantworter hat sich auch nicht gemeldet.« Der Mann musterte ihn einige Sekunden lang mit eigentümlich starrem Blick, dann sagte er: »Merkwürdig, ich hatte Sie mir um einiges älter vorgestellt. Gestatten Sie, dass ich eintrete? Ich würde gern etwas mit Ihnen besprechen.«

»Um ehrlich zu sein«, erwiderte Fremden zögerlich, ohne aufzuklären, dass der Mann ihn mit seinem gleichnamigen Onkel verwechselte, »bin ich momentan nicht auf Besuch eingestellt. Mit wem, bitte schön, habe ich denn die Ehre?«

»Verzeihen Sie. Wie unhöflich von mir. Ich habe mich Ihnen noch gar nicht vorgestellt.« Aus der Innentasche seines Mantels holte der Mann eine Visitenkarte, die er Fremden reichte. *»Pietät Bruckner KG, Fachgeprüfte Bestatter, Klaus Bruckner Geschäftsführer«*, stand auf dem cremefarbenen Papier. In der unteren Hälfte des Kärtchens waren die Adresse im Frankfurter Bahnhofsviertel, die Telefon- und Faxnummer sowie E-Mail- und Webadresse aufgeführt.

Neugierig, was ein Frankfurter Bestattungsunternehmer von seinem Onkel wollen könnte, bedeutete Fremden Bruckner mit einer Handbewegung, einzutreten.

Trotz seines steifen Beins und der Zuhilfenahme des Gehstocks bewegte sich der Mann nahezu lautlos durch den Flur. Hut und Mantel anbehaltend, nahm er im Wohnzimmer in einem der Polstersessel Platz.

»Gibt's Probleme mit der Heizung? Es ist ziemlich kalt bei Ihnen.«

Fremden erklärte, er sei längere Zeit fort gewesen. Und weil er noch nicht zum Einkaufen gekommen sei, könne er auch nichts außer einem Glas Leitungswasser anbieten.

»Machen Sie sich meinetwegen bitte keine Umstände«, entgegnete Bruckner. »Ich hatte heute schon sehr früh morgens in Michelstadt zu tun, und da bin ich einfach aufs Geratewohl bei Ihnen vorbeigefahren.«

»Um etwas mit mir zu besprechen.«

»Richtig.« Bruckner starrte einen Moment lang auf die Tischplatte, bevor er fortfuhr. »Vor zwei Wochen ist meine Mutter gestorben. Nur wenige Stunden bevor es so weit war, hat sie eine Bemerkung gemacht, die mir keine Ruhe lässt.« Bruckner schluckte ein paarmal, dann strich er sich wieder mit den Fingern über sein schmales Bärtchen. »Wissen Sie, meine Mutter hatte Bauchspeicheldrüsenkrebs. Am Ende ging es ziemlich schnell. Doch in den Wochen davor hat sie furchtbar gelitten.«

Das hagere, im Sessel versunkene Männchen betrachtend, fragte sich Fremden, ob er jetzt eine rührselige Leidensgeschichte zu hören bekam.

»Mein Vater ist bereits im August 2005 zu Tode gekommen«, setzte Bruckner wieder an. »Und ich sage mit Absicht ›zu Tode gekommen‹ und nicht ›gestorben‹. Es geschah am See bei unserem Ferienhaus. Meine Eltern haben sich oft übers Wochenende dorthin zurückgezogen, weil sie da Ruhe fanden. Mutter bereitete gerade das Abendessen zu. Lammragout mit Rosmarinkartoffeln. Beim Anbraten des Fleischs hörte sie ein Platschen. Sie dachte, dass ein Ast, der ins Wasser gefallen war, das Geräusch verursacht hatte. Im Nachhinein machte sie sich wahnsinnige Vorwürfe, dass sie ihm vielleicht noch hätte helfen können. Zumindest hat sie das immer behauptet. Denn es war kein ins Wasser fallender Ast. Vater war auf den Planken des Bootsstegs ausgerutscht, hatte sich den Kopf angeschlagen, war in den See gestürzt und ertrank, während sie für sie beide den Tisch deckte.«

Fremden räusperte sich. Sein Interesse an Familientragödien war noch nie besonders ausgeprägt gewesen. Doch bevor er das Wort ergreifen konnte, um Bruckner aufzuklären, dass er nicht der Detektiv war, für den dieser ihn anscheinend hielt, beugte Bruckner sich vor und legte ihm eine Hand auf den Unterarm. »Verstehen Sie nun, weshalb ich Sie aufsuche?«, flüsterte er. »Ich brauche Gewissheit, was damals tatsächlich geschah. Ich muss wissen, wie mein Vater gestorben ist. Sie haben doch schon einige knifflige Fälle gelöst … Und was das Finanzielle betrifft – da werden wir uns sicher einig.«

Ohne ein einziges Wort zu sagen, starrte Fremden Bruckner an.

»Mein Vorschlag: zehntausend Euro im Erfolgsfall. Also, wenn es Ihnen gelingt, das Schicksal meines Vaters aufzuklären. Die Hälfte gibt es als Anzahlung. Reise- und sonstige anfallende Kosten werden bei Vorlage entsprechender Quittungen extra vergütet.« Bruckner lehnte sich wieder zurück und lächelte. Mit einem Mal wirkte er erleichtert. Doch als Fremden weiterhin schwieg, sagte er: »Sie schauen so skeptisch. Bitte enttäuschen Sie mich jetzt nicht. Ich habe lange an die Unfallversion geglaubt. Zu lange. Bis meine Mutter auf dem Krankenbett diese merkwürdigen Andeutungen machte. Vater sei nicht so umgekommen, wie alle glauben. Es sei anders gewesen. Als ich nachfragte, was sie damit meine, flüsterte sie mir ins Ohr, es habe ihn jemand gestoßen.«

»Und warum wenden Sie sich dann nicht an die Polizei?«

»Das habe ich bereits. Aber die lehnen es ab, zu ermitteln. Für einen Straftatbestand gebe es zu wenig Hinweise. Nur die Aussage einer Frau unter dem Einfluss von Schmerzmitteln.«

Nachdem Bruckner gegangen war, begab sich Fremden in den Keller, um Wasser in die Heiztherme zu füllen. Beim vierten Startversuch sprang das Monstrum endlich an. Wieder im Wohnzimmer, setzte er sich in einen der Polstersessel und wartete, dass die Wärme in die Heizkörper zurückkehrte. Sein Blick wanderte aus dem Fenster, zu der Gruppe Haflinger auf der hangseitigen Koppel. Sogar aus der Ferne konnte er in der kühlen Winterluft die Atemwolken der Pferde sehen.

Es war schon eine verdammt merkwürdige Situation, in die er da hineingeschlittert war. Seit Jahren saß ihm eine immer ungeduldiger werdende Schar von Gläubigern im Nacken. Als ihn aus heiterem Himmel die Nachricht vom Tod des Onkels erreicht hatte, gefolgt von der Eröffnung, dass er in dessen Testament als Erbe des Fachwerkhauses bedacht worden war, hatte er trotz echten Bedauerns aufgeatmet und war nach Bad König aufgebrochen, um sein Erbteil in Augenschein zu nehmen. Im festen Glauben, in der ländlichen Idylle auf ein properes Anwesen zu treffen, das am Immobilienmarkt einen stattlichen Preis erzielen würde. Die komplette Fahrt über hatte er davon geträumt, schuldenfrei zu sein, und sich ausgemalt, dass nach Begleichung all seiner Verbindlichkeiten vielleicht sogar noch etwas an Kapital übrig bliebe, um seinem Leben eine charmante Wende zu geben. Nach der Inspektion der Bruchbude war ihm jedoch bewusst geworden, dass er, bevor er einen Verkauf auch nur in Erwägung ziehen konnte, erst einmal sanieren und entrümpeln musste. Er würde einen gehörigen Batzen Geld in die maroden vier Wände stecken müssen. Geld, das er nicht besaß und auch von keiner Bank der Welt geliehen bekäme. Ein Dilemma, für das es nun doch eine Lösung zu geben schien. Mit Hilfe der Anzahlung, die ihm der bleichhäutige Bestatter bot, würde er das Haus mit etwas Farbe aufpeppen und vielleicht zumindest so weit in Schuss bekommen können, dass es auf dem Immobilienmarkt zu offerieren war. Das Ganze hatte nur zwei winzig kleine Haken. Erstens: Wenn er so dreist war, den Vorschuss einzustreichen, würde er dem Auftrag auch in irgendeiner Weise gerecht werden müssen. Zwar war es nicht notwendig, handfeste Ergebnisse zu liefern, aber Bruckner würde sehen wollen, dass er tätig wurde und ermittelte. Fremden hatte allerdings nicht den blassesten Schimmer, wie ein echter Detektiv solch einen Fall anpacken würde. Problem Nummer zwei bestand darin, dass er auffliegen könnte. Wenn Bruckner im Lauf der »Ermittlungen« dahinterkam, dass er nicht derjenige war, für den er ihn hielt, würde er den Vorschuss von ihm zurückfordern und ihn im schlimmsten Fall sogar anzeigen.

Er löste seinen Blick von den Pferden und schaute auf die Visitenkarte, die vor ihm auf dem Tisch lag. Mit krausgezogener Stirn las er die Adresse, unter der das Bestattungsunternehmen firmierte. Merkwürdig, dachte er, dass sich jemand aus Frankfurt ausgerechnet an einen Detektiv aus dem fernen Odenwald wendet.

***

Er trat aus dem Fahrstuhl und ging den Flur hinunter. Dabei nahm er lediglich den gedämpften Hall seiner Schritte wahr. Vor dem Zimmer mit der angelehnten Tür stellte er die Kühlbox und den Koffer mit den Utensilien ab. Ein Kribbeln durchzog ihn von Kopf bis Fuß. Mit angehaltenem Atem starrte er auf den schmalen Lichtstreifen auf dem Teppich. Noch war Zeit, umzukehren. Doch er wusste, dass Flucht keine Alternative war. Mindestens eine halbe Minute lang verharrte er im Halbdunkel. Dann packte er die beiden Gepäckstücke und trat ein.

Nichts an der Szene wirkte ungewohnt. Sie erwartete ihn auf einem Stuhl sitzend in der Mitte des Raums. Das Kinn aristokratisch erhoben und die Hände im Schoß gefaltet. Ein goldener Ring mit einem funkelnden Edelstein zierte ihre rechte Hand. Die Vorhänge waren zugezogen, und auf dem Teppichboden schmolz ein winziger Schneerest. Letzteres wertete er als Indiz dafür, dass sie unmittelbar vor ihm eingetroffen war.

Eine tiefe Verbeugung vollführend, begrüßte er sie mit »Guten Abend, Madame«.

Von ihr erfolgte keine Reaktion.

Es war warm im Zimmer. Nachdem er die Gepäckstücke in einer Ecke deponiert hatte, fächerte er sich Luft zu. Erst da registrierte er den Geruch von kaltem Zigarettenrauch, der den Raum erfüllte. Bevor er sich den Vorbereitungen widmen konnte, bat er darum, das Bad benützen zu dürfen.

Beim Pinkeln bildeten sich Schweißtropfen auf seiner Stirn. Mit einem Streifen Toilettenpapier tupfte er sie ab. Nach dem Händewaschen streifte er sich die weißen Handschuhe über. Dann kontrollierte er im Spiegel den Zustand der Livree. Alles war so, wie es sich gehörte. Die Fliege saß mittig zwischen den Hemdkragen, und der Stoff des Fracks wies nicht den kleinsten Fleck auf. Lediglich ein blondes Haar hatte sich auf das Revers verirrt.

Zurück im Zimmer holte er den Tisch vom Fenster. Durch

den Schlitz zwischen den Vorhanghälften spähte er nach draußen. Schneeflocken fielen aus dem Himmel, und der Schein des Flutlichts beleuchtete das Terminal in der Ferne.

Er stellte den Tisch vor ihr ab. Als Nächstes entfaltete er die Damastdecke auf der Platte und strich die Falten aus dem Stoff. Dann deckte er den Tisch mit dem Porzellanteller und dem Perlmuttbesteck ein. Auf den Teller setzte er die cremefarbene Serviette, die er bereits zu Hause zum Schwan gefaltet hatte. In der Mitte des Tischs platzierte er die Kristallvase, in die er die Rose stellte.

Nachdem sie die Tischdekoration mit starrer Miene abgenickt hatte, öffnete er die Kühlbox. Er füllte den Boden der Kaviarschale mit gestoßenem Eis, pellte ein hart gekochtes Ei, öffnete den Becher mit der Sour Cream und richtete die Blinis an.

Während er den halb gedeckten Tisch kontrollierte, bemerkte er ein leichtes Zittern seiner Hände. Er ermahnte sich, Ruhe zu bewahren. Doch schon beim Hacken der Zwiebel entglitt ihm das Wiegemesser. Es landete mit einem dumpfen Knall auf dem Boden. Mit gesenktem Haupt eilte er ins Bad, um es zu reinigen. Im zweiten Anlauf klappte es besser. Die feinen Würfel strich er in ein Glasschälchen. Und erst als er sämtliche Vorbereitungen bei Tisch abgeschlossen hatte, holte er die Flasche Champagner Rosé und die Dose mit dem Beluga-Kaviar aus der Kühlbox. All dies geschah, ohne auch nur ein einziges Wort mit ihr zu wechseln.

Die CD, die er in die Kompaktanlage einlegte, hatte er ebenfalls im Koffer mitgebracht. Und auch die galt es später wieder mitzunehmen.

Unter die Klänge der klassischen Musik mischten sich leise Schmatzlaute. Unwillkürlich malte er sich aus, wie sich Kaviar und Blinis mit ihrem Speichel vermengten. Das gesamte Mahl über hatte er wie ein Schatten hinter ihr zu stehen. Ihre Serviette glitt auf den Boden. Lautlos trat er an sie heran, hob die Serviette auf und legte sie ihr wieder über den Schoß. Dabei streifte sein Blick erstmals das Bett. Auf der Überdecke lag ihre Handtasche und die kleine Tüte, die sie für diesen Abend mitgebracht hatte.

Als sie das Perlmuttbesteck beiseitelegte, begann er, ihre Nacken- und Schultermuskulatur zu massieren. Aus dem Zimmer nebenan erklangen Männerstimmen. Laute Stimmen, die sich nach Streit anhörten. Doch das war nichts, was ihn weiter interessieren musste. Nichts außerhalb dieses Raums würde auch nur im Entferntesten Einfluss auf sein weiteres Leben haben. Für ihn zählte nur das Hier und Jetzt. Dann wurde es nebenan plötzlich wieder still. Lediglich ihr leises genussvolles Seufzen und die klassische Musik drangen an seine Ohren. Während er sie weiterhin sanft walkte und knetete, versuchte er, den Moment als Erinnerung in sich aufzunehmen. Mit geschlossenen Augen atmete er tief ein. Ein Hauch von Zwiebeln, Fischrogen und Parfum stieg ihm in die Nase. Er spürte, wie sich ihre Muskulatur immer weiter entspannte. Mit leichtem Nachdruck legte er ihr eine Hand ans Kinn und die andere an die Stirn.

Er war sich sicher, dass der richtige Moment gekommen war.

ZWEI

Hauptkommissarin Mannfeld schätzte das Alter des Opfers auf über siebzig. Der schlanke Körper der Frau auf dem Stuhl wirkte ausgesprochen fragil. Brust und Kopf lagen auf der Platte eines kleinen Schreibtischs. Der Kopf der Ermordeten war unnatürlich stark zur Seite abgewinkelt, was die Vermutung nahelegte, dass Genickbruch die Todesursache war.

Sie schlug einen Bogen um das Opfer, um es vom Fenster aus zu betrachten. Die Totenstarre ließ bereits nach. Berücksichtigte man die herrschende Raumtemperatur, musste der Tod vor mindestens zwölf Stunden, also am Montagabend, eingetreten sein. Das kurze grau melierte Haar der Frau war akkurat frisiert und gab im Nacken den Blick auf ein rötliches Geburtsmal frei. Hals und Dekolleté schmückte eine filigran gearbeitete Perlenkette, und am Ringfinger der rechten Hand steckte ein Brillantring mit goldener Fassung. In der klassisch geschnittenen Garderobe – einem sandfarbenen Rock und einer Bluse im Malventon – strahlte die alte Dame selbst im Tod noch Würde und Stil aus. Dass das Jackett zum Kostüm sowie ein mit Pelz gefütterter Wintermantel im Kleiderschrank hingen, war Mannfeld bereits bei ihrer Ankunft aufgefallen.

Während sie mit ihrem Smartphone Fotos von der Leiche schoss, überlegte sie, ob sich Born verfahren haben könnte. Ihr manchmal in Tagträumen versunkener Kollege könnte falsch abgebogen sein und nun im Labyrinth des Parkhauses umherirren. Dabei war das Sheraton am Flughafen wirklich nicht schwer zu finden.

Nachdem sie die letzte Aufnahme gemacht hatte, strich sie sich eine Locke aus dem Gesicht und betrachtete die Bilder auf dem Display. Auffällig an der Auffindsituation war, dass der Schreibtisch und der Stuhl, auf dem die Tote saß, zwischen Tür und Bett standen. So, dass man beinahe in die Möbelstücke hineinlief, wenn man das Zimmer betrat.

Sie wandte den Blick vom Display und schaute sich im Zimmer um. Außer ihr waren noch die Kollegen der Kriminaltechnik vor Ort. Bis auf Tomschak, der gerade seine Verwunderung darüber kundtat, dass das Opfer ohne Gepäck angereist war, verrichteten sie ihre Arbeit schweigend. Dr. Neubauer, der Rechtsmediziner, hatte eine SMS geschickt, dass er aufgehalten worden war und später eintreffen werde.

»Na, schon lange da?«, hörte sie auf einmal Borns sonoren Bass in ihrem Rücken.

»Ein paar Minuten.« Sie drehte sich zu ihm um. »Und was ist mit dir? Probleme, den Weg zu finden?«

»Der Wagen«, brummte Born unwirsch. »Die verdammte Karre wollte bei der Kälte nicht anspringen. Musste erst jemanden zum Überbrücken finden.«

Die Story mit der streikenden Batterie mochte glauben, wer wollte. Outfitmäßig bot Born das gewohnte Bild: ausgewaschene Jeans, Kapuzenpulli und ein dunkelgraues Kurzmäntelchen, das er – ganz gleich, ob es regnete, schneite oder warm war – von Oktober bis Mai trug und niemals zuknöpfte, weil das nur Weicheier taten. Seine schwarzen Haare waren mit Brillantine streng nach hinten gekämmt. So, wie es die Dons, Capos und Consiglieri in den Mafiafilmen zu tun pflegten. Als sie ihn einmal gefragt hatte, ob Andy García vom Look her so etwas wie ein Vorbild für ihn sei, hatte er doch tatsächlich verschämt auf den Boden gesehen.

»Soso, der böse Wagen. Und zur Belohnung, dass du ihn doch noch fit bekommen hast, gab's einen Kaffee bei Starbucks.« Mit einem Schmunzeln auf den Lippen deutete sie auf den Pappbecher in der rechten Hand ihres Kollegen. Der ignorierte den Kommentar.

»Wer ist das Opfer?«

»So weit bin ich noch nicht.«

»Und warum stehen der Tisch und der Stuhl in der Mitte des Zimmers?«

»Das, mein Lieber, fragst du mich jetzt hoffentlich nicht im Ernst.«

Born zuckte mit den Schultern und ging in die Hocke. Eine Bewegung, die trotz seines Bauchansatzes fließend und dynamisch wirkte. Auf ein schwarzes eingetrocknetes Klümpchen auf dem Teppich deutend, sagte er: »Und das hier? Das Zeug ist entweder letzte Nacht dahin gekommen, oder das Zimmermädchen verdient einen Rüffel.« Als er sich noch etwas weiter nach unten beugte und an dem Klümpchen schnupperte, rutschte ihm einer der Ohrstöpsel seines iPods aus dem Kragen. »Riecht fischig und sieht aus wie die Kacke von Mäusen.«

»Vielleicht Kaviar?«

»Könnte sein«, sagte Born. Mit einem breiten Grinsen richtete er sich wieder auf. »Vielleicht stieg hier ja letzte Nacht 'ne Russenparty.« Dass er seinen schalen Gag noch würzte, indem er die Melodie von Dschingis Khans »Moskau« summte, machte ihn nicht besser.

Seit Neuestem warf er ihr auch noch beifallheischende Blicke zu, wenn er dachte, eine besonders komische oder geistreiche Bemerkung gemacht zu haben. Dabei müsste er doch mittlerweile kapiert haben, dass sie die weltbesten Sprüche nach Dienstschluss serviert bekam.

»Null Einbruchsspuren an der Tür«, urteilte Born nach eingehender Betrachtung derselben und ging ein paar Schritte im Zimmer auf und ab. »Das Opfer muss den Täter also reingelassen haben.«

»Nicht zwangsläufig. Die beiden könnten den Raum gemeinsam betreten haben. Möglich ist aber auch, dass sich der Täter mit einer zweiten Schlüsselkarte Zutritt verschafft hat.«

»Das Bett sieht unbenutzt aus. Hast du schon mal einen Blick in die Handtasche geworfen?«

Auf ihr Kopfschütteln hin streifte er sich Einweghandschuhe über, griff nach dem kleinen Louis-Vuitton-Täschchen, das auf der Überdecke lag, und breitete den Inhalt auf einer Plastikfolie aus. »Das Übliche. Ausweispapiere, Schlüsselbund, Schminkutensilien.«

»Lippenstift und Lidschatten hat sie zum Zeitpunkt ihrer Ermordung allerdings nicht getragen.«

»Sie heißt Selma Tassen«, entnahm Born dem Personalausweis. »Geboren in Bergen in Norwegen. Gemeldet ist die Frau aber im Kettenhofweg.«

Auf Mannfelds innerer Leinwand tauchten die noblen und stilvollen Altbauten des Frankfurter Westends auf.

»In der Tasche befand sich weder ein Handy noch ein Flugticket«, hörte sie Born weiterreden. »Was hatte die Frau also hier in diesem Hotelzimmer am Flughafen zu suchen? Anscheinend wollte sie nicht mit dem Flugzeug verreisen. Übernachten wohl auch nicht. Sie wohnte nur wenige Kilometer von hier und hatte nicht einmal ein Nachthemd oder eine Zahnbürste dabei.«

»Gepäck, Handy und Flugticket könnte der Täter mitgenommen haben. Ausschließen können wir das zurzeit noch nicht.«

»Wer hat die Tote gefunden?«

»Das Zimmermädchen. Sie war völlig mit den Nerven runter. Ich habe sie runtergeschickt, damit sie in einem der Aufenthaltsräume auf uns wartet. Den Portier, der gestern Abend Dienst hatte, habe ich außerdem herbestellt. Mittlerweile ist er vielleicht schon eingetroffen.«

Nachdem er im Reservierungssystem nachgesehen hatte, teilte ihnen Rastafan Piu mit, dass Selma Tassen am Vorabend um zwanzig Uhr zweiunddreißig eingecheckt hatte.

»Können Sie sich an die Ankunft der Dame erinnern?«

Seine behaarten kaffeebraunen Hände auf dem Empfangstresen abgestützt, sah Piu sie einen Moment lang an. Dann beantwortete er ihre Frage mit einem stummen Nicken.

»Kam sie mit oder ohne Begleitung?«

»Der Gast hat das Foyer allein betreten.« Nur mit Mühe gelang es Rastafan Piu, ein Gähnen zu unterdrücken. Es war ihm anzusehen, dass er wohl etwas unsanft aus dem Schlaf gerissen worden war. Seine Augen blickten müde, und unter dem feinmaschigen Netz, das auf seinem Kopf einen apfelgroßen Haarknoten umspannte, lugten ein paar verirrte Strähnen hervor.

»Wissen Sie, ob Frau Tassen noch Besuch bekam?«

»Mit Sicherheit kann ich das nicht sagen. Bei uns am Empfang hat sich jedenfalls niemand nach ihr erkundigt.«

Auf ihre Frage, ob eine zweite Schlüsselkarte für das Zimmer ausgestellt worden war, bat Rastafan Piu um einen Moment Geduld und schaute in den Computer. Als er wieder aufblickte, schüttelte er den Kopf.

»Haben Sie gesehen, wie Frau Tassen anreiste?«, schaltete sich Born in das Gespräch ein.

»Ja, ich sagte doch schon, dass sie das Foyer allein betreten hat.«

»Wie sah es mit Gepäck aus? Hatte sie welches dabei?«

»Soviel ich weiß, nur eine Handtasche. Und noch eine kleine Tüte, glaube ich. Aber keine großen oder schweren Gepäckstücke, bei denen sie Hilfe benötigt hätte.«

»Wissen Sie, mit welchem Verkehrsmittel sie kam?«

»Mit einem Taxi. Ich kenne sogar den Fahrer. Er fährt das Taxi mit der Nummer sechsundzwanzig.«

»Haben Sie sich mit Selma Tassen unterhalten?«

Rastafan Piu wirkte leicht irritiert. »Über was hätte ich denn mit der Dame sprechen sollen?«

»Na, Small Talk zum Beispiel. Sie fragen, ob sie eine angenehme Anreise gehabt hat. Oder ob Sie ihr einen Tisch im Restaurant reservieren sollen. Vielleicht hat sie eine Auskunft von Ihnen gewollt?«

»Nein, Frau Tassen war ziemlich schweigsam.«

»Für wie lange hat sie das Zimmer gebucht?«

»Nur für eine Nacht. Wir haben die Reservierung gestern Mittag bekommen.«

»Waren die Zimmer neben ihrem belegt?«

Rastafan Piu konsultierte erneut den Computer und antwortete, in dem Zimmer rechts von ihrem habe letzte Nacht kein Gast logiert. In dem links davon sei ein chinesischer Geschäftsmann gebucht gewesen, der bereits in den frühen Morgenstunden nach Hongkong abgereist sei.

»Wurden Telefonate zu ihr durchgestellt, oder hat sie selbst irgendwo angerufen?«

Nachdem der Portier auch das kontrolliert hatte, antwortete er, keins von beidem sei der Fall gewesen. »Anrufe aus den Zimmern sind auch nicht mehr so häufig wie früher. Jetzt, wo die Leute alle Handys oder Smartphones besitzen.«

»Haben Sie letzte Nacht eine auffällige oder ungewöhnliche Beobachtung gemacht?«

»Welcher Art hätte die denn sein sollen?«

»Hat sich beispielsweise jemand in der Lobby herumgetrieben, der dort nicht hingehörte?«

Rastafan Piu stieß ein leises Lachen aus. »Herr Kommissar, unser Haus liegt direkt am Flughafen. Zu uns kommen rund um die Uhr Gäste aus der ganzen Welt. Sie gehören alle mehr oder weniger hierher. Das Foyer wird aber selbstverständlich von Kameras überwacht. Wenn Sie wollen, können wir Ihnen die Bänder von letzter Nacht gern zur Verfügung stellen.«

***

»Träumst du wieder?«

Das Bild von seiner mit Seifenschaum bedeckten Kollegin unter der Dusche löste sich so schnell auf, wie er es heraufbeschworen hatte.

»Ich komm ja schon«, rief er ihr über das Wagendach seines Golfs hinweg zu und setzte sich im Laufschritt in Bewegung, um zu ihr ins Auto zu steigen.

Vom Parkplatz des Präsidiums aus steuerte Mannfeld den Dienstwagen durch den träge fließenden Verkehr. Als sie in den Reuterweg einbogen, begann es zu schneien. Hauchdünne Flocken schwebten aus dem grauen Himmel und schmolzen, sobald sie mit dem Asphalt in Berührung kamen. Ob er wieder träume, hatte sie gerufen. Ja, von dir, lautete die korrekte Antwort.

Schon seit er am Morgen das Haus verlassen hatte, fühlte Born sich seltsam aufgekratzt und in Partylaune. Als hätte er bunte Pillen eingeworfen. Jetzt David Guetta hören, in ohrenbetäubender Lautstärke, und mit Mannfeld zu den Beats tanzen! »God of the rhythm«-mäßig. In einem schummrigen Kellerclub. Tanzen, flirten, lachen, bis sie ihn mit glänzenden Augen ansah. Wie oft hatte er sich diese und andere Szenen ausgemalt? Und dann war sie plötzlich schwanger geworden. Von dem Berufskasper. War niedergekommen und in null Komma nix wieder in den Job eingestiegen. Mit perfekt zurückgebildeter Figur. Als sei so ein Neugeborenes nichts. Dreitausendsechshundert Gramm Geburtsgewicht, hatte sie in ihrer Rund-SMS geschrieben. Wahrscheinlich hatte sie das Bodyform-Wunder mit Hilfe eines Personal Trainers geschafft. Finanziert vom überglücklichen Papa, der als freiberuflicher Gag-Schreiber zu Hause hockte und einen auf Supernanny machte. Was war auch anderes zu erwarten von einem Kerl, der seinen Stammhalter Henry taufte?

Wie beschissen aristokratisch klang denn das! Der Kleine würde sich später noch beim lieben Jan bedanken und ihn fragen, ob die Namensgebung damals auch so ein verquerer Gag von ihm gewesen war. Zugegeben: Ab und zu hatte er selbst schon zur Harald-Schmidt-Show geschaltet. Doch dann war er regelmäßig eingeschlafen, bevor er sich fragen konnte, welches der Späßchen wohl auf das Konto von Julas Stecher ging.

»Na, an was denkst du gerade?«, riss sie ihn aus seinen Gedanken.

»An die Tote im Hotelzimmer«, log er und war überrascht, dass sie schon am Hauptbahnhof angekommen waren.

Eine Bohnenstange in Bikerboots und Bundeswehrparka trippelte vor dem Taxi Nummer sechsundzwanzig auf und ab. Über Funk hatten sie dem Fahrer, einem Archäologiestudenten namens Malte Kielbowicz, ausrichten lassen, dass er sich zur Beantwortung einiger Fragen bereithalten möge.

»Erinnern Sie sich, gestern Abend eine ältere Dame ins Sheraton gefahren zu haben?«, erkundigte sich Mannfeld, nachdem sie sich ausgewiesen hatten.

»Klaro«, antwortete Kielbowicz. »Die Zentrale hat mich gegen halb acht angefunkt. Da hatte ich gerade einen Fahrgast in der Wiesenau abgesetzt. Und von da ist es nicht mal 'ne Minute bis in den Kettenhofweg.«

»Welchen Eindruck hat die Frau auf Sie gemacht?« Born bedachte den Archäologiestudenten mit einem fragenden Blick.

»Was verstehen Sie denn unter ›Eindruck‹?«

»Na, salopp ausgedrückt: Wie war sie so drauf? Wirkte sie zum Beispiel aufgeregt, entspannt, heiter, ängstlich oder vielleicht sogar traurig?«

»Auf mich hat sie einen ganz normalen Eindruck gemacht.«

Du bist ja ein Superzeuge, dachte Born. Dann fragte er Kielbowicz, ob er sich während der Fahrt mit ihr unterhalten habe.

»Ja, das habe ich.«

»Und über was?«

»Über belangloses Zeug. Den Schnee. Und dass sie von dort, wo sie aufgewachsen ist, ganz andere Schneemengen gewohnt ist. Was ist denn mit der Frau passiert?«

»Darüber können wir leider keine Auskunft erteilen. Hat sie erwähnt, was sie im Hotel vorhatte?«

»Weshalb hätte sie mir das denn sagen sollen?«

»Ich meinte das nicht unbedingt im Sinne von ›mitteilen‹. Aber es könnte doch sein, dass sie es so nebenbei erwähnt hat. Dass sie verabredet war zum Beispiel. Oder dass sie sich auf ein gemeinsames Essen mit jemandem freute.«

»Nein, wie schon gesagt: Wir haben nur über ganz allgemeine Dinge wie den Schnee geplaudert.«

»Hatte sie Gepäck dabei?«

Kielbowicz bestätigte, was sie bereits von Rastafan Piu wussten. Kein Gepäck. »Aber«, fügte er nach einer kurzen Pause hinzu, »da Sie mich so direkt darauf ansprechen: Wir waren etwa zehn Minuten unterwegs, da bat mich die Dame, noch mal umzukehren. Vor dem Haus, an dem ich sie abgeholt hatte, musste ich warten. Und als sie wieder rauskam, hatte sie eine kleine Plastiktüte in der Hand. Was dadrin war, konnte ich aber nicht erkennen.«

Es kostete ihn einiges an Überredungskunst, Mannfeld nach der Befragung dazu zu bewegen, ihn auf einen Happen ins Bahnhofsgebäude zu begleiten. Sie wäre lieber sofort zum Kettenhofweg aufgebrochen, um die Wohnung des Opfers zu inspizieren.

An einem Stehimbiss in der Nähe des Informationsschalters musste er ein Heidengeld für eine Cola light und eine Käsebrezel im XXL-Format berappen. Die Asketin Mannfeld begnügte sich natürlich mit einem stillen Wässerchen.

Sie nippte an dem Pappbecher und sagte: »Würde mich ja brennend interessieren, was so Wichtiges in der Tüte war, dass sie deswegen extra noch mal umkehrte.«

»Vermutlich etwas, was sie im Hotelzimmer dringend gebraucht hat«, antwortete er und nahm einen großen Bissen von der Käsebrezel.

»Die Tüte war nicht am Tatort.«

»Und das bedeutet?«, nuschelte er mit halb vollem Mund.

»Dass sie unser Täter mitgenommen hat.«

»Oder das Zimmermädchen. Vielleicht befand sich etwas darin, was ihr gefallen hat.«

»Um die Tote eiskalt zu bestehlen, war das arme Ding viel zu sehr durch den Wind.«

Tatsächlich hatte die junge Bulgarin noch immer heulend in dem Aufenthaltsraum gesessen, als sie hinuntergegangen waren, um sie zu befragen, und sich auch nur schwer beruhigen lassen.

»Okay, einigen wir uns darauf, dass es wahrscheinlich der Täter war. Dann muss aber etwas Wichtiges in der Tüte gewesen sein. Vielleicht war es das, was Selma Tassen das Leben gekostet hat.«

»Motiv Habgier«, schlussfolgerte Mannfeld und wurde durch die dröhnende Lautsprecheransage unterbrochen, dass auf Gleis 6 der ICE in Richtung München in umgekehrter Wagenfolge einfuhr. »Vielleicht«, fuhr sie fort, nachdem es wieder ruhiger geworden war, »befand sich in der Tüte aber auch etwas Verräterisches. Etwas, was einen Rückschluss auf die Identität des Mörders zulässt.«

Sie schwiegen eine Weile.

Während Born den Rest der Käsebrezel in sich hineinstopfte, schien Mannfeld die im Bahnhofsgebäude umherlaufenden Reisenden zu beobachten. Erst als er die Serviette in den Papierkorb geworfen hatte, ergriff sie wieder das Wort. »Warum mietet sich eine ältere Dame wie Selma Tassen ohne Gepäck in einem Hotel nur wenige Kilometer von der eigenen Wohnung entfernt ein?«

»Ein möglicher Grund fällt mir sofort ein.«

»Und der wäre?«

»Auch alte Damen wollen sich mal so richtig austoben.«

»Ludger, das Opfer war schon über siebzig.«

»Na und?«, konterte er und rieb sich mit anzüglicher Miene die Hände.

***

Fremden verließ das Haus mit einem kleinen Stoß der halb vergilbten Visitenkarten seines Onkels in der Tasche. Scheiben und Karosserie seines Peugeots waren mit einer etwa ein Zentimeter hohen Schneeschicht überzogen. Wundern durfte ihn das nicht, hatte er dem Treiben der Flocken vergangene Nacht doch selbst zugesehen. Erst von der Küche aus, in der er sich eine der vierzehn Dosen Ravioli aufgewärmt hatte, die in der Speisekammer lagerten, und dann von der Couch im Wohnzimmer aus, auf die er sich in seinem Schlafsack gelegt hatte.

Vielleicht, dachte Fremden, während er den Wagen vom Schnee befreite, wäre es doch besser gewesen, wenn ich gestern noch zurückgefahren wäre. Die erste Nacht im geerbten Heim war nicht gerade berauschend gewesen. Verglichen mit dem Haus seines Onkels war sein Ein-Zimmer-Apartment im Frankfurter Ostend eine Luxusherberge. Trotz der friedhofartigen Stille, die das Haus in der Nacht umgab, hatte er nicht in den Schlaf finden können. Er hatte fürchterlich gefroren und schon im nächsten Moment in die Daunen des Schlafsacks geschwitzt. Und ständig hatten sich seine Gedanken im Kreis gedreht. Wie sollte er sich entscheiden? Ein paar Stunden in der Woche schwarz Taxi zu fahren, reichte definitiv nicht, um weiter über die Runden zu kommen. Im Grunde konnte er sich eine Absage an Bruckner gar nicht leisten. Noch im Rentenalter würde er sich mit der Hand an die Stirn schlagen und sich fragen, wie er so dämlich hatte sein können, sich fünftausend Euro durch die Lappen gehen zu lassen. Warum also nicht ein bisschen herumermitteln und das Umfeld des vermeintlichen Opfers abklopfen? So wie es Matula & Co auf dem Bildschirm taten. Sein Auftraggeber würde schon nicht so schnell dahinterkommen, dass er nicht der Jonas Fremden war, für den er ihn hielt. Erst als er eine Entscheidung getroffen hatte, war er schließlich doch noch eingeschlafen.

Nach der Ortsausfahrt nahm Fremden die B 45 in Richtung Höchst. Hinter Mümling-Grumbach hing er eine Weile hinter einem Lastwagen fest. Über ein schneebedecktes Feld rechts vor ihm tuckerte ein Traktor. Der Auspuff an der Kabine blies stotternd dunkle Rauchwolken in den Himmel.

Bruckner hatte begeistert geklungen, als Fremden ihn nach dem Aufstehen angerufen und ihm die frohe Botschaft überbracht hatte, dass er den Fall übernahm. Da falle ihm aber ein gewaltiger Stein vom Herzen, hatte er gesagt, selbstverständlich könne Fremden gleich vorbeikommen, um sich unter der Belegschaft des Familienbetriebs ein wenig umzuhören. Erleichtert darüber, dass Bruckner keinen Verdacht gegen ihn zu hegen schien, hatte Fremden das Gespräch beendet und sich auf den Weg gemacht.

Pietät Bruckner hatte seinen Sitz mitten im Frankfurter Bahnhofsviertel. Ein Altbau und ein mit Waschbeton verkleidetes Geschäftshaus flankierten das vierstöckige Gebäude in der Münchener Straße. Fremden parkte auf der gegenüberliegenden Straßenseite vor einem Internetcafé.

Das Schaufenster des Bestattungsunternehmens war spartanisch dekoriert. Nur wenige Urnen und Grableuchten präsentierten sich darin auf verschieden hohen Podesten. *»Im Sterbefall sind wir für Sie da«*, stand auf einem weißen Emailleschild. Darunter *»Tag und Nacht dienstbereit«* und eine Telefonnummer, unter der ein Mitarbeiter jederzeit erreichbar war.

Fremden betrat das Ladengeschäft durch eine zweiflügelige Tür aus Milchglas. Eine Glocke mit nostalgischem Klang kündigte seine Ankunft an. Mit dem Verweis, beim Geschäftsführer einen Termin zu haben, überreichte er der Empfangsdame eine Visitenkarte.

Während sie ihn in den hinteren Teil des Gebäudes begleitete, erhaschte er durch ein Fenster einen Blick in den Hof. Vor dem eingeschossigen Anbau parkte ein mit Gardinen verkleideter Mercedes-Transporter, der gerade mit einem Sarg beladen wurde.

Die Zeit, die er im Besprechungsraum auf Klaus Bruckner warten musste, nutzte er, um sich die ausgestellten Särge anzusehen. Spalierartig waren die verschiedenen Varianten aufgereiht. An der Wand zum Hof stand eine Vitrine mit Leichenschmuck. In der daneben befand sich Bestattungswäsche: Kissen, Decken, Tücher, Hemden, Gewänder, Talare und Spruchbänder.

»Unser Betrieb besteht seit über achtzig Jahren«, hörte er Bruckner von der Tür her sagen. »Von mir wird er nun in der dritten Generation geführt.«

Fremden drehte sich um und ging ein paar Schritte auf Bruckner zu, um ihn zu begrüßen. An diesem Morgen trug der Bestatter einen dunkelgrauen Wollanzug, ein weißes Hemd mit silbernen Manschettenknöpfen und eine schwarze Krawatte mit Streifenmuster. Sein Blick wirkte – wie auch schon tags zuvor – eigentümlich starr.

Während er ein weiteres Mal seine Freude über die Übernahme des Auftrags zum Ausdruck brachte, führte ihn Bruckner zu einer Sitzgruppe aus Ledersesseln. »Die Aufnahme, um die Sie mich gebeten haben, habe ich natürlich auch dabei.« Er langte in die Innentasche seines Jacketts und legte ein Foto auf die Marmorplatte des Tischs. »Das ist mein Vater. Ich habe extra ein Bild ausgesucht, das noch nicht so alt ist.«

Fremden betrachtete das Porträt, das einen stattlichen Herrn Anfang siebzig zeigte. Die charakteristischen Gesichtszüge und das volle silbergraue Haar ließen eine gewisse Ähnlichkeit mit dem Schauspieler Mario Adorf erkennen.

»Wissen Sie, ob Ihr Vater vor seinem Tod mit jemandem Ärger gehabt hat?« Eine der Fragen, die er sich auf der Herfahrt zurechtgelegt hatte.

»Dazu kann ich leider nichts sagen. Wissen Sie, damals hatte ich kaum persönlichen Kontakt zu meinen Eltern.«

»Kaum Kontakt? Verzeihen Sie die Frage, aber –«

»Ich lebte zu der Zeit in Houston«, unterbrach ihn Bruckner.

»Houston in Texas?«

»Ein anderes Houston kenne ich nicht. Ich habe einige Jahre in den USA verbracht, bevor ich nach Vaters Tod die Geschäfte übernahm. Beruflich wollte ich damals noch andere Wege gehen. In den USA passierte auch der schreckliche Unfall.« Er wies auf sein Bein. »Auf dem Highway raste ein Truck in meinen Wagen. Dabei hatte ich noch Glück im Unglück. Anstelle des Lebens verlor ich nur ein Auge, und mein Knie wurde zertrümmert.«

Das war es also, weshalb Bruckners Blick so starr wirkte.

»Wenn Sie mir keine Auskunft über mögliche Feinde Ihres Vaters geben können, dann lassen Sie uns doch bitte noch mal über seinen angeblichen Unfall reden. Wie haben Sie davon erfahren?«

»Mutter hat mich vom Ferienhaus aus angerufen. Ich lag noch im Krankenhaus. In Houston war es später Vormittag. Am Telefon war Mutter unfähig, sich klar zu artikulieren. Sie stammelte mehr, als dass sie sprach. Dass Vater im See ertrunken sei und dass die Polizei auf dem Weg sei. Zwei Tage später war ich transportfähig und bin nach Deutschland geflogen.«

»Und dann?«

»Die Polizei hatte meine Mutter und die Angestellten befragt und war ziemlich schnell zu dem Schluss gekommen, dass es ein

Unfall war. Vaters Leichnam wurde freigegeben, und wir setzten ihn bei. Als Alleinerbin bat Mutter mich, die Firmenleitung zu übernehmen.«

»Haben Sie sonst noch Verwandte?«

»Nur eine Tante. Sie lebt in einem Seniorenstift in der Nähe von Flensburg.«

»Geschwister haben Sie keine?«

»Nein, ich bin das einzige Kind meiner Eltern.«

Das war Fremden mittlerweile auch. Seit der Sache mit Felix. Die Tragödie hatte sich vor dreiundzwanzig Jahren ereignet, an einem brütend heißen Sommertag. Seine Eltern hatten ihm aufgetragen, seinen acht Jahre jüngeren Bruder bei einem Freund abzuholen. Fremdens Mutter hatte es immer strikt abgelehnt, dass der siebenjährige Knirps allein mit dem Fahrrad durch den Wald fuhr. An der Eisdiele begegneten sie Sabine. *Seiner* Sabine. Er spendierte Felix ein Spaghettieis und verzog sich mit ihr auf eine Wiese, nur etwa hundert Meter von der Eisdiele entfernt. Als sie zurückkehrten, war Felix fort. Die Bedienung berichtete, er habe fürchterlich geweint und sei mit dem Fahrrad aufgebrochen. Zu Hause kam er jedoch niemals an. Hundertschaften der Polizei hatten die Wälder um Michelbach durchkämmt, Taucher die nahe gelegenen Seen abgesucht, und sogar »Aktenzeichen XY – ungelöst« hatte über den Vermisstenfall berichtet. Hinweise bekamen sie danach en masse. Ein Zeuge glaubte, Felix im Kreis einer bibeltreuen Sekte in Frankreich gesehen zu haben, ein anderer wollte ihm in Südamerika am Strand begegnet sein, der Nächste auf Rügen in einer Fußgängerzone. Doch bis heute gab es keinen einzigen verlässlichen Hinweis, dass Felix noch am Leben war. Mit Fremden, dem schwarzen Schaf der Familie, hatten seine Eltern von da an nichts mehr zu tun haben wollen. Kurz nach seinem achtzehnten Geburtstag war er von zu Hause ausgezogen. Und der Einzige, der ihm in den darauffolgenden Jahren die Stange gehalten hatte, war sein mittlerweile verstorbener Onkel aus Bad König.

»Sie schauen auf einmal so nachdenklich«, sagte Bruckner und riss ihn so aus seinen Erinnerungen. »Ist alles in Ordnung?«

Fremden bejahte.

»Haben Sie noch weitere Fragen? Sonst würde ich mich wieder an meine Arbeit machen.«

»Ja, es gibt da tatsächlich noch etwas, was mich interessiert. Was hat Sie bewogen, sich ausgerechnet an meine Detektei zu wenden?«

»Ich befürchte, ich verstehe Ihre Frage nicht«, entgegnete Bruckner und fixierte ihn mit seinem gesunden Auge.

»In Frankfurt gibt es einige Kollegen, die einen hervorragenden Ruf genießen. Da hätten Sie doch nicht extra zu mir in den Odenwald fahren müssen.«

»Können Sie sich das wirklich nicht denken?«

Fremden schüttelte den Kopf.

»Sagt Ihnen der Name Bruckner denn nichts?«

»Um ehrlich zu sein, auf Anhieb nein.«

Bruckner legte den Gehstock beiseite und holte ein Stofftaschentuch aus der Hosentasche. Nachdem er sich damit einen Tropfen von der Nase gewischt hatte, sagte er: »Kurz bevor mein Vater starb, haben Sie doch für ihn ermittelt. In welcher Angelegenheit, entzieht sich allerdings meiner Kenntnis. Meiner Mutter gegenüber hat er sich aber sehr lobend über Sie geäußert.«

***

Das Bellen hallte durch das gesamte Treppenhaus. Als sie den ersten Stock erreichten, war Mannfeld überrascht, dass die so gewaltig klingende Hundestimme einem Mops gehörte, der an der geöffneten Wohnungstür hinter den Beinen seines Frauchens aufgeregt auf und ab trippelte. Sie hoffte, dass das Grund zur Entwarnung gab. Ein Hund – und war das Tier auch noch so klein – konnte sich für Born rasch zu einem handfesten Problem auswachsen. Ihr Kollege hasste Köter. Angeblich, weil er einmal gebissen worden war. Und zwar von nichts Geringerem als einem American Staffordshire Terrier. Einer, Originalton, »Wahnsinnskampfmaschine«. Hätte er behauptet, es sei ein Pudel gewesen, und sich bezüglich der betroffenen Körperstelle nicht mehrmals widersprochen, würde sie ihm die Story vielleicht sogar abnehmen.

Magdalena Eisner, eine Mittsechzigerin mit auftoupierten

grauen Locken, zeigte sich geschockt, als sie erfuhr, dass ihre Nachbarin Opfer eines Gewaltverbrechens geworden war.

»Ermordet, sagen Sie? Wie konnte Selma so etwas Schreckliches passieren?«

»Leider wissen wir das noch nicht«, antwortete Mannfeld und verstaute ihren Dienstausweis wieder in der Tasche. »Dürfen wir einen Moment eintreten? Wir würden Ihnen gern ein paar Fragen stellen.«

Mit hohen »Henry, Henry«-Rufen lotste Magdalena Eisner den Mops in die Küche. Nachdem sie die Küchentür geschlossen hatte, bat sie sie, ihr ins Wohnzimmer zu folgen. Im Flur trat Mannfeld um ein Haar in ein Schälchen mit Hundefutter. *»Henrys Tafel«*, prangte in schwarzen Druckbuchstaben auf dem Fressnapf.

»Wo, sagten Sie, ist es geschehen?«, fragte Magdalena Eisner und fegte mit ihrem Handrücken einen Krümel von der Lehne des beigen Veloursledersessels.

»In einem Hotelzimmer im Sheraton«, antwortete Mannfeld von der gegenüberliegenden Seite des Tisches aus.

»Liegt das nicht am Flughafen? Was, um Himmels willen, wollte sie denn dort?«

»Das hoffen wir von Ihnen zu erfahren.«

»Ermordet«, wiederholte Magdalena Eisner mit brüchiger Stimme. »Nur ein paar Häuser weiter die Straße runter ist in den neunziger Jahren ein fürchterliches Verbrechen geschehen. An Edelprostituierten. Selma hat manchmal davon gesprochen.«

Mannfeld erinnerte sich, dass auch einige der älteren Kollegen ab und zu noch über die rätselhaften Morde diskutierten.

»Wissen Sie, Selma hatte große Angst, selbst Opfer eines Verbrechens zu werden. Wenn es dunkel war, ist sie nicht mehr gern auf die Straße gegangen. Und beim Walken im Grüneburgpark hat sie sich immer unwohl gefühlt, wenn ihr ein paar dunkle Gestalten begegneten. Und jetzt ist ausgerechnet ihr das –«

»Gab es etwas, vor dem sie sich konkret fürchtete?«

»Sie meinen, ob Selma sich bedroht fühlte?«

Mannfeld nickte.

»Mir gegenüber hat sie nichts verlauten lassen. Was aber nicht bedeutet, dass es da nicht doch etwas gab.«

»Der Tatort, das Sheraton Hotel. Ist Ihnen bekannt, ob sich Ihre Nachbarin häufiger in einem Hotel in Frankfurt eingemietet hat?«

»Warum hätte sie das tun sollen? Sie hatte doch drüben die schöne Wohnung.«

Mannfelds Blick folgte dem ausgestreckten Arm der alten Dame in Richtung Treppenhaus. Dabei streifte er ihren tief im Sessel versunkenen Kollegen. Jetzt, wo das Raubtier weggeschlossen war, schien sich Born vollständig mit der Rolle des Beobachters zufriedenzugeben.

Sie wandte sich wieder Magdalena Eisner zu und erkundigte sich, wie ihr Verhältnis zu dem Opfer gewesen war. Die beiden Damen verband eine lose Freundschaft. Man habe sich ab und an auf einen Kaffee getroffen und geplauscht. Über dies und jenes. Ferner berichtete Magdalena Eisner, dass Selma Tassen Witwe gewesen war und allein gelebt hatte. Ihr Mann, ein erfolgreicher Bauunternehmer, war bereits vor zehn Jahren an Herzversagen gestorben.

»Sie war ein sehr musischer Mensch, der klassische Musik liebte. Manchmal drehte sie die Lautstärke dermaßen auf, dass ich die Musik hier in meiner Wohnung gehört habe. Selma war in ihrer Jugend Balletttänzerin.«

»Hatte sie Kinder?«

»Keine eigenen. Aber ihr Mann brachte einen Sohn mit in die Ehe. Zu dem hatte Selma in den letzten Jahren allerdings kaum Kontakt. Obwohl es ihr mittlerweile sehr leidtat, dass sie den Milan so streng erzogen hatte.«

»Kennen Sie den Stiefsohn?«

»Nicht persönlich. Aber Selma hat mir einmal erzählt, dass sie damals nachholen wollte, was die leibliche Mutter in ihren Augen versäumt hatte. Und dass es ein Fehler gewesen war, dem Jungen Benimm beibringen zu wollen. Und Respekt vor älteren Menschen. Wissen Sie, der Altersunterschied zwischen Milan und ihr war ziemlich groß. Die erste Frau ihres Mannes war viel jünger gewesen als Selma. Und später gab es wohl auch noch Ärger wegen dem Erbe. Geld war aus erster Ehe einiges da. Und Milan hat wohl nur den Pflichtteil zugesprochen bekommen.«

»Wissen Sie, woran die leibliche Mutter gestorben ist?«

Magdalena Eisner verneinte.

»Wie sah es mit den persönlichen Kontakten von Selma Tassen aus? Hatte sie einen großen Bekannten- und Freundeskreis?«

Lächelnd schüttelte Magdalena Eisner den Kopf. »Nein, nur mich und Simon Patenstein.«

»Simon Patenstein?«

»Ja, ihr glühender Verehrer. Ein gepflegter jüdischer Herr mit ausgezeichneten Manieren, der ihr regelmäßig Baccararosen schenkte.«

***

Als Fremden die Wagentür öffnete, hätte er beinahe das auf der Windschutzscheibe klebende Dönerpapier übersehen. Mit seinen Fingerspitzen klaubte er die joghurtsoßenbesudelte Tüte auf. Dabei wurde er das Gefühl nicht los, dass er von einem Fenster des Bestattungsunternehmens aus beobachtet wurde.

Nur um Haaresbreite war er der Entlarvung entgangen. Dass sein lieber Onkel früher schon für Bruckner senior gearbeitet hatte, ließ den Auftrag natürlich in einem völlig anderen Licht erscheinen. Vielleicht existierte sogar ein Zusammenhang zwischen den damaligen Ermittlungen und dem tödlichen Sturz in den See.

Während er den Peugeot über die Untermainbrücke in Richtung Sachsenhausen steuerte, überlegte er, was ihm der Besuch im Bestattungsunternehmen an neuen Erkenntnissen gebracht hatte. Sein Resümee fiel mager aus. Weder hatte er von Klaus Bruckner noch anschließend von dessen Büroleiter etwas erfahren, was ihn in den Ermittlungen weiterzubringen versprach. Lediglich zwei Personen waren ihm genannt worden, mit denen zu sprechen sich unter Umständen lohnen könnte: eine gewisse Frau Roschinski, die damalige Haushälterin, die jeden Morgen in die Villa der Bruckners gekommen war, zwischenzeitlich aber geheiratet hatte und mit nicht bekannter Adresse ins Ausland gezogen war. Und die ehemalige Sekretärin des Verstorbenen, die Klaus Bruckner erst übernommen, der er dann aber gekündigt hatte. Als Fremden die Frau, die auf den klangvollen Namen Liliana Bode hörte, vom Bestattungsunternehmen aus angerufen hatte, war sie sofort bereit gewesen, ihm über ihren ehemaligen Chef Auskunft zu erteilen. Wenn es gleich sein solle, müsse er jedoch ins »King of Asia« kommen, wo sie mittlerweile arbeite.

Das im Herzen Sachsenhausens ansässige Spezialitätenrestaurant war Fremden durchaus ein Begriff, da er dorthin schon den einen oder anderen Fahrgast chauffiert hatte. Als er gegen elf Uhr im »King of Asia« eintraf, waren die Pforten für das Publikum noch nicht geöffnet. Hinter der lang gezogenen Bar schrieb ein in einen Sarong gehüllter Thailänder mit Kreide das Tagesgericht auf eine Tafel. Fremden ließ seinen Blick durch den Gastraum schweifen, der durch eine auffallend helle und moderne Einrichtung bestach. Über cremefarbenen und schilfgrün lackierten Tischen hingen kugelförmige Papierlampen mit asiatischen Schriftzeichen.

Liliana Bode, eine attraktive Endzwanzigerin, erwartete ihn an einem der Fenstertische. Ihre roten zu einem Dutt drapierten Haare leuchteten im einfallenden Sonnenlicht. Auch sie trug einen bunten Sarong, der perfekt mit den Farben ihrer Bluse harmonierte. Das Einzige, was die Ästhetik ihres Anblicks ein wenig störte, war die im DIN-A3-Format hinter ihr an der Wand hängende gerahmte Fotografie, die einen kräftigen schwarzen Käfer zeigte, der auf einem Stein hockte.

»Ein Zophobas«, erklärte Liliana Bode, die Fremdens skeptischen Blick bemerkt haben musste. »In Kokosmilch zubereitet eine Köstlichkeit. Falls es Sie interessiert, schauen Sie doch mal in unsere Karte.« Sie reichte ihm ein Exemplar, auf dessen Einband das Panorama eines saftig grünen Regenwalds abgebildet war. »Außer den Zophobas kann ich noch die Ameisensuppe, den Junikäfersalat, den Zikadenspieß und natürlich auch die Grillen mit Reisnudeln wärmstens empfehlen.«

Fremden blätterte kurz durch das Menü, dann legte er die Karte beiseite.

»Vor einigen Jahren waren Sie bei Pietät Bruckner als Sekretärin tätig. Wie kam es zum Wechsel in die Gastronomie?«

»Klaus Bruckner hat mir gekündigt«, antwortete Liliana Bode und fuhr mit der Zeigefingerspitze über einen kleinen tropfenförmigen Leberfleck an ihrem Kinn. »Da musste ich mir was Neues suchen. Eine ganze Weile hab ich mich umgesehen und nichts

Vernünftiges gefunden. Hier und da hab ich gejobbt und schließlich in einer Kneipe Han kennengelernt. Ihm gehört das ›King of Asia‹.«

Gejobbt hatte Fremden in den letzten Jahren auch. Die reizvollste Arbeit war die als Animateur in diversen Clubs Aldiana gewesen. Und die nervigste diese Promotionssache in Düsseldorf. In ein nach Mottenkugeln riechendes Bärenkostüm gezwängt, hatte er stundenlang durch die Altstadt laufen und Hustenbonbons verteilen müssen. Heute verdiente er seine Brötchen als Aushilfstaxifahrer. Die paar Euro Lohn gab's zumindest cash auf die Hand.

»Warum hat Ihnen Klaus Bruckner gekündigt?«

»Hat er Ihnen das nicht gesagt?« Liliana Bode schaute ihn mit ihren malachitgrünen Augen herausfordernd an. »Ich war dem Kerl zu langsam. Im Gegensatz zu seinem Vater ist Klaus Bruckner nämlich kein guter Chef. Ein Menschenschinder, dem man nichts recht machen kann.«

Fremden versuchte, sich das bleiche Männchen in der Rolle des Nörglers und Despoten vorzustellen. Es gelang ihm nicht.

Als er nichts erwiderte, erkundigte sich Liliana Bode: »Sie sagten vorhin am Telefon, dass Bruckner den Tod seines Vaters untersuchen lässt. Warum tut er das?«

»Weil er Zweifel an der offiziellen Version hat.«

»Jetzt, nach über sechs Jahren?« Liliana Bode schlug sich mit der flachen Hand leicht auf den Oberschenkel und stieß ein leises Lachen aus. »Der Bruckner ist wirklich ein merkwürdiger Kauz.«

Der Kellner tauchte auf und stellte einen Teller vor ihr ab. Sie bedankte sich mit einem Nicken.

»Ich hoffe, es stört Sie nicht, wenn ich nebenher esse«, sagte sie zu Fremden, »aber ich brauche jetzt dringend eine Kleinigkeit in den Magen. Bevor die ersten Gäste kommen. Das hier sind Heuschrecken. Die schmecken schön nussig, und die Fühler kitzeln angenehm auf der Zunge. Da sollten Sie wirklich mal eine probieren.«

Liliana Bode schob den Teller einladend ein Stück in seine Richtung und begann zu essen.

»Ich möchte lieber noch einmal auf Hugo Bruckner zu sprechen kommen«, sagte Fremden und versuchte, weder den Teller noch Liliana Bode anzuschauen, zwischen deren wohlgeformten Lippen eine Heuschrecke nach der anderen verschwand. »Als seine Sekretärin haben Sie doch sicher so einiges mitbekommen.«

»Was verstehen Sie denn unter ›einiges‹? Seitensprünge?«

»Vielleicht auch die. Können Sie sich vorstellen, dass jemand Bruckner aus dem Weg haben wollte?«

Kopfschüttelnd wischte sich Liliana Bode die Hände an der Serviette ab.

»Hatte er keine Feinde?«

»Nicht dass ich wüsste. Wer hätte ihm denn auch feindlich begegnen sollen? Etwa Hinterbliebene, die sich ärgerten, dass der Sarg mit den falschen Blumen geschmückt war?«

»Ich dachte eher an Konkurrenten, die ihm den geschäftlichen Erfolg neideten, oder an entlassene Mitarbeiter.«

»Ich sagte es doch schon: Hugo Bruckner war ein guter Chef. Das Einzige, was an ihm ein bisschen nervte, waren seine spontanen Aktionen. Wie zum Beispiel die Auslandsreisen, die ich manchmal für ihn und seine Begleiter buchen musste.«

***

Ein Mops namens Henry. Born lachte still in sich hinein, während er die Wohnungstür des Mordopfers öffnete. Als er hinter Mannfeld über die Schwelle trat, fiel ihm zuerst die an die Wand montierte Garderobe auf. Der Spiegel war mit Wintermänteln und Schals zugehängt. Seitlich steckten Walking-Stöcke im Schirmständer, und auf der Abtropfmatte stand eine beachtliche Anzahl an Schuhen. Elegant gearbeitete Pumps, gefütterte Lederstiefel, aber auch an den Zehen geschlossene Gesundheitslatschen mit Korksohle.

Im Flur zog er sich die Einweghandschuhe über, die ihm Mannfeld gereicht hatte. Eine seltsame Zusammenstellung selbst gemalter Bilder hing an den Wänden zum hinteren Wohnbereich. Landschaften, ein Harlekin, eine Burg auf einem Berg und Kohlezeichnungen von Tieren. Phantasielose Motive, in plumper Technik zu Papier gebracht. Dass sie Marke Eigenfabrikat waren, erkannte er an der immer gleichen Signatur in den rechten unteren Bildecken: *»Selma Tassen«* – in schwarzer geschwungener Schreibschrift.

An der Tür zum Wohnzimmer blieb er einen Moment lang stehen. Wenige Armlängen von ihm entfernt beugte sich Mannfeld über einen Nierentisch, dessen mit Intarsien verzierte Platte eine Kristallvase mit einer einzelnen roten Baccararose schmückte. Nur widerwillig riss er seinen Blick von dem wohlgeformten Hintern seiner Kollegin los, um sich auf die Einrichtung zu konzentrieren.

Kirschholzmöbel dominierten. Ein antiker englischer Bücherschrank mit verglaster Fächerfront präsentierte sich auffallend markant. Born machte ein paar Schritte in den Raum hinein und näherte sich dem Möbelstück. Im unteren Teil hatte Selma Tassen ihre in Leder gebundene Brockhaus-Enzyklopädie untergebracht. Auf den oberen Böden hatte die Weltliteratur Einzug gehalten. Unter den Bänden befanden sich deutschsprachige Klassiker, aber auch die Werke amerikanischer Literaten wie Philip Roth und Ernest Hemingway.

Beeindruckt von der stattlichen Bibliothek, wollte Born sich gerade abwenden, als ihm ein unerwartet andersartiger Titel ins Auge stach. »Die 120 Tage von Sodom« von Marquis de Sade. Verwundert holte er die gebundene Ausgabe aus dem Fach und schlug sie auf. Dem Impressum entnahm er, dass es sich um eine Neuauflage aus dem Jahr 2006 handelte. Während er die Finger über die Seitenränder gleiten ließ, versuchte er, sich zu erinnern, um was es in dem Werk ging. Ach ja, richtig. Um Frauen, die wie Sklavinnen gehalten und von ihren Peinigern gequält und vergewaltigt wurden.

Auch im Schlafzimmer des Opfers erwartete Born eine kleine Überraschung. Über dem mit cremefarbener Satinwäsche bezogenen Kingsize-Bett hing ein DIN-A2-großes Aktbild. In Aquarellfarben zeigte es einen nackten muskulösen Mann mit einem tätowierten Löwenkopf auf der Hüfte. Kopf und Gesicht waren lediglich schemenhaft angedeutet. Die überdimensionale Darstellung des erigierten Gliedes und des Hodensacks hingegen bestach durch absolute Detailtreue.

Je länger Born auf den schamlosen Akt starrte, desto stärker beschlich ihn der Verdacht, dass Selma Tassens offenkundiges

Interesse an Erotischem, Bizarrem, Pornografischem, oder wie immer man das auch bezeichnen wollte, mit ihrer Ermordung zu tun haben könnte. Vielleicht war sie tatsächlich wegen eines erotischen Abenteuers ins Sheraton gefahren. Auch wenn er das vorhin eigentlich nur gesagt hatte, um Mannfeld ein wenig zu empören.

Mit entflammtem Jagdfieber begann er, den Kleiderschrank zu durchsuchen. Möglich, dass er darin auf weitere Indizien stieß, die Selma Tassens vermeintliche Lasterhaftigkeit untermauerten. Reizwäsche oder Sexspielzeug zum Beispiel. Nachdem er in den Schubladen und Fächern außer einem Ballerinakleid und Ballettschuhen nichts Außergewöhnliches hatte finden können, machte er sich auf ins Bad. In dem kleinen, fensterlosen Raum herrschte penibelste Ordnung. Die Handtücher waren sorgfältig im Regal gestapelt, die Duschkabine bis auf den letzten Tropfen mit dem Wischer abgezogen worden. Enttäuscht, dass sich auch in dem Schränkchen unter dem Waschbecken nichts von Interesse befand, zog er sich am Beckenrand aus der Hocke nach oben. Sein Blick streifte den Spiegel. Was er darin im Neonlicht präsentiert bekam, diente ebenfalls nicht gerade der Steigerung seiner Laune. Die vergangenen Jahre hatten deutliche Spuren hinterlassen. Kaum zu glauben, dass er nach dem Abi für einen Versandhauskatalog gemodelt hatte. Und dass ihm die Michelstädter Mädels in Scharen hinterhergelaufen waren. Heute war er schon zufrieden, wenn eine Frau seine Freundschaftsanfrage auf Facebook bestätigte. Einmal, wenige Abende nachdem er erfahren hatte, dass Mannfeld ein Kind von ihrem Berufswitzbold erwartete, war es ihm sogar gelungen, sich mit einer seiner Web-Bekanntschaften zu verabreden. Eine Art-Direktorin, die ihn vom Foto her an die bezaubernde Sibel Kekilli aus »Gegen die Wand« erinnert hatte. Dass sie eine in Deutschland geborene Türkin war, hatte er ihrem Facebook-Profil ebenfalls entnehmen können. Ein Musterbeispiel an Integration. Nichts am Hut mit Allah und Kopftuch. Um Eindruck zu schinden, hatte er sie in die sündhaft teure Hotelbar des »Fleming's« eingeladen. Die Skyline im Blick, hatten sie im siebten Stock auf der Terrasse gesessen und Aperol Spritz geschlürft. Mit jedem geleerten Glas war seine Hoffnung auf eine aufregende Liebesnacht gestiegen. Doch als er von der Toilette zurückgekehrt war, hatte an ihrem Tisch nur noch eine Serviette gelegen, auf der mit Lippenstift *»Sorry«* geschrieben stand.

»Kommst du mal bitte?«, holte ihn Mannfeld in die Gegenwart zurück.

»Ich? Äh … ja, wohin?«

»Zu mir ins Wohnzimmer.«

Er traf Mannfeld am Sekretär neben dem Fenster an.

»Schau mal«, forderte sie ihn auf und deutete auf die lederne Schreibtischunterlage.

Ohne zu wissen, was sie meinte, starrte er zunächst auf die Eintrittskarte für eine Vorstellung der Forsythe Company, dann auf die Mitgliedskarte eines Fitnessstudios. Erst beim dritten Hinsehen entdeckte er das gelbe Post-it, das am Leder haftete. *»Montag 20.30 Uhr Lakai«*, war darauf vermerkt, darunter eine Telefonnummer. Er nickte. »Ungefähr um die Zeit hat die Tassen im Sheraton eingecheckt.«

»Richtig«, entgegnete Mannfeld, »und wenig später wurde sie ermordet.«

»Da bin ich aber mal gespannt, wer mit ›Lakai‹ gemeint ist.« Born holte sein Handy aus der Tasche und wählte die notierte Nummer.

Dreimal klingelte es durch. Dann meldete sich die Stimme eines älteren Herrn, der sich als Simon Patenstein vorstellte.

DREI

Der See, in dem Hugo Bruckner ertrunken war, lag etwa dreißig Kilometer östlich von Frankfurt. Die Anfahrtsbeschreibung und den Schlüssel zu dem Anwesen hatte er von Klaus Bruckner erhalten. Ein Schlagbaum versperrte die Zufahrt zu dem nahe dem Örtchen Kahl gelegenen Grundstück. Die mehrere Zentimeter dicke Schneeschicht auf der oberen Holmrundung ließ den Schluss zu, dass die Schranke während der letzten Tage nicht geöffnet worden war.

Mit vor Kälte klammen Fingern machte sich Fremden am Vorhängeschloss zu schaffen. Als es endlich aufschnappte, hörte er in der Ferne einen Vogel schreien, eine Krähe vermutlich.

Nachdem er weitere fünf Minuten über einen vereisten Waldweg gefahren war, parkte er direkt vor dem Ferienhaus. Die Augen mit den Händen beschattend, spähte er durch die Reihe kahler Bäume über den See. Am gegenüberliegenden Ufer erstreckte sich ein schneebedeckter Badestrand mit einem einstöckigen Flachbau in der Mitte. An der Außenwand des Hauses prangte ein großes rotes Kreuz. Etwa fünfzig Meter neben der Rettungsstation stand ein Blockhaus. Ein Schild mit Eiscremewerbung deutete darauf hin, dass es sich um einen Kiosk handelte.

Die Bruckners waren auf ihrer Seite des Sees wohl weitgehend ungestört gewesen. Vielleicht hatte an heißen Sommertagen der Wind die Stimmen der Badenden übers Wasser zu ihnen getragen. Doch im Grunde hätten sie, vom Uferbewuchs geschützt, splitterfasernackt über den Bootssteg tollen und sich sogar hemmungslos im Freien lieben können, ohne bemerkt zu werden.

Die Hände tief in den Taschen seiner Jacke vergraben, näherte sich Fremden dem im skandinavischen Baustil errichteten Ferienhaus. An weiten Teilen der Holzfassade blätterte der rote Anstrich ab. Die Dielen gaben ein bedrohliches Knarren von sich, als er über die Veranda zur Eingangstür lief.

Im Wohnzimmer empfing ihn ein modriger Geruch. Feuchtigkeit hatte ganze Lagen der Tapete von den Wänden gelöst.

Mitten im Raum stand eine von Rost überzogene Hollywoodschaukel. Eine der Fensterscheiben war zerborsten. Unter die Glasscherben am Boden mischten sich Blätter und Erde und auch irgendwelche Bruchstücke aus buntem Porzellan. Sämtliche Möbel waren von einer schmierigen Staubschicht bedeckt. Der Korbstuhl in der Ecke schimmelte. In der Vitrine lagerte Geschirr. CD-Hüllen stapelten sich neben der Kompaktanlage, und der Fernseher war noch über das Kabel mit der Steckdose verbunden.

Es war kaum zu übersehen, dass Klaus Bruckner nicht das geringste Interesse an dem Ferienhaus hatte. Es schien ihm auch gleich zu sein, ob etwas gestohlen wurde oder das Interieur Vandalen anheimfiel. Er hatte sich nicht einmal die Mühe gemacht, die Klappläden an den Fenstern zu schließen.

Die Küche befand sich im rückwärtigen Teil des Hauses. Dort hatte Amelie Bruckner das Abendessen zubereitet, als ihr Mann in den See gestürzt war. Auch hier herrschte ein heilloses Durcheinander. Benutztes Geschirr türmte sich im Spülstein, und auf dem Herd reihte sich eine kleine Armada aus schmutzigen Töpfen aneinander. Wahrscheinlich verrottete in einem noch das halb gar geschmorte Lammragout.

Neben dem Kühlschrank entdeckte Fremden an der mit Nut- und Federbrettern verkleideten Wand eine angepinnte Ansichtskarte vom Kolosseum in Rom. Er nahm sie ab, um den Text zu lesen. *»Wir müssen uns bald mal wieder treffen. Herzliche Grüße aus dem Süden, Selma«.* Fremden pinnte die Karte wieder zurück an die Wand. Dann trat er ans Fenster. Von der Küche aus war der See nicht einzusehen. Hier war lediglich ein Wald aus Birken, deren Stämme hell in der Wintersonne leuchteten.

Was war an jenem Sommerabend geschehen? Die Frage begann ihn allmählich tatsächlich zu interessieren. Falls es der Realität entsprach, dass jemand Bruckner ins Wasser gestoßen hatte, mit dem Ziel, ihn zu töten, musste er definitiv Feinde gehabt haben. Liliana Bode hatte die Frage danach mit einer flapsigen Bemerkung abgetan.

Auf die Fensterbank gestützt, versuchte Fremden, sich ein mögliches Mordszenario vorzustellen. Zwei oder mehrere Personen auf dem Bootssteg. Kämpften sie miteinander, oder schlichen sich der oder die Mörder an Hugo Bruckner heran? Anscheinend hatte die Leiche keine sichtbaren Verletzungen aufgewiesen. Anderenfalls hätte die Staatsanwaltschaft ein Ermittlungsverfahren einleiten müssen. Fraglich war, warum Bruckner nach dem Sturz ins Wasser nicht ans rettende Ufer geschwommen war. Ob er es nicht tat, weil er das Bewusstsein verloren hatte, weil er Nichtschwimmer gewesen war oder weil er vielleicht daran gehindert worden war.

Allerlei ungeklärte Fragen im Kopf, begab sich Fremden nach draußen auf den Bootssteg. In gebeugter Haltung schritt er die schneebedeckten Planken ab. Es durfte ihn nicht wundern, dass er nach so langer Zeit keine Kampfspuren mehr fand. Am Stegende öffnete er seine Hose und pinkelte in den See. Dampf erhob sich, als sein Urin auf das eiskalte Wasser traf.

Zurück am Ufer, holte er sein Handy aus der Tasche. Was genau er fotografieren sollte, wusste er selbst noch nicht. Halbherzig machte er einige Aufnahmen vom Steg, der Umkleidekabine, dem Strandkorb und dem Ferienhaus. Das Objektiv des Handys auf den Birkenwald gerichtet, sah er im Display plötzlich etwas Helles durch die Baumreihen blitzen. Beim Heranzoomen erkannte er, dass es die weiß verputzte Mauer eines Hauses war, das etwa zweihundert Meter Luftlinie entfernt am östlichen Ufer stand. Außer dem der Bruckners schien es das einzige Gebäude auf dieser Seite des Sees zu sein.

Wenige Minuten später drückte Fremden auf eine Klingel mit der Aufschrift *»V. Kaczorowski Kräuter und Heilmittel«*. Doch auch nach dreimaligem Klingeln wurde ihm nicht geöffnet. Enttäuscht trat er einige Schritte zurück und betrachtete die Hausfassade. Hier blätterte nichts ab, und auch die Fensterläden waren ordentlich geschlossen. An der Wand neben der Eingangstür lehnte ein Besen. Mehrere Ster Holz lagerten im Unterstand. Und im Vorgarten schützten Kartoffelsäcke die Rosenbüsche vor dem Frost. Auf den ersten Blick gab es nichts, was den Eindruck von biederer Normalität trübte. Dennoch beschlich ihn das Gefühl, dass mit dem Haus irgendetwas nicht stimmte. Zögernd holte er eine Visitenkarte aus der Tasche. Auf der Rückseite notierte er seine Handynummer mit der Bitte, sich bei ihm zu melden. Dann schob er die Karte unter der Tür hindurch.

***

Dass Milan Tassen im Frankfurter Zoo im Nashornhaus arbeitete, hatten sie von Magdalena Eisner erfahren. Nach Passieren des Zoogesellschaftshauses erreichten sie die ersten Freigehege. Gut gelaunt schritt Mannfeld vorneweg und dirigierte Born über die schneegeräumten Gehwege in den hinteren Teil der Anlage. In zwei, drei Jahren würde Henry so weit sein, dass sie mit ihm hierherkommen konnte. Im Gegensatz zu vielen Skeptikern fand sie es geradezu phantastisch, mitten in der Großstadt australische Süßwasserkrokodile, Sumatra-Orang-Utans, Netzgiraffen und Wüstenleguane besuchen zu können. Besonders das Exotarium mit seinen zahlreichen Terrarien und Aquarien hatte es ihr angetan. Einziger Wermutstropfen an einem kalten Wintertag wie diesem: Viele der Tiere waren in den Häusern untergebracht.

Am Nashornhaus angekommen, erhielt ihre Stimmung jedoch einen kleinen Dämpfer. Nicht wegen des bestialischen Gestanks, der dort herrschte, sondern weil ihnen ein Tierpfleger mitteilte, dass sich Milan Tassen am Morgen krankgemeldet hatte.

»Was hältst du von der These«, brummte Born auf dem Weg zum Ausgang, »dass sich die Tassen im Sheraton mit ihrem Lover getroffen haben könnte? Und dass dieses Treffen dann gehörig aus dem Ruder lief?«

»So was in der Richtung hast du vorhin schon mal angedeutet. Es ist aber überhaupt nicht gesagt, dass die alte Dame …«

»… zum Vögeln ins Hotel gefahren ist?«, vollendete Born ihren Satz. »Mag sein. Es ist aber sehr wahrscheinlich. Das sagt mir mein Instinkt.«

»Indizien hast du aber keine. Das Opfer war vollständig bekleidet, das Bett unberührt. Und deine Schäferstündchenthese erklärt nicht, weshalb der Tisch und der Stuhl in der Mitte des Raums standen.«

»Sie hatte überhaupt kein Gepäck dabei«, hielt Born dagegen. »Und sie hat sich ein Zimmer in ihrer Heimatstadt gemietet. Nur für eine Nacht. Was hätte sie denn sonst im Sheraton tun sollen?«

»Das, mein Lieber, versuchen wir ja gerade durch Befragungen von Zeugen herauszubekommen.«

»Dass unser Opfer nicht unbedingt prüde war, beweisen doch die Aktzeichnung im Schlafzimmer und der Marquis de Sade im Bücherschrank.«

»Ich will ihr ja auch nicht unterstellen, dass sie wie eine Nonne gelebt hat. Aber das Buch kann sie theoretisch schon vor dreißig Jahren gekauft oder gar geschenkt bekommen haben.«

»Nein«, entgegnete Born grinsend. »Die Ausgabe stammt von 2006. Die hat sie wahrscheinlich selbst gekauft. Oder würdest du einer alten Dame so eine heiße Lektüre schenken?«

Kopfschüttelnd griff sie das Argument mit der Aktzeichnung auf. »Anscheinend war Selma Tassen Hobbymalerin. Da ist es doch nichts Besonderes, dass sie auch mal einen nackten Menschen malt.«

»Einen nackten *Mann*«, konkretisierte Born. »Adonistyp. Großen Wert hat sie auf die detailgetreue und, realistisch betrachtet, deutlich überdimensionierte Darstellung des Geschlechtsteils gelegt. Und das Ergebnis hat ihr offenbar so gut gefallen, dass es einen Ehrenplatz über dem Bett bekam.«

Auf Höhe des Streichelzoos blieb Mannfeld stehen und packte Born am Arm. »Was ist mit der Notiz? *›Montag 20.30 Uhr Lakai‹*. Wie passt die ins Bild?«

»Damit war Simon Patenstein gemeint.«

»Richtig«, sagte Mannfeld. Der »glühende Verehrer«, wie die Nachbarin von Selma Tassen ihn genannt hatte, hatte ehrlich erschüttert geklungen, als er übers Telefon vom Tod seiner Angebeteten erfuhr. Er sei gestern tatsächlich mit ihr verabredet gewesen, ließ er sie wissen, doch sie habe kurzfristig abgesagt. Mannfeld hatte angekündigt, ihn am späten Nachmittag in seinem Laden aufzusuchen, um ihm einige Fragen zu stellen. »Aber das Wort ›Lakai‹ ist in diesem Zusammenhang doch seltsam, findest du nicht? So nannte man früher einen Diener in Livree. Mittlerweile hat die Bezeichnung eher einen abfälligen Touch.«

»Ja, heute geht ›Lakai‹ mehr in Richtung ›Stiefellecker‹ oder ›Sklave‹. Und da wären wir auch schon wieder beim Thema Sadomaso und Marquis de Sade.«

»Das meinst du nicht im Ernst, oder? Nun, warten wir ab, was für ein Mensch Patenstein ist, das bringt vielleicht schon etwas Licht in die Sache. Vorher lass uns aber noch zu Milan Tassen in die Wohnung fahren. Ich möchte gern wissen, was er zum Tod seiner Stiefmutter zu sagen hat.«

Den Umweg hätten sie sich sparen können. Milan Tassen hatte sich zwar krankgemeldet, war aber augenscheinlich nicht zu Hause – oder er fühlte sich zu schwach, um die Tür zu öffnen. Unverrichteter Dinge zogen sie weiter.

Das Antiquitätengeschäft von Simon Patenstein befand sich in der Friedrichstraße, nur wenige Gehminuten von der Wohnung des Mordopfers entfernt. Das Ertönen der Ladenklingel kündigte ihr Eintreten an. Ein Großteil der im Verkaufsraum ausgestellten Möbel war aus poliertem Kirschholz gefertigt. Mannfeld ließ ihren Blick über das exklusive Angebot schweifen. Zu Dekorationszwecken war in der Ladenmitte ein Esstisch mit Damasttischdecke, Kristallgläsern, Porzellantellern, Silberbesteck und einem siebenarmigen Kerzenständer eingedeckt.

»Kann ich den Herrschaften vielleicht behilflich sein?« Der aus dem Nebenraum getretene Simon Patenstein wirkte um einiges jünger als Selma Tassen. Mannfeld schätzte das Alter des Mannes auf höchstens Mitte sechzig. Äußerlich erinnerte nichts an seine jüdische Religionszugehörigkeit. Vor ihnen stand kein in Schwarz gekleidetes Männchen mit Hut, Rauschebart und Schläfenlocken, wie sie es in einem Anflug von unterschwelligem Klischeedenken vielleicht erwartet hatte. Vielmehr trug Simon Patenstein ein auf Taille gearbeitetes hellbraunes Wolljackett zu einer anthrazitfarbenen Anzughose, und seine grau melierten Haare waren an den Schläfen ebenso sorgfältig gestutzt, wie die Wangen- und Kinnpartie rasiert war.

»Herr Patenstein«, sagte Mannfeld, nachdem sie sich vorgestellt und ausgewiesen hatten, »wir haben vorhin bereits kurz miteinander telefoniert. Wenn Sie ein paar Minuten Zeit für uns haben, würden wir uns gern noch etwas ausführlicher mit Ihnen über Selma Tassen unterhalten.«

Wie auf Kommando füllten sich die Augen des Antiquitätenhändlers mit Tränen.

»Es tut uns leid, dass wir Ihnen das nicht ersparen können, aber –«

»Stellen Sie ruhig Ihre Fragen«, unterbrach sie Simon Patenstein und trocknete seine Wangen mit einem Taschentuch.

»In welcher Beziehung standen Sie zu der Verstorbenen?«

»Ich habe Selma verehrt. Seit unserem Kennenlernen in der Oper trafen wir uns regelmäßig.«

»Bei Ihnen oder bei ihr?«

»Weder noch. Bis auf wenige Ausnahmen gingen wir aus.«

Mannfeld überlegte einen Moment, ob sie an diesem Punkt nachhaken sollte, sagte aber stattdessen: »In der Wohnung von Frau Tassen sind wir auf eine Mitgliedskarte eines Fitnessstudios gestoßen. Ging sie regelmäßig zum Sport?«

»Immer montagmorgens. Da finden die Kurse für Senioren statt.«

»War sie gestern auch dort?«

»Soviel ich weiß, ja. Sie wollte sich fit halten. Es war ihr enorm wichtig, in ihren Körper zu investieren, wie sie sich ausdrückte.«

»Unterhielten Sie eine intime Beziehung zu Frau Tassen?«, mischte sich Born plötzlich in die Befragung ein.

Simon Patenstein errötete und schüttelte den Kopf.

»Wissen Sie, wie das Verhältnis von Frau Tassen zu ihrem Stiefsohn war?«, beeilte sich Mannfeld, das Thema zu wechseln.

»Haben Sie denn noch nicht mit Milan gesprochen?«

Mannfeld verneinte, behielt aber für sich, dass ihnen an der Wohnung des angeblich erkrankten Tierpflegers nicht die Tür geöffnet worden war. Im Gegensatz zu ihr fand Born diesen Umstand nicht weiter verdächtig. Auch nicht, dass die Krankmeldung zufällig am Morgen nach dem Mord an der Stiefmutter erfolgt war. Fokussiert auf seine »Lovermord«-These, argumentierte er, dass man sich eben nicht aussuchen könne, wann man krank wurde. Und dass ein Kranker auch mal zum Arzt oder in die Apotheke müsse und deshalb nicht ständig zu Hause anzutreffen war.

»Distanziert«, sagte Simon Patenstein nach kurzem Überlegen. »Ich würde das Verhältnis der beiden als distanziert bezeichnen.

Selma war kein sehr zugänglicher Mensch. Für mich war es auch nicht immer leicht mit ihr. Manchmal war sie von einem Moment auf den anderen kühl und abweisend. Ohne dass es einen Grund dafür gab.«

»Und wie ist Milan Tassen mit diesem Wesenszug klargekommen?«

»Nicht so gut. Er hatte schon genug daran zu knabbern, dass sich nach dem Tod seiner leiblichen Mutter niemand so recht um ihn kümmerte. Der Vater war ständig auf Geschäftsreise. Von einer der Reisen brachte er dann Selma mit. Doch anstatt dem Jungen das Gefühl von Geborgenheit zu vermitteln, machte sie den Fehler, ihn nach ihren Wertevorstellungen erziehen zu wollen.«

»Hat Ihnen das Frau Tassen erzählt?«

»Ja. Als wir einmal beim Italiener zu Abend aßen. Da hat sie mir auch erzählt, wie es zum endgültigen Bruch zwischen ihr und dem Jungen kam. Milan war damals gerade mal fünfzehn. In den Sommerferien hat Selma ihn zu einem Kellnerpraktikum im ›Frankfurter Hof‹ angemeldet. Ohne ihn vorher zu fragen, ob er das überhaupt will. Die Tassens waren Duzfreunde des Hoteldirektors. Milan wollte lieber mit Klassenkameraden zum Zelten nach Frankreich fahren. Doch sie bestand darauf, dass er die Stelle antrat. Er sollte endlich lernen, dass man für die Annehmlichkeiten im Leben hart arbeiten muss.«

»Und? Hat er das Praktikum absolviert?«, fragte Mannfeld, als Simon Patenstein nicht mehr weitersprach.

»Angefangen hat er es. Aber dann muss beim Arbeiten irgendetwas Schlimmes vorgefallen sein. Von einem auf den anderen Tag hat Milan das Praktikum hingeschmissen. Und sich danach komplett von seiner Stiefmutter abgewendet.«

»Wann haben Sie Selma Tassen das letzte Mal gesprochen?«

»Gestern, als sie anrief. Sie hat mir abgesagt, weil sie sich unwohl fühlte. Ursprünglich wollten wir im ›Holbein's‹ essen gehen. Doch Selma hatte plötzlich Magenschmerzen. Mir ist unerklärlich, warum sie dann noch in dieses Hotel gefahren ist.«

»Was haben Sie gestern Abend nach dem Anruf gemacht?«

»Ich bin zu Hause geblieben und früh ins Bett gegangen.«

Auf der Straße musste Mannfeld ein paarmal tief durchatmen, bevor sie sich in Richtung Parkplatz in Bewegung setzte.

»Soso, ins ›Holbein's‹«, brummte Born zu ihrer Rechten. »Dass die beiden einen romantischen Abend bei McDonald's verleben wollten, hätte ich auch nicht gedacht.«

»Unwohl hat sich Selma Tassen angeblich gefühlt.«

»Das hat sie Patenstein zumindest vorgeflunkert. Das Hotelzimmer hatte sie ja schon am Nachmittag reserviert.«

»So wie Patenstein das Verhältnis zwischen Stiefsohn und Stiefmutter schildert, könnte Milan Tassen als Täter in Frage kommen.«

»Und das Motiv? Hass, weil er als Kind vernachlässigt wurde und die böse Stiefmutter ihm den Vater weggenommen hat?«

»Möglich. Aber wir dürfen auch nicht außer Acht lassen, dass Patenstein versuchen könnte, uns einen Bären aufzubinden. Ich finde, er ist schwer einzuschätzen. Vielleicht ist er ja doch derjenige, den Selma Tassen im Hotel traf. Er hat kein Alibi.«

Born blieb abrupt stehen und warf ihr einen belustigten Blick zu. »Womit wir wieder beim Thema Sex und bizarre Spielchen wären. Dass Patenstein keine intime Beziehung zu der Tassen hatte, nehme ich ihm allerdings ab. Es war ihm peinlich, als ich danach fragte.« Born legte eine kleine Pause ein, bevor er fortfuhr: »Wie wäre es stattdessen mit folgender Variante: Die Tassen verabredet sich mit dem großen Unbekannten. Patenstein bekommt davon Wind. Enttäuscht und wütend folgt er ihr ins Sheraton und legt sie um, noch bevor es zu dem amourösen Treffen kommen kann. Motiv: Eifersucht. Das würde auch erklären, weshalb sie vollständig bekleidet war. Patenstein kommt nicht damit klar, dass die von ihm Verehrte mit einem anderen ins Bett hüpft und ihm die kalte Schulter zeigt.«

»Dann hätte aber dieser große Unbekannte die Leiche finden müssen.«

»Glaub ich nicht. Wahrscheinlich wäre er einfach nur vor der verschlossenen Zimmertür gestanden und wieder abgehauen.«

»Er hätte sich beim Portier gemeldet und sich erkundigt, ob Selma Tassen eingecheckt hat.«

»Nicht, wenn die Beziehung geheim war. Weil er beispielsweise ein verheirateter Mann ist. Oder in der Öffentlichkeit steht. Oder weil er wesentlich jünger ist als Selma Tassen und sich dafür schämt.«

***

Nach seinem Eintreffen im Fachwerkhaus bestand Fremdens erste Amtshandlung darin, den Umschlag mit der Anzahlung im Spirituosenschränkchen hinter den Schnapsflaschen zu verstauen. Dann machte er sich – angeregt durch Klaus Bruckners Bemerkung, er habe früher schon einmal für seinen Vater gearbeitet – auf ins Arbeitszimmer. Auf halbem Weg dorthin hörte er ein leises Gluckern durch die Rohre wandern. Als er stehen blieb, um einen Moment lang dem Geräusch zu lauschen, drang auch noch das altersschwache Ächzen des Gebälks an sein Ohr.

Im Arbeitszimmer brauchte er nicht lange zu suchen. Ein Ordner, auf dessen Rücken fein säuberlich der Name »Bruckner« geschrieben stand, lag auf dem untersten Boden im Regal hinter dem Schreibtisch. Die Staubschicht vom Deckel pustend, machte er es sich im Sessel am Fenster bequem.

In dem Ordner waren lediglich drei DIN-A4-Bögen abgeheftet. Angeleuchtet vom Schein der Stehlampe, wirkte das Papier alt und vergilbt. Das oberste Schriftstück war auf der alten Olympia-Schreibmaschine seines Onkels verfasst worden. Das W hatte nicht mehr richtig funktioniert. Der Buchstabe war nur noch als farbloser Abdruck zu erkennen.

Laut der Aufzeichnungen hatte das erste Treffen zwischen Bruckner und seinem Onkel am fünfundzwanzigsten Juli 2005 in der Detektei stattgefunden. Als Fremden die ersten Zeilen der stichwortartigen Zusammenfassung überflog, zuckte er innerlich zusammen. Bruckner hatte seinen Onkel nicht wegen eines Bagatellfalls konsultiert. *»Klient wird von Unbekannten erpresst«*, stand in der Notiz. Und darunter: *»Klient weigert sich, Auskunft über die Höhe des geforderten Löse- oder Schweigegeldes sowie über die Angelegenheit, wegen der er erpresst wird, zu geben«*.

Merkwürdig ist das schon, dachte Fremden, seinen Blick von dem Blatt hebend. Das Vertrauen, das Bruckner seinem Onkel entgegengebracht hatte, konnte nicht allzu groß gewesen sein. Rätselhaft, weshalb er ihn dann überhaupt engagiert hatte.

Irritiert wandte sich Fremden wieder der Lektüre zu. Im zweiten Teil der Zusammenfassung war lediglich festgehalten, dass die Geldforderung schriftlich und anonym eingegangen war. Ferner, dass Bruckner sich nicht an die Polizei wenden wollte und keinen Verdacht hegte, wer ihn erpresste. Das war verdammt wenig an Information.

Auf der nächsten Seite klebten Aufnahmen von der Geldübergabe. Sie zeigten eine maskierte, dunkel gekleidete Gestalt, die sich vom Fotografen wegbewegte. Sonst war – bis auf einige Bäume, Gestrüpp und Nachthimmel – nichts zu erkennen. Nur beim letzten Foto handelte es sich um eine Tagaufnahme, auf der der Reifenabdruck eines Motorrads im Waldboden zu sehen war.

Fremden blätterte zur dritten und letzten Seite im Ordner, einem linierten DIN-A4-Blatt mit handschriftlichen Notizen. *»Geldübergabe gescheitert«*, stand mit Kugelschreiber geschrieben in der ersten Zeile. Direkt unter dem Vermerk hing an einem Tesastreifen ein etwa Ein-Euro-Münzen-großer goldener Schmuckanhänger in Form eines Löwen. *»An Übergabestelle gefunden«*, lautete die dazugehörige Notiz. *»Muss aber nicht zwangsläufig mit dem Fall zu tun haben. Vermute mittlerweile, dass die Erpressung in Zusammenhang mit dem Jagdausflug nach Moldawien steht.«*

Fremden stemmte sich aus dem Sessel. Im Arbeitszimmer auf und ab laufend, fasste er in Gedanken zusammen, was er bislang an Informationen zu den damaligen Ermittlungen hatte: Im Sommer 2005 war Hugo Bruckner erpresst worden. Weshalb, blieb im Dunkeln. Die Fotos zeugten davon, dass er bereit gewesen war zu zahlen oder dies zumindest vortäuschen wollte. Die Geldübergabe scheiterte jedoch. Aus welchem Grund, ging aus den Unterlagen nicht hervor. Ebenso wenig, ob zu einem späteren Zeitpunkt eine weitere Übergabe stattgefunden hatte oder nicht. Sein Onkel hatte vermutet, dass die Erpressung mit einem Jagdausflug nach Moldawien zu tun haben könnte.

Vor dem wuchtigen Schreibtisch aus Eichenholz blieb Fremden stehen. Was bedeuteten diese Erkenntnisse für seine aktuellen Ermittlungen? Auf den ersten Blick tat sich kein Zusammenhang zwischen den Ereignissen auf. Andererseits müsste es sich aber um einen verdammt großen Zufall handeln, wenn Bruckner erst erpresst worden war, um dann, nur wenige Wochen danach, durch einen mysteriösen, unter noch ungeklärten Umständen herbeigeführten Sturz in einen See ums Leben zu kommen.

Auf einmal meldete sich Fremdens Magen mit einem vernehmlichen Knurren. Mit deutlicher Antipathie erinnerte er sich an die in der Speisekammer lagernden dreizehn Dosen Ravioli. Die mit dem jüngst verstrichenen Mindesthaltbarkeitsdatum erhitzend, versuchte er, seinen Appetit auf die Teigtaschen zu steigern, indem er sich ausmalte, alternativ im »King of Asia« Ameisensuppe, Zikadenspieß und Junikäfersalat essen zu müssen. Wobei ihn allerdings an dieser Vorstellung reizte, die Mahlzeit von Liliana Bode serviert zu bekommen.

Mit einem tiefen Teller des Nudel-Soßen-Gemischs in der Hand setzte er sich im Wohnzimmer an das Nierentischchen. Auf der Tischplatte lag das Foto, das er von Klaus Bruckner erhalten hatte. Das volle silbergraue Haar sorgfältig zurückgekämmt, blickte Hugo Bruckner mit diesem typischen Mario-Adorf-Lächeln in die Kamera. Fremden legte den Löffel beiseite. Doch es war nicht die Ähnlichkeit zu dem berühmten Schauspieler, die ihn zu der Aufnahme greifen ließ. Irgendwo hatte er das Gesicht schon einmal gesehen. Und zwar vor Kurzem erst. Sekundenbruchteile später war er auf den Beinen. Mit großen Schritten eilte er auf das Spirituosenschränkchen zu. Von der Ablage nahm er das Foto mit den vier Jägern. Ältere Herren in Jägerkluft, die im Halbkreis um einen erlegten Bock posierten. Derjenige, der am linken Bildrand stolz in die Kamera grinste, war sein Onkel. Die beiden rechts – ein Hagerer mit kantigen Gesichtszügen und ein Untersetzter, der eine Art Kaiser-Wilhelm-Backenbart zur Schau trug – hatte er noch nie gesehen. Der zweite Jäger von links jedoch, der lässig seine Büchse schulterte, war zweifellos Hugo Bruckner. Demnach hatte es auch eine private Verbindung zwischen dem Bestatter und seinem Onkel gegeben. Die wiederum eine Erklärung dafür sein konnte, weshalb Bruckner zur Lösung seines Erpressungsproblems einen Detektiv aus dem fernen Odenwald engagiert hatte.

Neugierig, ob sich auf der Rückseite ein Hinweis befand,

wo und wann die Aufnahme gemacht worden war, fummelte Fremden das Bild aus dem Rahmen. Und tatsächlich: Auf dem leicht fleckigen Fotopapier stand in der Handschrift seines Onkels: *»2003 – Vier Freunde in Moldawien bei der Jagd«*. Als »Freunde« hatte der Onkel die Jagdgesellschaft tituliert. Und dennoch hatte sich Hugo Bruckner ihm gegenüber zwei Jahre später in puncto Erpressung äußerst verschlossen gezeigt.

Sich eingestehend, dass ihn der Fall Bruckner auch wegen der diffusen Rolle seines Onkels immer stärker interessierte, betrachtete Fremden noch einmal die Bildseite des Fotos. Zwei der Jäger waren ihm unbekannt. Vielleicht, dachte er, bringt es mich weiter, wenn es mir gelingt, die beiden ausfindig zu machen. Und denjenigen, der das Foto geschossen hatte, falls es nicht mit Selbstauslöser gemacht worden war.

***

Azurblauer Himmel über dem Mittelmeer. Deutlich, als sei es gestern gewesen, konnte er sich an den Tag erinnern, an dem das Schicksal ihn die Wege der Bruckners kreuzen ließ. An diesem Morgen hatte eine sanfte Brise aus Südost die ersten fremdländischen Geräusche und Gerüche an Bord der MS Merdiva getragen, die gerade Kurs auf die marokkanische Küste nahm.

In der Gewissheit, dass ihn ein anstrengender Arbeitstag erwartete, hatte er seinen Dienst pünktlich um acht Uhr angetreten. Er war zur Gästebetreuung für den Landgang eingeteilt gewesen. Etwa eine Stunde nach dem Anlegen sollte ein Bus die angemeldeten Passagiere vom Hafen abholen und ins Zentrum von Agadir fahren. Viele waren das nicht. Ein Großteil der Reisenden fürchtete sich vor islamistisch motivierten Anschlägen. Die Erinnerung an die Angriffe auf das World Trade Center und das Pentagon war noch frisch. Ein anderer, wesentlich kleinerer Teil machte sich eher Sorgen, bei der überwiegend muslimischen Bevölkerung Marokkos nicht willkommen zu sein. Eine für ihn eher nachvollziehbare Befürchtung, genährt durch die martialische Rhetorik, die die Bush-Regierung in jenen Wochen und Monaten in der arabischen Welt angeschlagen hatte.

Bei seinem Kontrollgang auf dem Sonnendeck hatte er sich gewundert, dass sich dort trotz des herrlichen Wetters nur eine Handvoll Passagiere aufhielt. Ein junges britisches Paar, das am folgenden Tag auf hoher See getraut werden sollte, lümmelte in Liegestühlen und blickte aufs Meer hinaus. Unweit davon machte ein sportlicher Mittvierziger Tai-Chi-Übungen. Und dann war da noch die in ein bodenlanges Kleid gehüllte Seniorin, die einen Zeichenblock in der Hand hielt und malte. Eine Rubensfrau, die ihm vorher schon einmal beim Lunch aufgefallen war, als sie ihren mit Hummerschwänzen vollgeladenen Teller vom Buffet zum Tisch balancierte.

An der Außentreppe hatte er sich an die Reling gestellt, den Krawattenknoten und den obersten Knopf seines Hemdes gelockert und die nach Salz schmeckende Seeluft eingeatmet. Einen Moment lang beobachtete er das Spektakel der über dem Schiff kreisenden Möwen. Dann ließ er seinen Blick an seiner schneeweißen Uniform herunterwandern. Das ständige Kontrollieren, ob sie auch richtig saß, war eine Marotte, die er sich erst einige Monate zuvor angewöhnt hatte. Früher hatte er das nicht getan. Obwohl er in seinem Leben schon einige Uniformen getragen hatte.

Auf einmal hatte er eine kräftige Windböe in seinem Rücken gespürt. Ein Bogen Papier flatterte aufs Meer hinaus. Ein lautes Geräusch an seiner Seite ließ ihn zusammenzucken. Geistesgegenwärtig hatte er zugegriffen. Gerade noch rechtzeitig, bevor die kopfüber auf die Treppe zurutschende Rubensfrau über Bord gestürzt war.

Die Belobigung des ersten Offiziers war vor versammelter Mannschaft erfolgt. Und auch die Bruckners sparten nicht mit Dank. Der Mann hatte Tränen in den Augen gehabt, als er voller Theatralik vom zweiten Geburtstag sprach, den seine Ehefrau nun feiern durfte. Das war ihm ebenso unangenehm gewesen wie das Schulterklopfen im Kreis der Kollegen. Er war nicht zum Helden geboren und wusste mit der Rolle auch schlecht umzugehen.

Tage später, beim Landgang in Alexandria, hatte ihn Hugo Bruckner erneut beiseitegenommen und bei einem Besuch im Suq von seinem Bestattungsunternehmen geschwärmt. Wenn er einmal wieder festen Boden unter den Füßen haben wolle, bot er an, für einen Pfundskerl wie ihn habe er immer Arbeit. Als er seines skeptischen Blickes gewahr wurde, versicherte er, dass es bei Pietät Bruckner auch reizvollere Tätigkeiten gab, als Leichen zu waschen.

Doch er hatte sich nur auf dem Vorplatz des Basars umgesehen und zu dem Angebot geschwiegen. Schon damals hatte er viel von der Welt gesehen. Wenn auch nur als einfacher Steward in schneeweißer Uniform. Aber gerade das hatte ihm schon so manche Tür geöffnet. Kaum vorstellbar, dass er dieses Leben einmal gegen einen Job in Frankfurt eintauschen würde.

VIER

Als Fremden aufwachte, hatte er eine Kindheitserinnerung vor Augen: der Onkel, den Oberkörper über die Olympia-Schreibmaschine gebeugt. Beim Tippen hängt ihm eine pomadisierte Haarsträhne in die Stirn. Als Fremden ihn fragt, was er denn Tolles schreibt, antwortet er in mechanischem Tonfall: »Berichte, mein Junge. Wichtige Berichte.«

Mit klammen Fingern öffnete Fremden den Reißverschluss des Schlafsacks. Sofort drang ein kühler Luftzug an seine Brust. Er streifte sich eilig die Jeans über und hoffte, dass die Heizung über Nacht nicht wieder den Dienst versagt hatte. Doch gerade als er die Kellertreppe hinabsteigen wollte, um nachzusehen, hörte er die Zündung mit einem lauten Fauchen anspringen.

In der Küche setzte er Kaffee auf. Das Gluckern der Maschine im Ohr, überlegte er, wie er den Tag sinnvoll angehen sollte. Den Kühlschrank auszuwaschen war eine Option. In den Baumarkt zu fahren und einen Teil von Bruckners Anzahlung in Bretter, Planen, Werkzeug und Mörtel zu investieren eine andere. Eine weitere bestand darin, Bruckner zu kontaktieren und ihm das Jagdfoto zu faxen. Anschließend könnte er ihn befragen, ob er von der Reise nach Moldawien Kenntnis hatte und ob er außer seinem Vater noch jemanden auf der Aufnahme kannte. Die Gefahr, dass Bruckner seinen Onkel erkannte und er sich durch diese Aktion selbst enttarnte, tendierte gegen null. Denn falls der Bestatter tatsächlich wusste, wie sein Onkel aussah, hätte ihm schon bei ihrer ersten Begegnung klar sein müssen, dass er nicht derjenige war, für den er ihn hielt.

Fremden entschied sich für Option drei. Der Rückruf, um den er Bruckner auf dem Fax gebeten hatte, erreichte ihn, als er sich in der Küche an einem Schluck Kaffee die Zunge verbrannte.

»Schönes Foto, das Sie mir da geschickt haben.«

»Kennen Sie es?«

»Nein, ich sehe es zum ersten Mal.«

»Ich habe es gefaxt, weil ich wissen möchte, ob Sie die Personen darauf kennen.«

Den Moment der Stille, in dem Bruckner das Foto vermutlich noch einmal eingehend betrachtete, nutzte Fremden, um seine Zunge mit einem Schluck Leitungswasser zu kühlen.

»Die drei anderen Jäger …«, hörte er ihn schließlich gedehnt sagen. »Ich weiß nicht so recht. Ich vermute aber, dass das Bild bei Gießen aufgenommen wurde.«

»Wie kommen Sie denn auf Gießen?«

»Vater hatte dort ein Jagdrevier gepachtet.«

»Ich gehe davon aus, dass es in Moldawien geschossen wurde.«

»In Moldawien?«, fragte Bruckner überrascht. »Wie kommen Sie denn auf Moldawien?«

»Wegen eines Vermerks auf der Rückseite. Erkennen Sie noch jemanden außer Ihrem Vater?«

»Der große schlanke Mann ganz rechts im Bild kommt mir bekannt vor. Vielleicht aber auch nur, weil er einem ehemaligen Physiklehrer von mir ähnelt. Die anderen beiden habe ich noch nie gesehen.«

»Sind Sie da sicher?«

»Fast hundertprozentig. Ich habe Ihnen ja bereits gesagt, dass ich durch meinen Aufenthalt in den USA vom Privatleben meiner Eltern jahrelang so gut wie nichts mitbekommen habe.«

Auf Bruckners Frage, woher er das Foto hatte, antwortete Fremden, dass er es in archivierten Unterlagen gefunden habe.

»In welchen Unterlagen?«, hakte Bruckner nach.

Das war der Moment, in dem Fremden gehörig ins Schleudern geriet. So abstrakt es nur irgendwie ging, sprach er von alten Ermittlungen.

»In welcher Angelegenheit waren Sie denn für meinen Vater tätig?«

»Darüber darf ich Ihnen keine Auskunft erteilen. Ich bin meinen Klienten gegenüber zur Verschwiegenheit verpflichtet.«

»Hören Sie, Herr Fremden, mein Vater ist seit über sechs Jahren tot. Um seine Interessen zu schützen, braucht niemand mehr zu schweigen. Und am wenigsten mir gegenüber. Ich denke, ich habe ein Recht zu erfahren, um was es bei diesen Ermittlungen ging.«

»Ihr Vater ist damals erpresst worden.«

»Erpresst«, stieß Bruckner hervor. »Das hat er nie erwähnt. Weshalb hat man ihn denn erpresst?«

»Daraus machte er ein Geheimnis.«

»Wie? Vater hat es Ihnen nicht gesagt? Wie ist die Sache denn ausgegangen?«

»Nach einer missglückten Geldübergabe hat sich der Erpresser nicht mehr gemeldet«, sagte Fremden. Das war blind aus der Hüfte geschossen.

Nachdem er aufgelegt hatte, nippte er an dem mittlerweile lauwarm gewordenen Kaffee. Glücklicherweise hatte Bruckner, was den Erpressungsfall anbelangte, nicht weitergebohrt. Bereitwillig hatte er sich von der Frage ablenken lassen, ob sein Vater Nichtschwimmer gewesen war. »Ganz im Gegenteil«, hatte er geantwortet und von gemeinsamen Strandurlauben am Mittelmeer erzählt. Von einer Reise nach Moldawien hatte er allerdings nichts gewusst. Fremden schaute aus dem Fenster zu der kleinen Herde Haflinger auf der Koppel. Wenn Hugo Bruckner nun – wie von Fremdens Onkel vermutet – wegen eines Vorfalls in Moldawien erpresst worden war und es – wie von Fremden vermutet – einen Zusammenhang zwischen der Erpressung und dem nur wenige Wochen darauf erfolgten tödlichen Sturz in den See gab, ließ das nur *eine* logische Schlussfolgerung zu: Hugo Bruckner war aus einem Grund, der irgendetwas mit dieser Reise nach Südosteuropa zu tun hatte, ermordet worden.

Am Hessenplatz Nummer 5 standen zwei Namen an der Klingel zur Dachgeschosswohnung. Der von Liliana Bode und der eines ihm unbekannten Mannes. Einen Moment lang bereute Fremden, dass er sich für persönliches Aufkreuzen anstatt für einen Anruf entschieden hatte.

Es dauerte ein, zwei Minuten, bis er sich durchs schummerige Altbautreppenhaus in den obersten Stock gearbeitet hatte. Liliana Bode erwartete ihn barfuß an der Wohnungstür. Sie trug weit geschnittene Boyfriend-Jeans. Ihren Oberkörper umhüllte ein schlabberiges Baumwollshirt mit V-Ausschnitt.

»Na so was. Das nenne ich aber mal ’ne Überraschung.«

»Ich hoffe, keine allzu unangenehme«, erwiderte Fremden.

»Und sorry, dass ich Sie einfach so in Ihren vier Wänden überfalle. Aber ich war vorhin im ›King of Asia‹, und da hat man mir gesagt, dass Sie heute Ihren freien Tag haben.«

»Wie haben Sie denn herausbekommen, wo ich wohne?«, fragte Liliana Bode und strich sich über ihre roten Haare, die sie heute offen trug.

»Von einem Ihrer Kollegen.«

»Der hat einfach so meine Adresse rausgerückt?«

»Nicht einfach so«, sagte Fremden und verfluchte sich zum zweiten Mal, dass er nicht zum Hörer gegriffen hatte. »Ehrlich gesagt, habe ich behauptet, dass ich ein Cousin von Ihnen und auf der Durchreise bin.«

Ohne sein Geständnis zu kommentieren, bat ihn Liliana Bode, ihr zu folgen. Im Wohnzimmer hätte er beinahe das Rennrad umgestoßen, das neben der Tür an der Wand lehnte. Während er auf dem zweisitzigen Sofa Platz nehmen durfte, ließ sich Liliana Bode auf einem knallgrünen Gymnastikball nieder.

»So, jetzt bin ich aber mal gespannt, was mein Cousin von seiner Reise berichtet.« Die Hände locker auf die Oberschenkel abgestützt, schaute sie ihn spöttisch an.

»Verstehen Sie das jetzt bitte nicht falsch, aber ohne diesen kleinen Trick hätte ich nie …« Fremden spürte, dass er errötete, und als Liliana Bode leise zu lachen begann, beeilte er sich fortzufahren: »… Ihre Privatadresse herausbekommen. Und mit dem Thema Reisen hat mein Besuch tatsächlich zu tun. Gestern haben Sie mir erzählt, dass Sie für Ihren Chef früher öfter Auslandsreisen gebucht haben.«

»Stimmt«, antwortete Liliana nun wieder eine Spur ernster. »Für ihn und manchmal auch für diverse Begleiter.«

»Ging es zur Jagd?«

»Keine Ahnung, was die Herren auf den Touren getrieben haben. Und ich glaube, das will ich auch gar nicht so genau wissen.«

»Können Sie sich erinnern, welche Ziele die Reisen hatten?«

»Natürlich. Zweimal habe ich Flüge nach Kiew gebucht. Doch meistens ging es nach Chişinău in Moldawien. Hotelzimmer und Mietwagen musste ich auch besorgen.«

»Und die Namen der Mitreisenden? Haben Sie die auch noch

parat?« Die Frage war heikel. Doch wenn er herausbekommen wollte, wer die Jäger waren, musste er das Risiko eingehen, dass Liliana Bode sich über seine Namensgleichheit mit einem der Reisenden wunderte.

»Die Namen bekomme ich leider nicht mehr zusammen. Einer hieß, glaube ich, wie eine Pflanze. Baum, Blume, Busch oder so ähnlich. Und ein anderer hatte einen noch ganz jungen Rhodesian Ridgeback.«

»Einen was?«

»Das ist ein Hund mit braunem Fell und gegenläufigem Aalstrich«, antwortete Liliana Bode. »Er brachte ihn manchmal mit, wenn er zu uns ins Bestattungsunternehmen kam, um den Chef zu besuchen. Einmal hat der Hund in den Gang gepinkelt. Ich fand das lustig, weil es sich bei dem Herrchen ausgerechnet um den Besitzer einer Hundeschule in Fechenheim handelte.«

***

Beim Betreten des Fitnessstudios fiel Born als Erstes die Reihe von Plasmabildschirmen auf, die an der Wand gegenüber den Steppern und Laufbändern montiert waren. Auf stumm gestellt, liefen auf der einen Hälfte Musikvideos und auf der anderen n-tv. Ein Nachrichtensprecher gestikulierte vor der Kulisse einer Afghanistankarte, während am unteren Bildrand der Ticker mit den Börsenkursen durchzog.

Im Slalom steuerte er mit Mannfeld durch den Gerätewald auf die Bar zu. Am Tresen hockten zwei in Crew-T-Shirts gekleidete Muskelpakete. Breiiges Zeug schlürfend, das wie flüssiger Gips an der Glasinnenseite pappen blieb, diskutierten sie Trainingspläne.

»Ist einer von Ihnen Kai Ohlmann?« Born hatte im Internet recherchiert, dass ein Mann dieses Namens für die Betreuung der Senioren zuständig war.

»Ja, ich«, antwortete der Jüngere und erhob sich von dem Barhocker. »Freut mich, dass ihr da seid. Ihr könnt gern Kai zu mir sagen. Normalerweise duzen wir uns hier. Gleich am Eingang sind die Umkleiden. Wenn ihr fertig seid, können wir mit dem Probetraining beginnen.«

Born holte seinen Dienstausweis aus der Manteltasche und hielt ihn Ohlmann unter die Nase.

»Sie sind von der Polizei?«

»So steht's zumindest auf dem Ausweis.«

»Suchen Sie jetzt bei uns nach Anabolika oder verbotenen Substanzen?«

Ohne zu wissen, ob die Frage ernst gemeint war, fixierte Born das gipsartige Gebräu in den Gläsern und schüttelte den Kopf.

»Wir sind wegen eines Ihrer Mitglieder hier. Sagt Ihnen der Name Selma Tassen etwas?«

»Natürlich. Selma ist montags bei mir in der Seniorengruppe.«

»Leiten Sie den Kurs persönlich?«

Kai Ohlmann nickte.

»Können Sie uns ein bisschen was über Frau Tassen erzählen?«

»Was denn?«

»Am besten alles, was Ihnen zu der Dame einfällt«, antwortete Born, der zu seinem Ärger aus den Augenwinkeln aufschnappte, dass Trainer Nummer zwei unverhohlen Mannfelds Hintern musterte.

»Selma ist verdammt ehrgeizig. Nie gibt sie auf, auch wenn's ans Limit geht. Manch Jüngerer könnte sich eine Scheibe von ihr abschneiden. Weshalb fragen Sie?«

»Weil Frau Tassen ermordet wurde.«

Einen Moment lang starrte Ohlmann sie mit weit aufgerissenen Augen an, dann stieß er plötzlich ein hysterisches Lachen aus.

»Ich weiß nicht, was daran so komisch ist.«

Schlagartig wurde Ohlmann rot im Gesicht.

»Ist Ihnen am Montag etwas Besonderes an Selma Tassen aufgefallen?«, fragte Mannfeld.

»Ja, da gibt's tatsächlich etwas«, antwortete Ohlmann, der sich wieder ein wenig gefangen hatte. »Während des Kurses hat Selma einen Anruf erhalten. Auf ihrem Handy. Dass die Leute ihre Handys und iPhones mit ins Training nehmen, sehen wir normalerweise nicht so gern. Aber Selma hatte mich gebeten, an diesem Tag eine Ausnahme zu machen.«

Auf Borns innerer Leinwand baute sich das Bild des mit verdrehtem Kopf am Tisch sitzenden Mordopfers auf. Anscheinend hatte Selma Tassen an ihrem Schicksalstag einen so wichtigen Anruf erwartet, dass sie bereit gewesen war, das Training zu unterbrechen, um ihn anzunehmen. Auf ihrem Handy, das die Kriminaltechnik gestern weder in ihrer Wohnung noch am Tatort hatte finden können.

»Haben Sie gehört, was sie gesagt hat?«, erkundigte sich Mannfeld.

»Leider nein.«

»Und was passierte dann?«

»Als das Gespräch beendet war, hat sie gezittert.«

»Gezittert?«

»Ja, erst gezittert und dann ein klein wenig gelächelt. Ich bin mir sicher, dass das Telefonat sie ziemlich aufgewühlt hat. Das Training hat sie dann auch sofort abgebrochen. Und bevor sie in die Kabine rauschte, fragte sie mich noch, wo die nächste Apotheke ist.«

***

Fremden war erstaunt, wie klein und beengt ihm sein Ostender Ein-Zimmer-Apartment auf einmal vorkam. Gleich neben dem Eingang schmiegte sich die mickrige Küchenzeile in die Mauernische. Von dort aus waren es nicht mehr als zehn Schritte bis zu seiner Schlafstätte. Eine auf dem Boden liegende Federkernmatratze, auf der sich Bettzeug türmte, das dringend frisch bezogen gehörte. Die Wände waren mit einem wuchtigen Kleiderschrank und einem etwas luftigeren Bücherregal zugestellt. In Letzterem lagerten seine gesamten kulturellen Schätze: fünf Taschenbücher – darunter Salingers »Der Fänger im Roggen« und Keseys »Einer flog übers Kuckucksnest« – und seine CD-Sammlung, die in der Hauptsache aus Werken der Grunge-Ära bestand.

Wahllos stopfte er einige Kleidungsstücke in den Rucksack. Bei den Filzpantoffeln mit dem Rautenmuster, die er vor Wochen in einem Anflug von Geschmacksverirrung erstanden hatte, zögerte er. Doch dann packte er auch sie ein, bevor er sich wieder auf den Weg machte.

Nur noch der alte Ortskern im Süden erinnerte daran, dass Fechenheim früher ein beschauliches Fischerdorf im Mainbogen gewesen war. Heute prägten Industrieanlagen und Gewerbegebiete das Straßenbild der mittlerweile zu Frankfurt gehörenden Gemeinde.

Fremden parkte den Peugeot vor einer Dachdeckerfirma an der nördlichen Peripherie des Stadtteils. Er hörte das Bellen bereits, als er sich der Hundeschule die letzten hundert Meter zu Fuß näherte. Dank Google hatte Liliana Bode am Laptop ihres Mitbewohners schnell herausgefunden, dass nur eine Hundeschule in Fechenheim existierte. Als sie dann den Namen des Inhabers gelesen hatte, hatte es bei ihr klick gemacht.

Eine ganze Weile lang beobachtete Fremden vom Zaun aus das Treiben auf dem Gelände. In dicke Jacken und Anoraks gehüllte Hundehalter liefen mit ihren kleinen Cäsaren, Bennys und Charlies bei Fuß im Kreis. Der Mann, der vom Zentrum des Parcours aus Kommandos gab, hieß Gregor Bronski und war eindeutig der Jäger mit der hageren Statur auf dem Foto seines Onkels.

Mit leicht zusammengekniffenen Augen spähte Fremden durch den Maschendrahtzaun, bevor er sich in Bewegung setzte. Was sollte er Bronski antworten, falls der sich erkundigte, weshalb er sich für den so lange zurückliegenden Jagdausflug interessierte? Die Wahrheit? Dass er argwöhnte, zwischen Bruckners tödlichem Sturz in den See und der Reise nach Südeuropa könne ein Zusammenhang bestehen? Die Karten so offen auf den Tisch zu legen war nicht ungefährlich. Schließlich konnte Bronski der Täter sein. Wenn es denn einen gab.

»Jonas Fremden? Natürlich sagt mir der Name was.« Bronski lächelte freundlich. »Sie haben also die Detektei Ihres Onkels übernommen. Ich erinnere mich gut an ihn. Jonas war ein feiner Kerl und ein verdammt guter Schütze. Der Bursche hatte das, was man bei uns das Herz eines Jägers nennt. Aber um das zu hören, sind Sie bestimmt nicht gekommen.«

»Sie haben recht«, stimmte Fremden zu. »Ich bin hier, weil ich von Klaus Bruckner den Auftrag habe, den Tod seines Vaters zu untersuchen.«

»Nach so langer Zeit? Warum denn das?«

»Weil er vor Kurzem einen Hinweis erhalten hat, dass der Sturz seines Vaters in den See vielleicht kein Unfall war.«

»Das würde die ganze Tragödie ja umso schrecklicher machen«, sagte Bronski und legte betroffen seine Stirn in Falten.

»Erinnern Sie sich an einen oder mehrere Jagdausflüge mit dem Verstorbenen nach Moldawien?«

Bronskis Miene hellte sich wieder auf. »Einen. Selbstverständlich. Wie könnte ich den jemals vergessen? Noch heute sehe ich alles deutlich vor mir. Den Flug. Die Übernahme des Mietwagens. Die Fahrt übers Land. Das Hotel und die dunklen Wälder.«

»Was genau war Ihr Ziel in Moldawien?«

»Hugo hatte etwa achtzig Kilometer nördlich von Chişinău, nahe der ukrainischen Grenze, ein Jagdrevier gepachtet.«

Dass es sich um eine feste Pacht gehandelt hatte, wunderte Fremden. Auch, dass Klaus Bruckner nichts von deren Existenz wusste. Denn selbst bei Auslaufen oder Kündigung des Vertrags hätte er im Nachlass seines Vaters Unterlagen oder Schriftverkehr dazu finden müssen.

»Woher kannten Sie Hugo Bruckner?«

»Sie meinen, wie wir uns kennengelernt haben?«

Fremden nickte.

»Er ist eines Tages mit seinem Beagle bei mir in der Schule aufgetaucht. Und da wir beide leidenschaftliche Jäger waren, haben wir uns angefreundet.«

»Wer war damals alles mit in Moldawien?«

Bronski nannte ihm den Namen des vierten Jägers auf dem Bild. Ein gewisser Edgar Rosen, was sich mit Liliana Bodes Bemerkung deckte, einer der Reisenden habe wie eine Pflanze oder Blume geheißen.

»Waren Sie nur zu viert?«

»Ja.«

Da er keinen Grund zu der Annahme hatte, dass Bronskis in diesem Punkt log, schlussfolgerte Fremden, dass das Foto entweder mit Selbstauslöser oder von einem Jagdgehilfen oder sonst jemandem vor Ort geschossen worden war.

»Ist während der Reise etwas Besonderes vorgefallen?«

»Was sollte das gewesen sein?«

»Ich weiß es nicht. Ein Unfall, eine Krankheit oder ein Überfall vielleicht.«

»Uns zu überfallen, hätte sich garantiert niemand getraut.« Bronski setzte ein schiefes Grinsen auf. »Wir waren bis an die Zähne bewaffnet. Einen Unfall hatten wir zum Glück keinen. Und was Krankheiten betrifft: Abgesehen von regelmäßigen Kopfschmerzen gab es da nichts. Nachwehen vom vielen Nistriju, einem moldawischen Schnaps. An einem Abend haben Jonas und ich vor dem Kamin beinahe eine ganze Flasche geleert.«

»Und die anderen beiden waren abstinent?«

»Das waren sie beileibe nicht«, sagte Bronski und lachte. »Edgar und Hugo waren die ganze Nacht unterwegs.«

»Unterwegs?«, hakte Fremden nach.

»Die haben sich den Mietwagen geschnappt und behauptet, sie hätten was Wichtiges zu erledigen.«

»'ne Idee, was das gewesen sein könnte?«

»Großes Geheimnis«, sagte Bronski achselzuckend. »Aber Jonas und ich haben getippt, dass sie sich mal ein bisschen austoben wollten.«

»Warum haben sie Sie dann nicht gefragt, ob Sie mitwollten?«

»Vielleicht, weil es den Herren peinlich war.«

»War es das einzige Mal, dass Sie in Moldawien waren?«

Bronski bejahte. »Bei mir schon. Ich weiß allerdings nicht, ob die anderen drei noch mal zusammen dahin sind.«

»Wissen Sie, wo ich Edgar Rosen finde?«

»Ich habe keinen Kontakt mehr zu ihm. Aber damals leitete er im Westend eine Konzertagentur für Klassik. Soweit ich weiß, vermittelt er Künstler und organisiert Tourneen in der ganzen Welt.«

***

In den Hauseingang des tristen Sechziger-Jahre-Baus gelangten sie mit Hilfe einer Anwohnerin. Diesmal scheiterten sie nicht an der Haustür, sondern im vierten Stock, an der Wohnungstür von Milan Tassen. Trotz mehrmaligem Klingeln wurde ihnen nicht geöffnet. Obwohl Tassen laut Auskunft des Personalbüros auch an diesem Morgen nicht zur Arbeit im Zoo erschienen war. Den Blick auf den »Atomkraft? Nein Danke«-Aufkleber an der Wohnungstür gerichtet, überlegte Mannfeld, welchen Schluss sie daraus ziehen sollte, dass der angeblich Kranke auf ihr Klingeln nicht reagierte. Gerade als sie Born fragen wollte, wie er darüber dachte, öffnete sich die Tür der Nachbarparzelle.

»Milan is nich zu Hause.« Ein junger Mann mit blondem Bürstenhaarschnitt und einem fingerdicken, dunkel gefärbten Zöpfchen im Nacken trat in den Hausflur.

»Wissen Sie, wo er sich aufhält?«

»Wer will das wissen? Die Polizei?«

Mannfeld nickte.

»Heute Morgen hat er mir den Wellensittich gebracht. Zur Pflege, weil er für zwei, drei Tage zu 'nem Kumpel nach Limburg wollte.«

»Zu einem Kumpel nach Limburg?«

»Na ja, zu 'nem Typ vom Aktionsbündnis.« Sich mit einer Hand am Hintern kratzend, deutete der junge Mann mit der anderen auf den Aufkleber an der Wohnungstür. »Milan fightet gegen Atomkraft. Mit seinen Kumpels plant er immer irgendwelche schrägen Aktionen. Zum Beispiel, wenn der Castor durch die Lande rollt.«

Bei der Erwähnung des Castors tauchte vor ihrem inneren Auge Jan auf. Auch er engagierte sich leidenschaftlich für die Anti-AKW-Bewegung. Aus seiner Sicht war es skandalös, dass sich jetzt, nicht allzu lange nach Fukushima, im Zuge der Eurokrise kein Schwanz mehr für die Gefährlichkeit von Atomkraft zu interessieren schien. Ein paarmal waren deswegen zwischen ihnen schon hitzige Diskussionen entflammt. Wenn Jan seine Überzeugung äußerte, gegen die Atommülltransporte mal auf der Straße richtig Front machen zu müssen, und sie ihm klarzumachen versuchte, dass es ihr beruflich schaden würde, sollte das Maß seiner Aktion über das einer friedlichen Demonstration hinausgehen.

»Hätte er heute nicht arbeiten müssen?«, hörte sie Born fragen.

»Arbeiten?« Der junge Mann stieß ein meckerndes Lachen aus. »Milan macht ganz gern mal blau.«

»Wissen Sie, wie er den Abend gestern verbracht hat?«

»Bin ich sein Papa?«

Aus den Augenwinkeln sah sie, dass Born tief durchatmen musste, bevor er einigermaßen freundlich entgegnen konnte:

»Vielleicht haben Sie ja mitbekommen, ob Ihr Nachbar zu Hause war.«

»Hab ich nich«, antwortete der junge Mann provokanterweise in ebenso freundlichem Tonfall. »Weil ich nämlich gestern selbst auf der Rolle gewesen bin.«

»Am liebsten hätte ich der Zecke ihr beschissenes Zöpfchen abgeschnitten«, brummte Born, als sie im Erdgeschoss aus dem Lift traten. »Hätte ich vielleicht auch, wenn er am Ende nicht Tassens Handynummer herausgerückt hätte. Ich ruf da gleich mal an. Mal sehen, was unser Öko-Terrorist zum Mord an seiner Stiefmutter zu sagen hat.«

Ein wenig genervt von Borns abfälliger Wortwahl stellte sich Mannfeld an die gläserne Haustür und beobachtete den Feierabendverkehr, der sich draußen im Schritttempo in Richtung Alleenring kämpfte. Im Hintergrund hörte sie Borns sonoren Bass. Ob er mit Milan Tassen verbunden sei, wollte er wissen. Was folgte, war »Hm«, »Ja« und »Verstehe«. Schließlich sagte er einige Sätze, die sie akustisch nicht verstand. Borns Stimme klang mittlerweile gedämpft, als würde er durch Watte sprechen. Lediglich das abschließende »Vielen Dank, Dr. Brunner, wir melden uns dann morgen wieder« drang klar und deutlich an ihre Ohren.

»Dr. Brunner?« Sie warf Born einen fragenden Blick zu.

»Richtig gehört. Tassen liegt in Wiesbaden in der Unfallklinik. Auf der Intensivstation. Einer der behandelnden Ärzte hat abgehoben. Tassen hatte heute Morgen auf der A3 einen schweren Unfall. Und wegen der Schmerzen wurde er ins Koma versetzt.«

»Das ist ja der Hammer!«, stieß sie einen Tick emotionaler aus, als ihr lieb war. »Wie kritisch ist sein Zustand?«

»Dr. Brunner meint«, antwortete Born und stützte sich mit einer Hand an der Briefkastenanlage ab, »dass er wahrscheinlich durchkommt.«

»Dann hat uns der Nachbar keinen Bären aufgebunden. Es stimmt, dass Milan Tassen verreist ist, kurz nachdem seine Stiefmutter ermordet wurde. Verdächtig macht ihn das schon, auch wenn du dazu keinen aktuellen Anlass siehst. Aber vielleicht zieht er ja einen finanziellen Nutzen aus ihrem Tod. Er könnte erbberechtigt sein. Der ganze Hokuspokus mit dem Tisch und dem Stuhl in der Mitte des Hotelzimmers könnte nur dazu dienen, uns in die Irre zu führen.«

Plötzlich erlosch, von einem sanften Klacklaut begleitet, die Treppenhausbeleuchtung. Einige Sekunden verharrten sie in völliger Dunkelheit. Dann trat Born einen Schritt an sie heran und betätigte den Lichtschalter an der Wand in ihrem Rücken.

»Also«, setzte er an, als er sich wieder von ihr entfernt hatte, »wenn du tatsächlich recht hast und es Milan Tassen war, warum wählte er dann als Tatort das Hotel?«

»Teil des Ablenkungsmanövers.«

»Und wie brachte er seine Stiefmutter dazu, das Zimmer zu buchen?«

»Keine Ahnung, unter irgendeinem Vorwand.«

»Mir fällt kein möglicher ein.«

»Mir bis jetzt leider auch nicht. Aber was heißt das schon, in der Mordsache Selma Tassen gibt es noch reichlich offene Fragen.«

Born nickte. »Beispielsweise, was mit dem Anruf im Fitnessstudio war. Kam der vom Mörder, oder hat der gar nichts mit der Tat zu tun?«

»Rätselhaft ist auch, was Selma Tassen so plötzlich aus der Apotheke brauchte. In der am Eschenheimer Turm und in denen rund um die Hauptwache konnte man sich zwar nicht an sie erinnern. Das muss aber nicht bedeuten, dass sie nicht trotzdem dort gewesen ist.«

***

In der Carl-Benz-Straße, etwa auf Höhe des Cocoon Clubs, schaltete Fremden das Radio ein. Auf HR3 brachten sie gerade eine Meldung über den Mord an einer über Siebzigjährigen. Der Radiosprecher wusste zu berichten, dass dem Opfer, einer gebürtigen Norwegerin, in einem Hotelzimmer am Flughafen das Genick gebrochen worden war. Und dass es bislang weder Anhaltspunkte für ein Sexualdelikt noch für Raubmord oder ein anderes Motiv gab.

Genickbruch, dachte Fremden und versuchte, sich das krachende, den gesamten Körper durchdringende Geräusch vorzustellen. Als er an einer Ampel auf der Hanauer Landstraße anhalten musste, klingelte auf dem Beifahrersitz sein Handy.

»Vera Kaczorowski«, meldete sich eine raue und tiefe Frauenstimme. »Ich soll Sie anrufen.«

Das rote Licht der Ampel im Visier, versuchte er in Windeseile, sein Gedächtnis nach dem Namen zu durchforsten.

»Sind Sie noch dran?«, hörte er die Stimme fragen.

»Natürlich«, antwortete er verunsichert.

»Sie sind doch Jonas Fremden? Der private Ermittler, der Leuten seine Karte unter der Tür durchschiebt?«

Jetzt hatte er es. Das Haus am See. Aufgeschichtete Stere Holz im Unterstand und ein Besen neben der Eingangstür.

»Verzeihen Sie bitte. Ich war gerade in Gedanken. Aber schön, dass Sie sich so schnell melden.«

»Was wollen Sie denn von einer alten Frau wie mir?«

»Ich ermittle im Todesfall Hugo Bruckner.«

»Da sind Sie aber spät dran.«

Beim Anfahren erläuterte er Vera Kaczorowski, weshalb er die Ermittlungen aufgenommen hatte und welche Art Auskunft er sich von ihr erhoffte.

»Ob ich am Unglückstag etwas von meinen Nachbarn mitbekommen habe?«, wiederholte sie seine letzte Frage.

»Richtig. Das interessiert mich am meisten.«

»Natürlich habe ich das.«

»Und was?«

»Nicht so eilig mit den jungen Pferden. Weiß ja nicht, ob ich Ihnen trauen kann.«

»Und wie wollen Sie das herausfinden?«

»Indem ich Ihnen tief in die Augen sehe.«

»Aber …«, setzte Fremden an, sprach jedoch nicht weiter.

»Am besten, Sie reiten durch den dunklen Wald zu mir hinaus.«

»Wann wäre es Ihnen denn recht?«, erkundigte sich Fremden, irritiert über die ungewöhnliche Wortwahl.

»In einer guten halben Stunde. Aber passen Sie auf, dass Sie in keine Falle geraten.«

Es war bereits dunkel, als er Kahl erreichte. Nicht wissend, welche Abzweigung von der Bundesstraße direkt zu Vera Kaczorowski führte, wählte er dieselbe wie am Vortag. Nach dem Öffnen des Schlagbaums ließ er den Wagen im Schritttempo über den Waldweg rollen. Am See angekommen, parkte er ihn vor dem Feriendomizil der Bruckners. Den Lichtschein des Hauses am östlichen Ufer vor Augen, stapfte er durch den knöcheltiefen, harschigen Schnee.

Ein muffiger Geruch stieg ihm in die Nase, als Vera Kaczorowski ihn an der Tür begrüßte. Von Körperpflege schien seine Gastgeberin nicht sonderlich viel zu halten. Auf der Gesichtshaut der Frau lag ein gräulicher Schatten, und die fettigen silbrigen Haare trug sie im Nacken zu einem Knoten gebunden. Ihren voluminösen Leib verbarg sie in einer Kombination aus bunt gemusterter Kittelschürze und offen stehender Strickjacke. Darunter trug sie eine Art Trachtenrock, der mit gestickten Hirschkopfmotiven verziert war.

»Als Hugo Bruckner in den See stürzte«, sagte Fremden, während er in dem ihm angebotenen Schaukelstuhl Platz nahm, »haben Sie eine wichtige Beobachtung gemacht.«

Kopfschüttelnd schlurfte Vera Kaczorowski zu dem Bollerofen in der Ecke neben der Tür. Von der gusseisernen Platte nahm sie eine Metallkanne und verteilte eine dampfende Flüssigkeit auf zwei Tassen. Er solle sich erst einmal aufwärmen und nicht gleich solchen Unsinn verzapfen, brummte sie und reichte ihm eine der Tassen.

Vorsichtig kostete er einen Schluck von dem Kräutertee. Ein siedend heißes Gebräu, das nach Latschenkiefer und Anis duftete und scheußlich schmeckte.

Als er die Tasse absetzte, sagte Vera Kaczorowski mit einem Lächeln auf den Lippen: »Sie arbeiten also für die da drüben?«

»Ja. Für den Sohn. Kennen Sie Klaus Bruckner?«

»Nicht persönlich. Hab nur gehört, dass er ein Glasauge hat.«

»Seine Eltern kannten Sie aber. Immerhin waren Sie Nachbarn.«

»Aber keine guten«, sagte Vera Kaczorowski und nahm schlürfend einen Schluck Kräutertee.

»Wie darf ich das verstehen?«

»Der Alte hatte ein Auge auf Frauen. Glaubte, sich einfach nehmen zu können, was er will.«

»Woher wissen Sie das?«

»Aus eigener Erfahrung. Erst hat er mir nur schlüpfrige Angebote gemacht. Und dann, als ich nicht darauf eingegangen bin, hat er mir einfach dahin gegriffen.«

Staunend musste Fremden mitansehen, wie Vera Kaczorowski ihre dicken, wollbestrumpften Beine spreizte und sich mit der Hand zwischen die Schenkel fasste. Den Blick vom Schoß seines Gegenübers abwendend, gelang es Fremden nur mit Mühe, ein Lachen zu unterdrücken. Unvorstellbar, dass ein Mann wie Hugo Bruckner auch nur ein Fünkchen Interesse für eine Frau von ihrem Schlag aufbrachte.

»Der Todestag. Kommen wir doch bitte wieder auf den zu sprechen. Sie sagten am Telefon, Sie hätten eine Beobachtung gemacht.«

Vera Kaczorowski schüttelte erneut den Kopf. »Da haben Sie vorhin wohl nicht richtig aufgepasst. Ich habe nichts gesehen, sondern etwas gehört.«

»Und das wäre?«

»Streitende Männerstimmen, drüben am Haus. Und eine davon gehörte dem geilen Bock.«

Auf der Fahrt nach Bad König rekapitulierte Fremden noch einmal seinen Besuch bei Vera Kaczorowski. Bei der Frau saß definitiv eine Schraube locker. Als ob es nicht genügen würde, optisch und lifestylemäßig auf Catweazle zu machen. Nein, sie musste noch einen draufsetzen, in dem sie behauptete, der attraktive Hugo Bruckner habe ihr Avancen gemacht und sie sogar sexuell belästigt. Im Grunde war es verantwortungslos, so jemanden mutterseelenallein im Wald hausen zu lassen. Hatte Vera Kaczorowski keine Verwandtschaft, die sich um sie kümmerte?

Als er aufgebrochen war, hatte sie versucht, ihm ein Säckchen von ihrem »heilbringenden« Tee zu verkaufen. Eine Rezeptur, die sie beim Lagern an der Ronneburg von einem befreundeten Druiden verraten bekommen habe. Die Geschäftstüchtigkeit der Frau in allen Ehren. Sie war vermutlich die Triebfeder, weshalb sie ihn zu sich nach Hause bestellt hatte. Und nicht das Bedürfnis, ihm erst tief in die Augen zu sehen, bevor sie entschied, ob sie ihn an ihrem Geheimnis teilhaben lassen konnte. Sich streitende Männerstimmen habe sie gehört. Schwer einzuschätzen, wie glaubwürdig diese Aussage war. Doch falls sie tatsächlich stimmte, waren der Streit und die Anwesenheit eines anderen Mannes gewichtige Indizien dafür, dass Hugo Bruckner nicht von allein in den See gefallen, sondern gestoßen worden war.

Bei seiner Ankunft im Fachwerkhaus musste er feststellen, dass die Heizung wieder ausgefallen war. Im Flur herrschten nur wenige Grad mehr als draußen vor der Tür. Auf der Schwelle zum Kellerabgang überlegte er, ob er nicht doch lieber zurück nach Frankfurt in sein warmes Apartment fahren sollte. Doch dann würde er die Arbeiten am Haus ein weiteres Mal verschieben müssen. Er gab sich einen Ruck und stieg die Treppe hinab. Seinen Plan für den nächsten Tag würde er so durchziehen, wie er ihn sich zurechtgelegt hatte: am Morgen in den Baumarkt fahren, anschließend herumwerkeln und nachmittags Edgar Rosen auf den Zahn fühlen.

Nachdem er die Heizung zum Laufen gebracht hatte, schenkte er sich einen Kräuterschnaps ein. Der konnte kaum schlimmer schmecken als der Tee bei Vera Kaczorowski.

Eine halbe Stunde später saß er immer noch im Wohnzimmer und fror. Es dauerte, bis die Wärme in die Heizkörper zurückkehrte. Auf der Suche nach einem wärmenden Kleidungsstück, das er auch zum Schlafen tragen konnte, durchstöberte er seinen Rucksack und wagte sich schließlich an den Kleiderschrank seines Onkels. Tatsächlich, in einem der oberen Böden lag ein noch original verpackter Bademantel mit blau-roten Streifen. Den hatte der Onkel vor fünfundzwanzig Jahren geschenkt bekommen. An dem Weihnachten, an dem für Felix der erste Playmobilkasten unter dem Christbaum gelegen hatte.

FÜNF

Born erreichte das Institut für Rechtsmedizin in der Paul-Ehrlich-Straße am Donnerstagmorgen mit einer knappen Stunde Verspätung. Was dem Umstand der schon wieder streikenden Batterie seines Wagens geschuldet war. Nur dass er diesmal niemanden zum Überbrücken gefunden hatte und deshalb auf öffentliche Verkehrsmittel hatte ausweichen müssen.

Die Obduktion von Selma Tassen war für acht Uhr angesetzt gewesen. Im Laufschritt stürmte er in die Jugendstilvilla, deren baulicher Charme nur bis zur Eingangstür über das wenig ästhetische Geschehen hinwegtäuschen konnte, das sich für gewöhnlich im Inneren abspielte.

Einen dumpfen Verwesungs- und Leichengeruch in der Nase, meldete er sich beim Pförtner an, der ihn an Professor Dr. Ferdinand Bloch verwies und ihn in den großen Sektionssaal im Untergeschoss schickte.

Als er dort eintraf, war die Obduktion schon in vollem Gange. Selma Tassens Leichnam lag rücklings auf einem metallenen Seziertisch. Kopf, Brust und Bauchhöhle waren geöffnet. Auf einem Rollentisch unweit der Kühlfächer befand sich eine Ansammlung von Metallschalen, die mit blutdurchtränktem menschlichem Gewebe gefüllt waren. Am Kopfende des Tisches standen zwei Rechtsmediziner in grünen Kitteln. Auf Professor Blochs aufforderndes Nicken hin nahm er sich einen der grünen Kittel und Latexhandschuhe vom Wandhaken. Nachdem er sich beides übergestreift hatte, stellte er sich zu Mannfeld ans Fußende des Seziertischs.

Nach einer guten halben Stunde legte Professor Bloch das Skalpell beiseite. Zeit, eine Pause einzulegen, befand er, und als sich sein Assistent zum Rauchen nach draußen aufmachte, bat er sie, ihm in den Nebenraum zu folgen.

»Auf große Überraschungen brauchen Sie sich nicht gefasst zu machen«, schickte Professor Bloch vorneweg, während er Kaffee einschenkte. »Der körperliche Zustand des Opfers war einwandfrei.

Vom gesundheitlichen Gesichtspunkt aus hätte sie noch viele Jahre leben können.« Er nahm seine randlose Brille von der Nase und begann, die Gläser mit einem Kleenex-Tuch zu säubern. »Erwähnenswert«, fuhr er fort, nachdem er die Brille wieder aufgesetzt hatte, »sind die zahlreichen Schönheitsoperationen, die sie hat durchführen lassen. Angefangen beim Aufpolstern der Lippen und leichten Faceliftings bis hin zum Einsetzen von Silikonimplantaten in die Brüste. Um mal nur ein paar der Eingriffe aufzuzählen.«

»Und was können Sie uns über die Todesursache und das Tatgeschehen sagen?«, erkundigte sich Mannfeld.

»Die Frau ist durch einen Genickbruch gestorben«, antwortete Professor Bloch und fügte ergänzend an, dass der Bruchwinkel des Halswirbels darauf schließen ließ, dass der Täter leicht erhöht hinter dem Opfer gestanden hatte und von kräftiger Statur sein musste.

»Und der Todeszeitpunkt?«

»Den konnten wir ziemlich genau eingrenzen. Die vom Kollegen Neubauer am Tatort gemessene Körpertemperatur des Opfers in Bezug zur Raumtemperatur im Hotelzimmer gesetzt, dürfte der Tod zwischen einundzwanzig und zweiundzwanzig Uhr eingetreten sein.«

»Hatte die Frau, bevor sie starb, Sex?«, schaltete sich Born ins Gespräch ein.

Professor Bloch schaute ihn über seine Brille hinweg an. »Den Ergebnissen der oralen, vaginalen und analen Abstriche nach deutet nichts darauf hin. Dafür hat sie aber kurz vor ihrer Ermordung feudal gespeist. Der Großteil des Mageninhalts war noch nicht verdaut. Champagner, Teigfladen und jede Menge Kaviar. Der Farbe und Körnung nach handelt es sich wahrscheinlich um Osietra-Kaviar. Das tippt zumindest Dr. Neubauer. Und der liebt Kaviar über alles.«

***

Von außen verriet nur ein dezentes Messingschild neben dem Tor zur Einfahrt, dass im Erdgeschoss der Gründerzeitvilla die Konzertagentur Rosen residierte. Fremden hatte die Adresse in der

Freiherr-vom-Stein-Straße auf dem Rückweg vom Baumarkt in einem Internetcafé in Erfahrung gebracht. Zuerst hatte er erwogen, Liliana Bode anzurufen und sie zu bitten, auch diese Recherche für ihn am Laptop ihres Mitbewohners zu übernehmen. Doch dann war ihm die Idee, sie unter solch einem fadenscheinigen Vorwand zu kontaktieren, zu plump erschienen.

Noch bevor er klingeln konnte, öffnete sich die Eingangstür der Villa. Eine etwa siebzigjährige Frau mit einem auffallend ausladenden Hinterteil trat ins Freie. Ihr folgte ein gleichaltriger Mann, in dem Fremden sofort den Jäger auf dem Foto seines Onkels erkannte – obwohl er seinen Backenbart inzwischen abgenommen hatte. Unter dem gläsernen Vordach hauchten sich die beiden einen Abschiedskuss auf die Lippen, und die Frau entschwand zu einem vor dem Haus geparkten Wagen.

»Möchten Sie zur Konzertagentur Rosen?«, erkundigte sich der Mann, als er ihn am schmiedeeisernen Tor entdeckte.

»Ja, falls Sie Edgar Rosen sind, möchte ich gern zu Ihnen.«

»Jetzt sagen Sie mir bitte nicht, dass ich einen Termin verbummelt habe.« Der Mann blickte ihn freundlich an. In seinem perfekt sitzenden kastanienbraunen Nadelstreifenanzug und dem weißen Hemd, um dessen Kragen er einen paisleygemusterten Seidenschal trug, wirkte er gleichermaßen seriös wie bohemehaft.

»Haben Sie nicht«, antwortete Fremden. »Ich bin der Neffe von Jonas Fremden. Soviel ich weiß, kannten Sie meinen Onkel über Hugo Bruckner. Wenn Sie ein paar Minuten Zeit haben, würde ich Ihnen gern einige Fragen stellen.«

Mit einer Miene, die schwer zu deuten war, bat Rosen ihn, einzutreten. Fremdens Schritte hallten auf dem Eichenparkett wider, als er Rosen durch ein holzgetäfeltes Foyer in einen minimalistisch und mit modernem Mobiliar eingerichteten Raum folgte. An der Wand zwischen den Fenstern hingen Schwarz-Weiß-Fotografien verschiedener Künstler. Darunter ein asiatischer Pianist an einem Flügel, ein Geiger, der mit hingebungsvoller Miene sein Instrument bearbeitete, und eine Operndiva, die mit ausgebreiteten Armen eine Arie schmetterte.

Rosen führte ihn zu einer Sitzgruppe um einen Glastisch. Die ledernen Sesselbezüge knarrten, als sie sich auf ihnen niederließen.

Nachdem er Rosen darüber in Kenntnis gesetzt hatte, dass er die Detektei seines Onkels übernommen hatte, erzählte er von seinem Auftrag.

»Verstehe ich Sie richtig? Klaus Bruckner will wissen, wie sein Vater gestorben ist?«

Fremden beantwortete die Frage mit einem stummen Nicken.

»Da kann ich Ihnen tatsächlich behilflich sein«, sagte Rosen mit leicht spöttischem Unterton. »Mein Freund ist in den See gestürzt und ertrunken.«

Auf einmal kam Fremden sich unheimlich blöd vor. Den geröteten Zeigefinger seiner linken Hand fixierend, den er vorhin beim Annageln der Dachplane mit dem Hammer erwischt hatte, entgegnete er: »Klaus Bruckner ist sich inzwischen nicht mehr sicher, ob es wirklich so passiert ist.«

»Was ist denn seine Theorie?«

»Dass er gestoßen wurde.«

»Hat er dafür Beweise?«

»Nein, es sind eher Indizien, die dafür sprechen.«

Rosen lachte und nahm einen Keks von dem Tellerchen vor ihm. »An Spekulationen beteilige ich mich nicht«, sagte er kauend. »Und Hugo …« Seine Stimme gewann an Schärfe. »Er würde sich im Grab umdrehen, wenn er von diesen Ermittlungen wüsste. Ist das alles, was Sie von mir zu wissen wünschen?«

»Nein. Ich würde Sie gern zu den Jagdausflügen befragen, die Sie mit Bruckner unternommen haben.«

Rosen zupfte sich mit den Fingern einen Krümel von der Unterlippe und sagte: »An den Wochenenden waren wir öfter in Gießen. Ihr Onkel war da übrigens auch häufig mit von der Partie.«

»Und mindestens einmal ging es auch für einige Tage nach Moldawien, oder?«

»Moldawien«, wiederholte Rosen. »Wie kommen Sie ausgerechnet auf Moldawien? Da bin ich nie gewesen.«

»Ihr Freund Gregor Bronski hat mir von der Reise erzählt.«

»Wenn's drauf ankommt, erzählt Ihnen Bronski auch, dass er schon mal auf dem Mond war.«

»Ich glaube nicht, dass er phantasiert.«

»So«, entgegnete Rosen und blickte ihn herausfordernd an. »Dann muss ich wohl annehmen, dass Sie glauben, dass ich lüge.«

Wortlos legte Fremden das Foto von den vier Jägern auf den Tisch. »Soviel ich weiß, wurde die Aufnahme in dem von Bruckner gepachteten Jagdrevier in der Nähe der ukrainischen Grenze gemacht.«

Wie versteinert starrte Rosen auf das Foto. Dann entspannten sich seine Gesichtszüge. »War eine tolle Zeit damals. In den Wäldern dort gab es Wild in Hülle und Fülle.«

»Wer hat das Bild geschossen?«

»Niemand. Es wurde mit Selbstauslöser gemacht.«

»Warum haben Sie zuerst abgestritten, in Moldawien gewesen zu sein?«

Rosen antwortete nur mit einem Achselzucken.

»In Bezug auf die Reise interessiert mich ein bestimmter Abend. Der, an dem Sie und Bruckner mit dem Auto fortgefahren und erst am nächsten Morgen ins Hotel zurückgekehrt sind.«

Auf Rosens Lippen stahl sich ein Lächeln. »Wir beide haben in Moldawien nicht nur Wild gejagt.«

»Was noch?«

»Soll ich Ihnen das jetzt wirklich erzählen? Lassen Sie doch einfach mal Ihre Phantasie spielen. Träume haben Sie sicher auch. Und die erfüllen die Frauen in Moldawien auf ganz besondere Art und Weise.«

Nach dem Gespräch mit Rosen saß Fremden noch eine ganze Weile in seinem Wagen, ohne die Zündung zu betätigen. Nachdenklich starrte er durch die Windschutzscheibe. Tauwetter hatte eingesetzt. Geschmolzener Schnee tropfte von Laternenschirmen und verwandelte den Asphalt um die schmiedeeisernen Füße in kleine Seen.

Anfangs hatte Rosen die Reise nach Moldawien abgestritten. Es hatte ihm hingegen kein Problem bereitet, den angeblichen Bordellbesuch zuzugeben. Irgendwie passte das nicht zusammen. Das Zugeständnis von Mann zu Mann und die dreiste Jovialität, mit der es ihm verkauft worden war, wirkte auf Fremden wie ein Ablenkungsmanöver von dem, was in besagter Nacht tatsächlich geschehen war. Etwas, was solche Tragweite und Gewicht besaß, dass man Bruckner später deswegen erst erpresst und dann ermordet hatte.

***

Nach der Mittagspause, die er mit einer belegten Laugenbrezel an seinem Schreibtisch verbrachte, begab sich Born in die Kriminaltechnik, wo ihm Polizeiobermeister Birkefeld die vorläufigen Ergebnisse der Spurensicherung präsentierte. Sich auffallend häufig mit einem Taschentuch den Schweiß von seiner fliehenden Stirn tupfend, wusste der Kollege nur wenig zu berichten, was sie in den Ermittlungen weiterzubringen versprach. Die Quintessenz seiner mageren Ausführungen: Weder in der Wohnung des Opfers noch am Tatort waren Spuren gefunden worden, die dazu dienen könnten, Aufschluss über den Tathergang zu geben oder auf die Identität des Täters zu schließen. Im Hotelzimmer hatte das Team neben den Fingerabdrücken des Opfers und denen des Zimmermädchens noch die von zwölf weiteren Personen gesichert. Ein daktyloskopisches Chaos. Der bereits erfolgte Abgleich mit der Datenbank hatte zudem leider keine Übereinstimmung gebracht. Gegen Ende der Besprechung konnte Birkefeld wenigstens noch bestätigen, dass es sich bei den schwarzen Klümpchen auf dem Teppichboden im Sheraton tatsächlich um Kaviar gehandelt hatte. Ob es allerdings Osietra-Kaviar war, vermochte er ohne die Untersuchung von Vergleichsproben nicht zu sagen.

Gegen sechzehn Uhr kehrte Born in sein Büro zurück. Während Mannfeld gemeinsam mit den Kollegen vom Erkennungsdienst die Bilder aus der Hotelüberwachungskamera auswertete, versuchte er, sich mit Hilfe von Google über die mutmaßlich im Magen des Opfers gefundene Kaviarsorte schlauzumachen. Der Osietra-Kaviar stammte demnach von Stören, die in den Küstenregionen des Schwarzen und Kaspischen Meers und im bis ins moldawische Grenzgebiet reichenden Donaudelta beheimatet waren. Ob solch nüchterne Informationen zur Lösung des Falls beitragen würden, wagte er allerdings zu bezweifeln.

Nachdem er sich telefonisch von Mannfeld verabschiedet hatte, verließ er das Präsidium. Ein böiger Wind begleitete ihn auf der kurzen Strecke zur U-Bahn-Station Miquel-/Adickesallee. Auf dem Bahnsteig brauchte er zum Glück nicht lange zu warten. Wenige Minuten nach seinem Eintreffen ratterte die U1 in Richtung Ginnheim an.

Sämtliche Waggons des Zugs waren mit Pendlern überfüllt. Eingeklemmt zwischen einer aknehäutigen Frau mit künstlichen Fingernägeln und einem asiatisch aussehenden Geschäftsmann, war er erleichtert, schon nach fünf Stationen aussteigen zu können.

Von der Haltestelle Weißer Stein war es nicht weit bis zu ihm nach Hause in die Maybachstraße. Vor wenigen Jahren noch hatte er die Nähe seines Zwei-Zimmer-Apartments zur »Batschkapp« als gewaltigen Standortvorteil gewertet. In dem Rockclub hatte er schon Kravitz auf seiner »Let Love Rule«-Tour erlebt. Mittlerweile verschlug es ihn jedoch kaum mehr zu Rockkonzerten. Und auch nicht mehr zum Vorglühen in den »Elfer«.

Während der Computer bootete, holte er sich ein Bier aus dem Kühlschrank. Als die lahme Kiste endlich hochgefahren war, loggte er sich auf Facebook ein. Die Idee, dass Selma Tassen trotz ihres hohen Alters und ihrer eher verschlossenen Persönlichkeit eine eigene Profilseite besitzen könnte, war ihm während der Fahrt in der U-Bahn gekommen. Vielleicht gelangte er ja übers Netz an Informationen zu sozialen Kontakten, die das Opfer gepflegt hatte. Doch als er ihren Namen ins Suchfeld eingab, erschien kein passender Eintrag.

Dafür aber poppte plötzlich ein Fenster mit einer Nachricht von Udo auf. Ob er noch das KT auf dem Schirm habe? »KT« bedeutete in diesem Zusammenhang nicht »Kriminaltechnik«, sondern »Klassentreffen«. Die Hände hinter dem Kopf verschränkt, starrte Born auf den Monitor. Mit seinem Schulfreund Udo als Banknachbarn hatte er die gesamte Gymnasialzeit verbracht. Am Wochenende traf sich der Abi-Jahrgang zum Zehnjährigen in Michelbach. Irgendeiner der Odenwälder Nasen würde garantiert ein Fotoalbum mit alten Bildern anschleppen. Die Gesichter der Klassenkameraden vor seinem geistigen Auge, fragte er sich auf einmal, was aus Manu geworden war. Eine in die breite gegangene vielfache Mutti und Hausfrau? Oder war sie noch das kokette, rattenscharfe Luder, als das er sie in Erinnerung hatte?

***

Als er sich aufrichtete, spürte er den Schmerz in den Knien. Wundern durfte ihn das nicht. War er doch über eine halbe Stunde auf allen vieren über den Boden gekrochen, um die Baufolie auf die Dielen zu kleben. Mit Blut durfte das Holz nicht in Berührung kommen.

Zufrieden mit seinen Vorkehrungen, legte er das Kreppband zur Seite und betrachtete das etwa fünfzehn Quadtratmeter große blaue Rechteck in der Mitte seines Wohnzimmers. Um später nicht ihren Argwohn zu wecken, rollte er den Teppich über die präparierte Fläche. Nach der Tat würde er den Kelim samt Baufolie entsorgen.

Er wischte sich mit dem Ärmel seines Sweatshirts den Schweiß von der Stirn und ärgerte sich, dass die Treffen mit ihr immer in seiner Wohnung stattfinden mussten. Und dass Madame darauf bestand, dass er Kerzen im Raum verteilte – und Dutzende roter Grablichter, der mystischen Atmosphäre wegen.

Nachdem er das Zimmer in ein flackerndes Lichtermeer verwandelt hatte, löschte er die Deckenbeleuchtung. Den Küchentisch und die beiden Stühle stellte er auf den Kelim. Auch diesmal würde es an einem Tisch geschehen. Nur würde er der Betroffenen heute von Angesicht zu Angesicht gegenübersitzen.

Als Nächstes ordnete er auf der Tischplatte die sechsundzwanzig Buchstaben in alphabetischer Reihenfolge zu einem Kreis. Das leere Wasserglas stellte er mit der Öffnung nach unten in dessen Mitte.

Nun war es an der Zeit, die letzte Vorkehrung zu treffen. In der Abstellkammer musste er erst eine Weile suchen, bis er den Werkzeugkasten gefunden hatte. Ihm entnahm er einen Hammer, den er mit mehreren Streifen Kreppband unter der Tischplatte im Wohnzimmer befestigte.

Erleichtert, alles am nötigen Platz zu wissen, stellte er sich mit einer Zigarette ans offene Fenster. Die schmale Sichel des Mondes strahlte ein fahles Licht in den Abendhimmel. Der Geruch von Tauwetter lag in der Luft. Doch schon für die Nacht war neuer Schneefall vorhergesagt.

Dem sich verflüchtigenden Zigarettenrauch hinterherblickend, dachte er an die Zeit auf der MS Merdiva. Geraucht hatte er damals noch nicht. Beinahe täglich hatte er im Fitnessstudio trainiert und seinen Körper auch sonst in Schuss gehalten: auf gesunde Ernährung geachtet, sich einen akkuraten Haarschnitt geleistet und regelmäßig die Sonnenbank besucht. Ihm war schon früh bewusst gewesen, dass ein gepflegtes Äußeres für einen wie ihn ein unschätzbares Kapital bedeutete. Mit Leichtigkeit war er in die Rolle des Traumschifftyps geschlüpft, was ihm manch schnelles Abenteuer beschert hatte. Er wusste eben, was Frauen begehrten und in heimischen Betten nicht geboten bekamen, weil sie sich schämten, den Ehemännern ihre wahren Wünsche kundzutun. An Bord hatte er die verrücktesten Dinge erlebt. Beispielsweise die Ménage-à-trois mit Maike und Ilka. Mutter und Tochter, die sich den Luxus gönnten, in Einzelkabinen zu reisen, während der Ehemann und Vater in Detmold in seinem Büro schmorte. Eine Kreuzfahrt als Belohnung zum Einserabitur. Während er Maike in der Dusche nahm, beschwor sie ihn, dass Töchterchen Ilka nie von dem Tête-à-Tête erfahren dürfe. Zur Wahrung des Familienfriedens. Tags darauf wurde ihm bei ähnlicher Gelegenheit der Wunsch nach Verschwiegenheit auch von der Tochter angetragen. Die allerdings fürchtete um den jungfräulichen Ruf, den sie bei ihren Eltern fälschlicherweise genoss.

Ein jähes Ende fanden seine amourösen und nicht selten auch lukrativen Eskapaden, als er vom ersten Offizier beim Verlassen der Kabine einer Estin erwischt wurde. Die Kündigung erfolgte prompt. Einige Monate lang bewarb er sich vergeblich bei anderen Reedereien. Als schließlich sein Erspartes zur Neige gegangen war, hatte er sich doch noch bei Hugo Bruckner gemeldet. Der engagierte ihn als Chauffeur, womit er seinem Versprechen treu blieb, dass es sich bei der Job-Offerte nicht um Leichenwaschen handelte. Doch reizvoll, wie er auf dem Vorplatz des Basars getönt hatte, war die Arbeit trotzdem nicht. Immerhin hatte er aber in Kronberg im alten Gesindehaus der Villa logieren dürfen. Ein herrschaftliches

Anwesen, das in ihm die Frage aufwarf, ob das Bestattungsunternehmen tatsächlich so viel Gewinn erwirtschaftete, dass sich die Familie das Leben in solch einer protzigen Immobilie leisten konnte. Den in den USA lebenden Sohn hatte er während dieser Zeit nicht einmal zu Gesicht bekommen. Was daran lag, dass Klaus Bruckner so gut wie nie seine Heimat besuchte. Stattdessen war eben er des Öfteren von Amelie Bruckner zum Essen eingeladen worden. Regelmäßig auch zu den Weihnachtsfesten, an denen er seinem Chef Hochprozentiges und der Dame des Hauses etwas Hübsches für ihr lichtdurchflutetes Atelier schenkte.

Nachdem er ein letztes Mal daran gezogen hatte, schnipste er die halb fertig gerauchte Zigarette aus dem Fenster. Er drehte sich um und blickte auf den Kelim, der die Baufolie bedeckte. In nicht einmal einer Stunde würde sie hier sein.

SECHS

Das laute Piepen des Weckers riss Samuel Kohlberger aus dem Schlaf. Während er in absoluter Dunkelheit nach dem kleinen Kasten auf dem Nachttisch tastete, fragte er sich, warum er sich jeden zweiten Morgen dieser Tortur unterzog. Nur um seine zahlreichen Wetten zu gewinnen? Oder ging es in erster Linie darum, sich selbst zu beweisen, dass er das Zeug zum Ironman besaß?

Als Anne mit den Kindern zu ihrem Neuen nach Heilbronn gezogen war, hatte er Herausforderungen gesucht und diese im Sport gefunden.

Seitdem hatte er vier Marathonläufe absolviert und an der Weihnachtsfeier letztes Jahr, beflügelt von einigen Mispelchen, diese idiotische Wette abgeschlossen. Aber da er kein Schwanzeinzieher war, hatte er sich im Frühjahr einen Neoprenanzug zugelegt und im Baggersee mit dem Schwimmtraining begonnen. An den Wochenenden unternahm er auf seinem Carbon-Rennrad kräftezehrende Touren in den Taunus, die Wetterau und manchmal sogar bis hinaus in den Spessart.

Müde taumelte er ins Bad, wo er sich die Zähne putzte und sich eine Handvoll Wasser ins Gesicht spritzte. Dann legte er den Brustgurt des Pulsmessers an und schlüpfte in die Funktionsunterwäsche und in die angeraute Thermolaufkombination mit den Leuchtstreifen. Wangen und Nase cremte er dick mit Vaseline ein. Sein Frühstück, einen fruchtig-süß schmeckenden Energieriegel, aß er im Stehen vor dem Kühlschrank. Schließlich blieb ihm nur noch, Mütze und Joggingschuhe anzuziehen und die Stirnlampe umzuschnallen, bevor er durch das nach Bohnerwachs riechende Treppenhaus nach draußen trat.

Eine dünne Schicht Neuschnee bedeckte Straßen und Häuser. Zu dieser Tageszeit waren in Seckbach nur wenige Fahrzeuge unterwegs. Bis zur Abzweigung zum Atzelberg begegneten ihm auf der lang gezogenen Hauptstraße lediglich zwei Lieferwagen und ein Taxi. Vor den Hochhäusern traf er auf den serbischen

Zeitungsausträger. Im Vorbeilaufen wünschte er dem Mann einen Guten Morgen.

Den Pulsmesser an seinem Handgelenk kontrollierend, stellte er fest, dass seine Herzfrequenz zu niedrig war. Mit erhöhtem Tempo ging er die Steigung an und spürte, wie sich sein Körper trotz der eisigen Außentemperatur aufheizte. Auf einmal drängte sich eine Vision von frühmorgendlichem Sex in sein Bewusstsein. Während er die Häuser hinter sich ließ, fragte er sich, wann endlich wieder eine Frau in sein Leben treten würde.

Am Eingang des Huthparks traf er die ersten Gassigeher. Frei laufende Hunde und die damit verbundene Gefahr, Opfer exkrementaler Tretmienen zu werden, zwangen ihn, verstärkt auf den Weg zu achten. Nachdem er ein Stück die Auerfeldstraße entlanggelaufen war, bog er in Richtung Lohrberg ab. Der Anstieg wurde steiler. Seine Atemfrequenz erhöhte sich. Das erkannte er auch an den vielen weißen Wölkchen, die sein Mund in immer kleiner werdenden Intervallen ausstieß. Seine Schritte hingegen wurden kürzer, und der Lichtkegel der Stirnlampe begann, unruhig über den Schnee zu tanzen. Erste Anzeichen konditionaler Schwäche. Offenbar hatte er nicht seinen besten Tag erwischt. Verärgert spuckte er in den Schnee und kämpfte sich weiter die Steigung hinauf. Um sich abzulenken, ging er im Geist seine Freundinnen vor Anne durch. Vielleicht sollte er zu einer von ihnen Kontakt aufnehmen. Getreu dem Motto: Alte Liebe rostet nicht. Er beschloss, die sozialen Netzwerke nach ihnen zu durchforsten, wenn er später von der Arbeit heimkehrte. Diesen festen Vorsatz im Kopf, schaute er seitlich den Hang mit den verschneiten Weinstöcken hinab. In der Ferne erstreckten sich die Lichter der erwachenden Städte. Als er seinen Blick wieder nach vorne richtete, sah er, dass es bis zum Kamm nicht mehr weit war. Unscharf zeichneten sich die Umrisse der Parkbänke vor dem dunklen Morgenhimmel ab. Doch was war das? Auf einer glaubte er die Silhouette von mindestens einer menschlichen Gestalt zu erkennen. Leute, die bei gefühlt arktischen Temperaturen im Freien hockten? Intuitiv begann er, seinen Schritt zu verlangsamen. Nicht dass er noch von irgendwelchen vollgedröhnten Typen angemacht wurde. Einen Moment lang überlegte er, einen Bogen zu schlagen. Doch je näher er der Parkbank kam, desto sicherer wurde er, dass dort nur eine Person saß. Merkwürdig war nur, dass sie sich nicht bewegte.

***

Ein Gähnen unterdrückend, verteilte Born das letzte Häufchen Rasierschaum auf seiner Wange. Obwohl er gerade der Dusche entstiegen war, fühlte er sich immer noch hundemüde. Was sicher auch daran lag, dass er sich bis weit nach Mitternacht Aufzeichnungen von »Bauer sucht Frau« reingezogen hatte. Seit der vierten Staffel hatte er an der trashigen Dokusoap einen Narren gefressen. Und dann war er auch noch – bei der Szene, in der sich die dralle Dunkelhaarige von dem nordfriesischen Schweinebauern mit dem Traktor vom Bahnhof abholen lässt – auf seiner unbequemen Couch eingeschlafen.

Als das Diensthandy klingelte, hätte er sich vor Schreck beinahe ins Kinn geschnitten. Fluchend wischte er sich den Rasierschaum aus dem Gesicht und hastete aus dem Bad.

Nicht einmal eine halbe Stunde später saß er neben Mannfeld auf dem Beifahrersitz. Ein angenehmer, leicht nach Vanille riechender Duft erfüllte das Wageninnere. Als hätte sich Mannfeld in einer Backstube herumgetrieben. Wegen seines zurzeit so unzuverlässigen Gefährts hatte sie sich freundlicherweise angeboten, ihn abzuholen. Obwohl die Maybachstraße alles andere als auf ihrem Weg zum Fundort lag. Neuerdings residierte sie mit Supernanny Jan und Söhnchen Henry in einer Vier-Zimmer-Wohnung in Sachsenhausen. Stilvoll in einem Altbau in der Gutzkowstraße, was für eine nach BAT besoldete Beamtin und ihren pointenschreibenden Mann überaus beachtlich war.

Eine kräftige Windböe trieb Wolken winziger Eiskristalle in Borns Gesicht. Mit einer Hand den Kragen seines Mantels zuhaltend, steuerte er nur wenige Schritte hinter Mannfeld auf den auf einer Parkbank abgelegten Leichnam zu. Eine tote Frau, die in sitzender Haltung den Hang hinunterzuschauen schien. Die hinter dem Großkrotzenburger Kohlekraftwerk aufgehende Sonne warf ein schwaches Licht auf die linke Körperhälfte des

Opfers. Die rechte war fast vollständig von einer dünnen Schneeschicht bedeckt.

Aus der Entfernung hatte die einsam in der malerischen Schneelandschaft sitzende Gestalt in Born Assoziationen zu Hans Christian Andersens Märchenwelt geweckt. Doch bei näherer Betrachtung bekam das märchenhafte Bild einen gewaltigen Riss. Eine etwa faustgroße, blutverkrustete Wunde klaffte am Hinterkopf der Toten. Der von dunklem Lippenstift verschmierte Mund stand offen, und ein gefrorener Speichelfaden klebte an der Haut zwischen Unterlippe und Kinn. Die Fingernägel waren mit schwarzem Lack überzogen. Der Oberkörper wirkte im Verhältnis zu ihrem gewaltigen Gesäß und den dicken Oberschenkeln filigran.

Wären die Proportionen umgekehrt, dachte Born, als er vor der Bank in die Hocke ging, würde das Konstrukt aus Fleisch, Fett und Knochen wahrscheinlich haltlos in sich zusammensacken.

Die schwarze Strumpfhose war am rechten Bein zerrissen. Den Hals schmückte eine auffällige großgliedrige silberne Kette mit einem Druidenfuß. Darüber hinaus war die Frau nur mit einem schwarzen Kleid mit Rüschenbesatz an Saum und Ärmeln bekleidet. Einen Mantel hatte sie keinen an.

Als Born die durch seine Ledersohlen kriechende Kälte nicht mehr länger ertragen konnte, richtete er sich auf und stampfte ein paarmal kräftig mit den Füßen auf den Boden. Dabei ließ er seinen Blick über das am Fuße des Lohrbergs liegende Meer an Häusern schweifen. Er hatte nicht die geringste Ahnung, wo die Grenze zwischen Frankfurt und Offenbach verlief.

Mannfeld tauchte an seiner Seite auf. Die letzten Minuten hatte sie bei Michalchewski verbracht, dem Leiter der kriminaltechnischen Abteilung. »Der Kleidungsstil der Toten geht in Richtung Gothic«, sagte sie verwundert.

»Stimmt, aber dass die Frau so gekleidet ist, weil sie glühender Sisters-of-Mercy-Fan war, halte ich schon aus Altersgründen für unwahrscheinlich.«

»Wie alt schätzt du sie?«

Born ahnte, worauf Mannfelds Frage abzielte. »Ungefähr so alt wie Selma Tassen. Wissen wir schon, wer sie ist?«

»Nein.«

»Hat die KT denn keine Ausweispapiere gefunden?«

Mannfeld schüttelte den Kopf. »Die Frau hatte absolut nichts bei sich. Insgesamt gibt die Spurenlage ohnehin nicht viel her. Die Kollegen haben weder auf der Bank noch auf dem Boden Blut gefunden. Also scheinen Fundort und Tatort nicht übereinzustimmen. Jemand muss die Leiche hier abgelegt haben. Reifenspuren ebenfalls negativ. Ist aber auch kein Wunder, da es letzte Nacht ordentlich geschneit hat.

»Wer hat die Tote gefunden?«

»Ein Jogger. Der Mann heißt Samuel Kohlberger und wird von Michalchewskis Leuten im Bus betreut.«

***

Durch die Baumreihen auf dem Hügel lugten die ersten Sonnenstrahlen. Fremden wusste nicht, wie lange er schon in Pantoffeln und Bademantel durch den Wald irrte. Zeit war eine Dimension, die er seit Stunden nicht mehr wahrnahm. Seine Füße fühlten sich taub an, und die mit Kabelbindern gefesselten Hände schmerzten. Geschüttelt von einem plötzlichen Weinkrampf, stützte er sich an einem Baumstamm ab. Den Kopf in den Nacken gelegt, blickte er nach oben. Durch den tränennassen Film vor seinen Augen sah er in dem kahlen Baumwipfel über ihm auf einem Ast einen großen schwarzen Vogel sitzen. Das Tier erhob sich in den Morgenhimmel, als er zum tausendsten Mal laut um Hilfe rief.

Entkräftet ließ er sich in den Schnee sinken. In Sekundenschnelle drang das eiskalte Nass durch den Frotteestoff des Bademantels. In seinem Kopf hallte die Stimme des Wasserstoffblonden wider: »Du ab jetzt Schnauze halten.« Vielleicht würde er das ja zwangsläufig tun. Ironie des Schicksals, wenn er hier, nachdem sie ihn laufen gelassen hatten, erfrieren würde.

Die letzten Stunden liefen wie im Zeitraffer vor ihm ab: das Geräusch an der Terrassentür, der Schlag auf den Kopf, die holprige Fahrt mit dem Kartoffelsack vor den Augen, der Marsch durch den Wald, die Scheinhinrichtung, das Kappen des Seils, das Aufschlagen auf dem harten Boden und das immer leiser werdende höhnische Lachen seiner Peiniger, während sie sich entfernten.

Je länger er an den Baum gelehnt im Schnee kauerte, desto weniger spürte er die Kälte. Anscheinend stimmte, was man sich über den Erfrierungstod erzählte. Auch dass die Sterbenden mit der Zeit immer müder wurden. Und dass sich Sinnestäuschungen einstellten. Beispielsweise in der Ferne durch die Baumreihen huschende Scheinwerferlichter. Und das Gefühl von Wärme. Beinahe so mollig, als würde man an einem Kachelofen sitzen. Mit halb geöffneten Augen ließ er den Blick durch den Wald schweifen. Auf einmal fühlte er sich auch nicht mehr allein. Die bizarren Formen, die sich im Dämmerlicht abzeichneten, begannen Leben zu entwickeln: der aus dem kleinen Bachlauf trinkende Wolf, daneben die Pilzsammlerin mit ihrem Korb, die sich nach einem besonders schönen Exemplar bückte, und der Hirsch, der sein gewaltiges Geweih an einer Eiche rieb. Lächelnd dachte er an Felix und an Liliana Bode. Letztere lag wahrscheinlich noch schlafend in ihrem Bett.

Als er den Kopf ein wenig zur Seite wandte, sah er es plötzlich wieder. Zwei Lichtkegel, die durchs Unterholz streiften. Doch diesmal wurde das Schauspiel vom leisen Brummen eines Motors untermalt.

Schreiend sprang er auf und rannte los, so schnell er es vermochte. Minuten später trennte ihn nur noch ein Graben von der Fahrbahn. Mit angehaltenem Atem durchschritt er klirrend kaltes Wasser. Niemals zuvor hatte ihn der Anblick einer Straße dermaßen bewegt. Es dauerte, bis das nächste Fahrzeug kam. Als das Scheinwerferlicht vor der Kuppe auftauchte, stellte er sich auf den Mittelstreifen und schwenkte die gefesselten Hände über dem Kopf. Er brüllte, als ihm der Wagen auswich. Mit weit aufgerissenen Augen starrte er dem beschleunigenden Nissan Micra hinterher. Doch dann, als er schon drauf und dran war, vor Verzweifelung auf die Knie zu sinken, sah er, wie die Rücklichter des Nissan langsam auf ihn zukamen. Die wummernden Takte eines Rapsongs drangen durch die Karosserie zu ihm nach draußen. Als der Wagen neben ihm stehen blieb, erschien der Kopf eines jungen Asiaten am Fahrerfenster, der sich zaghaft erkundigte, ob er Hilfe benötige.

Nachdem er zig Angebote, ihn ins nächste Krankenhaus zu fahren, ausgeschlagen hatte, setzte ihn sein Retter in Bad König ab. Fremden betrat das Fachwerkhaus durch die immer noch offen stehende Terrassentür. Mit letzter Kraft schleppte er sich ins Badezimmer und ließ heißes Wasser in die Wanne laufen. Skeptisch beobachtete er, wie die leicht mit Rost versetzte Brühe den Schmutz von den Keramikwänden löste. Er wischte jegliche hygienischen Bedenken beiseite, streifte sich den Bademantel von den Schultern und stieg in das dampfende, mit gräulichen Schlieren bedeckte Nass.

Es brannte, als seine Haut mit dem Wasser in Berührung kam. Aber schon nach wenigen Minuten spürte er, dass sich seine Muskeln entspannten. Vorsichtig begann er, sich die Füße zu massieren. Sehr viel länger hätte er es nicht mehr im Freien ausgehalten. Auf seine Frage, weshalb er zuerst an ihm vorbeigefahren sei, hatte sein Retter namens Li Wang mit den Schultern gezuckt und kleinlaut zugegeben, er habe Schiss gehabt, die Notlage könne gefakt sein und er überfallen werden.

Den Blick auf die altmodisch gemusterten Badezimmerkacheln gerichtet, überlegte Fremden, wie er in solch einer Situation gehandelt hätte. Wenn auf einsamer Straße ein aus dem Wald kommender Mann im Bademantel versucht hätte, ihn anzuhalten. Seine Gedanken schweiften zu den beiden Peinigern, die ihn in diese Lage gebracht hatten. Wer, zum Teufel, konnte ihm die auf den Hals gehetzt haben?

***

»Ich hoffe, du stehst auf mit Marzipan gefüllte Plunderstückchen.« Noch mit seinem Mantel bekleidet, reichte ihr Born eine Bäckertüte über den Schreibtisch. Das war es also, was er »noch kurz erledigen« wollte, als er auf der Rückfahrt vom Leichenfundort an einer Ampel in der Adickesallee aus dem Auto gesprungen war.

»Du hast Frühstück besorgt? Was verschafft mir denn die Ehre?«

»Ein kleines Dankeschön für deine Chauffeurdienste.«

Lächelnd schaute sie in die Tüte. Sie hatte tatsächlich noch nichts im Magen und mochte Marzipan. Eine solch aufmerksame Geste hätte sie Born gar nicht zugetraut.

Beim Verzehr der ersten Plunderhälfte ließ sie in Gedanken das Gespräch mit dem Jogger Revue passieren. Leider hatte der Mann keine weiteren Beobachtungen gemacht, die für die Ermittlungen von Nutzen gewesen wären.

»Schon die zweite Frauenleiche innerhalb weniger Tage«, sagte sie und blickte Born über die beiden sie trennenden Schreibtischplatten hinweg an. »Und noch dazu haben wir nicht den blassesten Schimmer, wer die Tote sein könnte. Weder kennen wir ihren Namen noch ihre Nationalität. Wir wissen nicht einmal, ob sie aus Frankfurt kommt.«

»Wenn ich mit dem Frühstück fertig bin, check ich im System die Vermisstenanzeigen.«

»Es ist gar nicht gesagt, dass sie schon jemand vermisst.«

»Meinst du«, nuschelte Born mit halb vollem Mund, »dass wir es mit demselben Täter wie bei Selma Tassen zu tun haben?«

»Ich weiß nicht, ob das wünschenswert wäre.«

»Warum nicht?«

»Weil dann nicht auszuschließen ist, dass er weitermordet.«

Born starrte einen Moment lang schweigend die Tastatur auf seinem Schreibtisch an, bevor er kopfschüttelnd sagte: »Ich glaube zwar, dass beide Morde von derselben Person verübt worden sind, aber nicht, dass es sich um einen Serienmörder handelt. Zumindest nicht im klassischen Sinn. Unser Täter wählt seine Opfer nicht nach einem Muster aus. Er hat für beide Morde ein handfestes Motiv.«

»Was macht dich da so sicher?«

»Zugegebenermaßen spricht für die These, dass wir es mit einem Serienmörder zu tun haben, dass er beide Male den gleichen Opfertyp gewählt hat. Frauen jenseits der siebzig. Aber die Taten unterscheiden sich in wesentlichen Merkmalen.«

»Die wären?«

»Selma Tassen wurde das Genick gebrochen. Der Toten vom Lohrberg der Schädel eingeschlagen. Im Fall Tassen ist der Tatort auch der Fundort. Ein Hotel am Flughafen. Die Unbekannte wurde transportiert. Wir kennen den Tatort noch nicht. Aber diesmal liegt der Fundort im Freien.«

»Gut, mir leuchtet aber immer noch nicht ein, weshalb du, trotz der Unterschiede, die du aufgezählt hast, von ein und demselben Täter ausgehst.«

»Sicher bin ich mir natürlich nicht. Aber ich vermute es. Schau mal: Wie häufig kommt es vor, dass bei uns in Frankfurt Rentnerinnen ermordet werden?«

Sie antwortete mit einem Schulterzucken.

»Nicht so häufig. Und wenn, war es meist der geldgierige Schwiegersohn oder ein Enkel, der erben will. Dann sitzen die Opfer aber nicht mit eingeschlagenem Schädel auf einer Parkbank oder mit gebrochenem Genick in einem Hotelzimmer und haben Kaviarreste zu ihren Füßen liegen. Außerdem ist es auch der kurze zeitliche Abstand, der mich –«

»Schon gut«, wehrte sie ab. Borns aufwallender Enthusiasmus ließ sie auf einmal schmunzeln. »Du hast mich überzeugt. Wahrscheinlich suchen wir tatsächlich nur *einen* Täter. Und wie ich dich kenne, hast du bestimmt auch schon eine Theorie, weshalb er das zweite Opfer nicht am Tatort zurückgelassen hat? Durch den Transport der Leiche zum Lohrberg ist er ein hohes Risiko eingegangen, entdeckt zu werden.«

»Möglich, dass der Tatort einen Rückschluss auf seine Identität zulässt.«

»Wie meinst du das?«

»Na, er könnte die Frau bei sich zu Hause oder an seinem Arbeitsplatz getötet haben. Irgendwo, wo man ihn kennt.«

»Okay. Das wäre eine denkbare Erklärung.«

»Vielleicht«, fuhr Born fort, »ist der Lohrberg aber auch von emotionaler Bedeutung für ihn. Möglich, dass er dort sogar schon mal mit dem Opfer war.«

Borns Ansatz, der Täter könne eine emotionale Bindung zum Fundort haben, war durchaus interessant. Ein Gedanke, den es im Hinterkopf zu behalten galt. Die Aufgabe mit der höchsten Priorität war momentan jedoch, die Identität des zweiten Opfers zu ermitteln. Und sobald sie die hatten, mussten sie versuchen herauszufinden, ob eine Verbindung zwischen den beiden ermordeten Frauen existierte.

»Übrigens, was kam denn gestern bei der Überprüfung der Bilder aus dem Sheraton raus?«, unterbrach Born ihre Überlegungen.

»Die kannst du vergessen. Die Überwachungskamera hat keine einzige erkennungsdienstlich erfasste Person aufgenommen, und es hat sich auch niemand verdächtig verhalten. Dutzende Hotelgäste haben eingecheckt. Ein paar neugierige Touristen sind durch die Lobby gelaufen. Und immer wieder auch Personal. Zimmermädchen, Kofferträger, Kellner. Selbst ein Koch mit Haube ist durchs Bild gehuscht.«

Ein lautes Klopfen an der Zimmertür ließ sie herumfahren. Auf Borns sonores »Ja bitte« trat Polizeiobermeister Monjau durch die Tür. »Eben hat ein Mann angerufen, der ziemlich besorgt klang. Ein gewisser Edgar Rosen, der seine Frau vermisst. Die Beschreibung könnte auf euer Opfer vom Lohrberg passen.«

***

Als Fremden die Augen aufschlug, war ihm schwindelig. Die vertrauten Umrisse seines Mobiliars nahm er nur verschwommen wahr. Einen verrückten Moment lang meinte er jedoch, in der Kochnische Liliana Bodes Silhouette auszumachen. Auf die Ellbogen gestützt, stemmte er sich von der Matratze hoch und schaute blinzelnd in Richtung Küchenzeile. Die zierliche rothaarige Schönheit wollte partout nicht verschwinden.

Er ließ sich auf die Matratze zurücksinken und versuchte sich zu erinnern, wie er nach Frankfurt in sein Ein-Zimmer-Apartment gelangt war. Teil für Teil setzte er in seinem Kopf das Puzzle zusammen. Das Martyrium im Wald, die Rettung durch Li Wang, das Bad in der verschmutzten Wanne, das überwältigende Gefühl, es keine Sekunde länger in Bad König auszuhalten, der überstürzte Aufbruch und dann die Fahrt über verschneite Landstraßen, auf der sich die ersten Krankheitssymptome eingestellt hatten.

»Na, von den Toten auferstanden?«

Die Stimme der Erscheinung, die sich mit federnden Schritten und einer dampfenden Tasse in der Hand auf ihn zubewegte, hörte sich dumpf an.

»Wer sind Sie?« Es kostete ihn einige Kraftanstrengung, die Tasse entgegenzunehmen und sie nicht vor Müdigkeit aus der Hand gleiten zu lassen.

»Das weißt du doch. Schließlich hast du mich angerufen.«

»Angerufen?«

»Ja, angerufen. Am Telefon hast du phantasiert, man habe dich hängen wollen, und mich um Hilfe gebeten. Zuerst wollte ich die Polizei rufen. Doch dann hab ich mich entschlossen, selbst nach dem Rechten zu sehen.«

»Mir ist schwindelig.«

»Das kommt sicher von den Tabletten.«

»Welche Tabletten?«

»Schlaftabletten«, antwortete das Wesen, das wie Liliana Bode aussah, und hielt ihm eine angebrochene Medikamentenpackung vor die Nase.

»Wie sind Sie in meine Wohnung gekommen?«

»Ich habe geklingelt, und du hast geöffnet. Dann hast du mir erzählt, dass dich zwei Männer im Wald ausgesetzt haben. Schlaf noch ein bisschen«, riet sie ihm. »Ich gehe jetzt und komme später wieder. Dann bring ich auch was zum Essen mit.«

Als er das nächste Mal die Augen aufschlug, schien ihm die schräg durchs Fenster einfallende Sonne ins Gesicht. Er hatte keine Ahnung, wie lange er geschlafen hatte. Immer noch gerädert und erschöpft wie nach einem Marathonlauf, drehte er den Kopf zur Seite. Ziellos wanderte sein Blick durchs Apartment. Die Konturen der Möbel und die seiner auf dem Boden verstreuten Kleidung nahm er jetzt wieder einigermaßen scharf wahr. Eine getrübte Sicht als Nebenwirkung eingenommener Schlafmittel gehörte wohl ebenso zur Handlung seines wirren Traums wie die Tee servierende Liliana Bode. Dabei hatte an ihr alles so verdammt echt gewirkt. Bis aufs kleinste anatomische Detail, wie beispielsweise den tropfenförmigen Leberfleck an ihrem Kinn. Den Pfefferminztee hatte er absolut realistisch auf der Zunge geschmeckt, ebenso wie er deutlich die Berührung ihrer Hand gespürt hatte, als sie zum Abschied aufmunternd über seinen Arm gestrichen hatte.

Auf dem Weg ins Bad merkte er, dass er noch recht schwach auf den Beinen war. Sein Schädel brummte, und beim Pinkeln fuhr ihm ein leichter Schauer über den Rücken. Niesend klemmte er sich das Fieberthermometer in die Achselhöhle. Während er auf das Messresultat wartete, fragte er sich erneut, wer ihm in der vergangenen Nacht die beiden Angreifer auf den Hals gehetzt haben könnte. Er sollte keine dummen Fragen mehr stellen. In welches Wespennest hatte er da nur hineingestochen? Wer hatte ein Interesse daran, dass er seine Ermittlungen einstellte? Im Grunde brauchte er nicht lange zu überlegen. Ohne dass er es auch nur irgendwie forcierte, tauchte Rosens Gesicht auf seiner inneren Leinwand auf. Auf die Nacht angesprochen, die er und Bruckner nicht im Hotel verbracht hatten, hatte er geantwortet, sie hätten in Moldawien eben nicht nur Wild gejagt. Ob bei dem Mann schon in diesem Moment der Entschluss festgestanden hatte, ihn einschüchtern zu lassen?

Das Thermometer war auf den alarmierenden Stand von 39,2 Grad Celsius geklettert. Fremden holte zwei Aspirin aus dem Alibertschränkchen. Nach Einnahme der Tabletten musterte er im Spiegel sein deformiertes Gesicht. Eine schmerzhafte Schwellung zog sich von der rechten Hälfte des Jochbeins bis hinunter zur Kinnpartie. Vermutlich hatte er sich die Verletzung zugezogen, als er nach dem Kappen des Seils auf dem Waldboden aufgeschlagen war.

Den brutalen Überfall auf ihn wertete er mittlerweile als stärkstes Indiz dafür, dass Hugo Bruckner tatsächlich ermordet worden war. Denn wäre der Bestatter damals durch eigenes Verschulden ertrunken, bräuchte sich heute niemand vor dem Ergebnis seiner Ermittlungen zu fürchten und ihn unter Druck zu setzen. Doch wie sollte er auf den Warnschuss reagieren? Den Schwanz einziehen oder weiterermitteln?

Als er das Bad verließ, verspürte er ein leichtes Hungergefühl. Dass sie in wenigen Stunden mit etwas zu essen wiederkäme, war der verheißungsvollste Spruch, den ihm seine Traumfee Liliana Bode ins Ohr gesäuselt hatte. Mit einem gequälten Lächeln auf den Lippen und in der Hoffnung, wenigstens ein paar Kekse zu finden, öffnete er das Hängeschränkchen über der Arbeitsplatte. Doch auf den Regalböden befanden sich nur eine angebrochene Packung Mehl und eine Dose mit geschälten Tomaten. Nachdem er die Klappe des Schränkchens wieder geschlossen hatte, fiel sein

Blick auf die Spüle. Und hätte er in diesem Moment etwas in der Hand gehalten, hätte er es garantiert fallen gelassen.

Auf der Edelstahlablage standen zwei benutzte Garfieldtassen, die er mit Sicherheit nicht dorthin gestellt hatte.

SIEBEN

Ob er ihnen etwas zu trinken anbieten dürfe, erkundigte sich Edgar Rosen, als sie auf einer Sitzgruppe aus hellem Leder Platz nahmen. Mannfeld löste ihren Blick von den an den Wänden hängenden Schwarz-Weiß-Fotografien und lehnte dankend ab.

»Mich wundert es, dass die Polizei zu mir kommt«, sagte Rosen und zupfte sich einen Fussel vom Revers seines kastanienbraunen Jacketts.

»Was genau wundert Sie daran?«, fragte Born und beugte sich im Sessel ein Stück nach vorne.

»Ich dachte, dass ich zu Ihnen ins Präsidium kommen müsste.«

Rosen vermutete offenbar, dass ihre Anwesenheit dazu diente, ihn zum Verschwinden seiner Frau zu befragen. Anscheinend ahnte er noch nicht, dass man die Vermisste aller Wahrscheinlichkeit nach schon gefunden hatte.

»Wann haben Sie das Verschwinden Ihrer Frau bemerkt?«, sagte Born, ohne auf die Bemerkung einzugehen.

»Gestern Abend bin ich spät nach Hause gekommen. Ich war auf Geschäftsreise. Nachmittags mit dem Flieger nach Berlin und noch am selben Abend zurück. Vom Flughafen habe ich mir um kurz nach elf ein Taxi genommen. Das mache ich immer, wenn's spät wird. Und zu Hause bin ich gleich ins Bett. Marthas Verschwinden bemerkte ich erst heute Morgen. Als ich an ihre Schlafzimmertür klopfte und feststellte, dass das Bett unbenutzt war.«

»Können Sie uns bitte ein Foto Ihrer Frau zeigen?«

Rosen nickte und holte eine von einem Silberrahmen umfasste Fotografie von seinem Schreibtisch. Auf der Aufnahme waren lediglich das Gesicht von Rosens Ehefrau und ein Teil ihres Halses zu sehen. Strahlend blaue Augen blickten in die Kamera, der Mund war zu einem schelmischen Lächeln verzogen. Zweifellos bestand eine große Ähnlichkeit zur Physiognomie der Toten.

»Selbstverständlich mache ich mir große Sorgen. Martha ist noch nie einfach so weggegangen, ohne vorher Bescheid zu sagen. Was werden Sie denn unternehmen, um sie zu finden?«

»Leider müssen wir Ihnen zunächst etwas mitteilen«, schaltete sich Mannfeld ins Gespräch ein. »Und Sie sollten sich diesbezüglich auf das Schlimmste gefasst machen. Heute Morgen ist eine Frau tot aufgefunden worden. Sie wurde ermordet und führte keine Ausweispapiere mit sich.«

»Martha verlässt nie ohne … sagten Sie gerade ›ermordet‹?«

Mannfeld nickte und blickte Rosen fest in die Augen. »Um Gewissheit zu bekommen, ob es sich bei der betreffenden Person um Ihre Ehefrau handelt, möchten wir Sie bitten, uns in die Rechtsmedizin zu begleiten.«

»Um die Tote zu identifizieren?«

»Ja. Fühlen Sie sich momentan dazu in der Lage?«

Im Institut für Rechtsmedizin wurden sie bereits von einer mit einem grünen Kittel bekleideten Assistenzärztin erwartet, die sie ins Untergeschoss zum großen Sektionssaal geleitete. Nach einer knappen und nüchternen Begrüßung öffnete Professor Bloch das Kühlfach. Der Metallschlitten mit dem Leichnam glitt aus der Box. Rosen nickte benommen, als das grüne Tuch über dem Kopf der Toten zurückgeschlagen wurde. Wenig später standen sie wieder vor dem Sektionsraum.

»Haben Sie jemanden, den Sie anrufen können?«, erkundigte sich Mannfeld und berührte Rosen sanft am Ellbogen. »Einen Freund oder einen Angehörigen, der Ihnen Gesellschaft leisten kann?«

Den Blick auf das hell getünchte Ende des Flurs gerichtet, bejahte Rosen.

»Wir können Ihnen auch psychologische Hilfe anbieten.«

»Danke. Aber ich denke, ich komme erst einmal so zurecht«, entgegnete Rosen. »Sagen Sie, die Verletzung … die Verletzung an Marthas Kopf … bedeutet das, dass sie erschlagen wurde?«

»Die Vermutung liegt nahe. Die Todesursache wird aber erst durch die Obduktion festgestellt. Um besser einschätzen zu können, was passiert ist, würden wir Ihnen gern noch ein paar Fragen stellen.«

Rosen ließ sich auf einem der an der Wand aufgestellten Plastikstühle nieder und nickte.

»Wann haben Sie das letzte Mal mit Ihrer Frau gesprochen?«

»Gestern, am frühen Abend. Ein, zwei Stunden vor dem Abflug.«

»Hat sie da verlauten lassen, wie sie den Abend verbringen wollte?«

»Martha wollte lesen und früh zu Bett gehen. Sie konnte sich stundenlang in ihre parapsychologischen Bücher vertiefen.«

»Parapsychologische Bücher?«, hakte Mannfeld nach.

»Ja, dieser Hokuspokus mit Geistern und Erscheinungen. Das ist so eine Art Hobby von ihr. Martha nennt es Religion. Und wenn Martha sich einmal in etwas verrennt, dann verfolgt sie das mit ganzer Energie. So war es auch mit all ihren anderen Hobbys vorher.«

»Und was halten Sie von ihrem Hang zum Okkulten?«

»Nichts. Blanker Unsinn, dass Lebende mit Toten in Kontakt treten können.«

»Wenn ich Sie richtig verstehe, hat Ihre Frau nicht erwähnt, dass sie gestern Abend noch einmal das Haus verlassen wollte.«

»Mit keiner Silbe.«

»Und dass sie einen Anruf erwartete?«

»Wer hätte Martha denn anrufen sollen?«

»Fällt Ihnen da niemand ein?«

»Höchstens ihre Nichte Ruth. Mit der telefoniert sie regelmäßig.«

»Welche sozialen Kontakte pflegte Ihre Frau sonst noch?«

»Was meinen Sie mit sozialen Kontakten?«

»Na, Freunde und Bekannte zum Beispiel.«

»Da kenne ich keine.«

»Sie kennen die Freunde Ihrer Frau nicht?«

Rosen zuckte mit den Schultern. »Meistens gehen wir mit Geschäftsfreunden aus. Martha hat da so ein paar Leute aus ihrem spiritistischen Bekanntenkreis. Da gibt es eine gewisse Endura und eine Cosma. Aber das sind bestimmt nicht deren richtige Namen, sondern Künstler- oder Phantasienamen.«

»Ein Jogger hat Ihre tote Frau heute Morgen auf dem Lohrberg gefunden. Sie saß dort auf einer Parkbank.« Es war Born, der sich zu Wort meldete.

»Auf dem Lohrberg?«, wiederholte Rosen und ließ seinen Blick ein paarmal zwischen ihnen hin- und herwandern. »Der liegt doch oberhalb von Seckbach.«

»Hielt Ihre Frau sich dort öfter auf?«

»Nicht dass ich wüsste. Ist sie dort …«

»Davon gehen wir nicht aus. Den Tatort kennen wir noch nicht. Was sagt Ihnen der Name Selma Tassen?«

»Selma …«, murmelte Rosen. »Selma … Könnte sein, dass eine Selma bei uns das Büro reinigt. Aber da müsste ich meine Sekretärin fragen.«

Ein starkes Stück, dachte Mannfeld. Ein Chef, der sich nicht einmal die Mühe macht, sich die Namen seiner wenigen Angestellten zu merken.

»Dass sie für Sie gearbeitet hat, bezweifeln wir«, entgegnete Born. »Frau Tassen ist vor wenigen Tagen ebenfalls ermordet worden. Die Dame war gebürtige Norwegerin und früher mit einem Frankfurter Bauunternehmer verheiratet. Sie befand sich etwa im gleichen Alter wie Ihre Frau. Es ist nicht unwahrscheinlich, dass beide Taten vom selben Täter verübt worden sind.«

»Selma Tassen«, wiederholte Rosen und fuhr sich mit der Zungenspitze über die Unterlippe. »Es tut mir leid, Sie enttäuschen zu müssen. Aber ich kann mich wirklich nicht erinnern, den Namen schon mal gehört zu haben.«

***

Seitdem er auf der Spüle die beiden mit den Garfieldmotiven bedruckten Tassen entdeckt hatte, fuhren seine Emotionen mit Fremden Achterbahn. In etwa fünfminütigem Turnus schielte er auf die Uhr und fragte sich, was Liliana Bode wohl unter »später« verstand.

Als es endlich an der Wohnungstür klingelte, langte er hektisch nach der Fernbedienung und schaltete den Fernseher aus. Sich nachmittags schon von Dokusoaps berieseln zu lassen, tat er nur, wenn er krampfhaft nach Ablenkung suchte.

Während er wartete, dass der Lift seinen Besuch nach oben beförderte, richtete er noch schnell den Sitz des poppigen Desigual-Shirts, für das er sich nach langem Hin und Her entschieden hatte.

An diesem Nachmittag trug Liliana Bode ihre roten Haare wieder zu einem kunstvollen Dutt hochgesteckt. Und wie bei ihrer ersten Begegnung hatte sie auch diesmal einen bunten Sarong um die Hüften geschlungen. Die steingraue Steppjacke, deren Reißverschluss sie bis unters Kinn zugezogen hatte, harmonierte nicht mit der farbenfrohen Kleidung.

»Lust, reinzukommen?« Er machte eine einladende Handbewegung und trat einen Schritt zur Seite.

»Lieber nicht. Bin eh schon spät dran. In zwanzig Minuten beginnt meine Schicht.« Noch vom Fußabstreifer aus drückte ihm Liliana Bode eine weiße Plastiktüte in die Hand. »Ich hoffe, du magst chinesisches Junkfood. Garantiert glutamatfrei. Hab dir vom Chinaimbiss um die Ecke die sogenannten ›Acht Schätze‹ mitgebracht.«

Bemüht, sich die Enttäuschung, dass sie ihn gleich wieder verlassen wollte, nicht anmerken zu lassen, schaute er auf die Plastiktüte. Essensdämpfe strömten aus der Öffnung, und durch die hauchdünne Tütenwand zeichneten sich die Konturen einer Aluminiumschale ab.

»Was bin ich dir schuldig?«, fragte er und stellte das Gericht auf der Arbeitsplatte der Kochnische ab.

»Betrachte es als milde Gabe für einen leidenden Patienten.«

»Warum kümmerst du dich um mich?«

»Schon vergessen? Du hast mich drum gebeten. Du hast ziemlich verzweifelt geklungen, als du mich angerufen hast.«

»Wann sehen wir uns denn wieder?«

Liliana Bode stieß ein leises Lachen aus. »Meinst du, ich mach jetzt für dich Essen auf Rädern?«

»Nein. Ich würd mich nur gern für deine Hilfe revanchieren. Vielleicht können wir ja morgen zusammen essen gehen?«

Mit einer Mischung aus Unglauben und Belustigung schaute sie ihn an. »In deinem Zustand kannst du nirgendwohin gehen. Kurier dich erst mal aus. Außerdem fahre ich morgen für drei Tage nach München. Han hat mir freigegeben.« Sie machte eine kleine Pause, in der ihr Blick eine Spur ernster wurde. »Überraschungsbesuch bei meinem Freund. Raoul ist gerade als Trainee bei BMW. Klar, was ich damit sagen will?«

Einen dermaßen gewaltigen Wink mit dem Zaunpfahl zu verstehen war keine große Kunst. Nachdem Liliana Bode mit einem leisen »Na, dann mach's mal gut« im Lift verschwunden war, wäre er am liebsten vor Scham im Boden versunken. Geknickt setzte er sich an den kleinen Tisch unter dem Fenster. Als er den Deckel von der Aluschale nahm, stieg ihm eine würzige Dampfwolke in die Nase. Neben einigen für ihn undefinierbaren Zutaten schwammen verschiedene Sorten Fleisch, Paprikawürfel, Morcheln, Shiitakepilze und Bambusstreifen in der dunklen Soße. Lustlos stocherte er mit der Plastikgabel in der Masse herum. Als er etwa ein Drittel der Portion gegessen hatte, verließ ihn der Appetit.

Was dachte sie jetzt nur von ihm?

Zornig auf die Welt und in erster Linie auf sich selbst zerschlug er den Glückskeks, den er neben die Aluminiumschale auf den Tisch gelegt hatte. Zwischen den Bröseln kam der obligatorische Zettel zum Vorschein. *»Heute wird die Sonne für dich scheinen«*, stand darauf geschrieben.

Mit dem Papierchen in der Hand stellte er sich ans Fenster. Dunkelheit hatte sich über die Stadt gelegt. Nur das leise und stete Rauschen des Verkehrs drang an seine Ohren. Er richtete seine Gedanken auf den Überfall der vergangenen Nacht und zerriss die lächerliche Botschaft in kleine Fetzen. Allem Anschein nach hatte Rosen ihm die beiden Männer auf den Hals gehetzt. Erneut drängte sich ihm die Frage auf, wie er auf den Einschüchterungsversuch reagieren sollte. Diesmal allerdings hatte er die Antwort klar und deutlich vor Augen: Den Schwanz würde er keinesfalls einziehen. Sobald es seine körperliche Verfassung einigermaßen zuließ, würde er sich Rosen zur Brust nehmen und ihn zur Rede stellen.

***

Im Konferenzraum konnte man die Luft beinahe schneiden. Dem geringen Sauerstoffgehalt nach zu urteilen war dort schon seit Tagen nicht mehr gelüftet worden. Mit energischen Schritten eilte

Mannfeld zu einem der Fenster. Nachdem sie es geöffnet hatte, setzte sie sich an der u-förmig angeordneten Tischreihe an einen Platz nahe der Eingangstür.

Außer Born waren nur die Kollegen Schilling und Schwertfeger anwesend. Während Born am Stehpult schweigend Unterlagen sortierte, unterhielten sich die beiden Kommissare leise am anderen Ende der Tischreihe.

Die Nächsten, die eintrudelten, waren Leitmann und Jones, außer ihr die beiden einzigen Frauen der am Morgen neu formierten Ermittlungsgruppe.

Die Wartezeit auf die drei noch fehlenden Kollegen nutzte Mannfeld, um sich die vor etwa einer Stunde beendete Inspektion der Wohnung über der Konzertagentur ins Gedächtnis zu rufen. Rosen hatte sofort zugestimmt, dass sie sich in seinen Privaträumen umsahen.

Die Wohnung, in der Opfer Nummer zwei gelebt hatte, erstreckte sich über die gesamten beiden oberen Etagen der Gründerzeitvilla. Die Zimmerwände waren – außer in der Küche und im Bad – in wärmeren Farbtönen gehalten als die unten im Büro.

Die Einrichtung bestand zum großen Teil aus Teakholzmöbeln aus der Kolonialzeit. Zahlreiche üppig dekorierte Masken, Holzschnitzereien und Straußeneier verströmten zusätzlichen Out-of-Africa-Touch.

In Martha Rosens Schlafzimmerschrank fanden sich weitere Stücke ihrer Gothic-Garderobe. Auf Holzbügeln hing ein ganzes Sortiment an schwarzen viktorianischen Blusen, Tüllröcken und Rüschenkleidern mit spitzenbesetzten Armstulpen. Und auf dem Nachttisch lag griffbereit eine Auswahl parapsychologischer und okkulter Literatur: Anleitungen zum Gläserrücken, Pendeln, Kartenlesen und »Das Buch der Toten Namen«. Aber auch Bände zu allerlei anderen obskuren Themen wie Liebeszauber, Golem-Magie, Hexerei, Nahtoderfahrungen und Satanismus stapelten sich hinter dem Lämpchen mit dem Tiffanyschirm.

Selma Tassen hatte in literarischer Hinsicht eher zu klassischer Belletristik von der Sorte Marquis de Sades tendiert. Zudem hing über ihrem Bett das abstoßende Aktbild mit dem überdimensionalen erigierten Glied.

Okkultismus, bizarrer Sex und Sadismus waren nicht gerade Themen, für die sich über siebzigjährige Frauen für gewöhnlich interessierten.

Mannfeld starrte gedankenverloren auf den Linoleumboden des Konferenzraums und fragte sich, ob die eigenwilligen Faibles der Seniorinnen bei der Opferwahl des Täters eine Rolle gespielt hatten. Selma Tassen und Martha Rosen waren alles andere als Nullachtfünfzehn-Rentnerinnen, wenn man Rentner überhaupt als solche bezeichnen durfte. Auf eine gewisse Art und Weise umgab beide etwas Geheimnisvolles und Undurchdringbares. Und beide waren an den Mordabenden aus dem Haus gegangen. Obwohl sie ihren jeweiligen Partnern gegenüber behauptet hatten, sie würden zu Hause bleiben wollen – im Fall von Selma Tassen begründet damit, dass ihr unwohl sei, im Fall von Martha Rosen mit dem Argument, sie wolle lesen und früh ins Bett gehen.

Ein lautes Räuspern holte Mannfeld zurück in die Gegenwart. Als sie ihren Kopf hob, sah sie Born mit durchgestrecktem Rücken hinter dem Pult Haltung einnehmen. Die Wangen leicht gerötet, dankte er den Kollegen für ihr nahezu pünktliches Erscheinen.

Verwundert stellte sie fest, dass die drei Nachzügler zwischenzeitlich tatsächlich eingetroffen waren und dass jemand das Fenster wieder geschlossen hatte, ohne dass sie es bemerkt hatte.

Born fasste den Stand der Ermittlungen knapp und verständlich zusammen. Als er seinen Vortrag beendet hatte, machte sich allgemeines Gemurmel breit.

»Gibt's bis zu diesem Punkt irgendwelche Fragen?«

Schwertfeger war der Erste, der sich rührte: »Also, wenn ich das richtig verstehe, gehen wir mit hoher Wahrscheinlichkeit davon aus, dass ein und derselbe Täter die Morde beging. Sollten wir dann nicht abklären, ob noch weitere Taten nach ähnlichem Muster verübt worden sind? Ich meine, der Täter muss ja nicht ausschließlich in Frankfurt zugeschlagen haben.«

»Guter Vorschlag«, lobte Born. »Daran haben wir auch schon gedacht. Jemand sollte die Datenbanken nach ähnlichen Fällen durchforsten. Vielleicht wollen Sie die Aufgabe gleich übernehmen, Schwertfeger?«

»Sollten wir nicht auch die Bevölkerung um Mithilfe bitten?«, fragte Michaela Jones.

»Damit warten wir noch«, antwortete Born. »Ist übrigens auch der Standpunkt des Chefs. Den Schritt in die Öffentlichkeit gehen wir erst, wenn uns die Zeugenbefragungen und die Datenrecherche nicht weiterbringen. So, nun schlage ich vor, dass wir zur Verteilung der Aufgaben kommen.«

Born erntete sowohl Zustimmung als auch leises Aufstöhnen, als er einen Teil der Kollegen zur Befragung von Rosens Nachbarn einteilte. »Und denkt daran, die Leute auch immer mit dem Foto von Selma Tassen zu konfrontieren. Vielleicht kennt sie ja jemand aus Rosens Nachbarschaft. Apropos Foto.« Born wandte sich Jones und Schilling zu. »Ich möchte, dass ihr den entsprechenden Part im Umfeld von Selma Tassen übernehmt. Selbstverständlich müsst ihr Simon Patenstein auch ein Bild von Martha Rosen zeigen. Ebenso Magdalena Eisner. Sie wohnt auf derselben Etage wie das Opfer. Auffällig ist übrigens, dass die Handys der beiden Ermordeten noch nicht aufgetaucht sind. Edgar Rosen hat uns die Handynummer seiner Frau mitgeteilt. Doch an ihrem Anschluss meldet sich nur die Mailbox. Die Nummer von Selma Tassen kennen wir noch nicht. Die müsstet ihr bitte bei Patenstein erfragen.« Den Blick wieder auf die gesamte Runde gerichtet, fuhr Born fort: »Bei beiden Handyanschlüssen müssen die Verbindungsdaten überprüft werden. Richterliche Beschlüsse hierzu sind heute Morgen schon erteilt worden. Vielleicht tut sich ja beim Abgleich der gewählten Nummern oder der empfangenen Anrufe ein Zusammenhang zwischen den toten Frauen auf. Möglicherweise stellt sich heraus, dass die beiden miteinander oder mit derselben Person telefoniert haben. Wer von den Kollegen, die noch keine Aufgabe haben, übernimmt das freiwillig?«

Als Sven Niemann sich meldete, bedankte sich Born. Die anfängliche Lampenfieberröte war mittlerweile vollständig von seinen Wangen gewichen.

»Früher oder später gilt es auch herauszufinden, wer die Mitglieder in Martha Rosens spiritistischem Bekanntenkreis sind. Welche Identitäten sich hinter den Phantasienamen Cosma und Endura verbergen. Aber momentan habe ich keine Idee, wie wir das bewerkstelligen sollen. Für entsprechende Vorschläge bin ich offen.« Born schaute zu Holger Thomalla und Tamer Kemeröz, dem einzigen türkischstämmigen Kollegen des Ermittlungsteams. »Für euch habe ich zwei Spezialaufträge: Macht euch bitte auf den Weg ins Fitnessstudio in der Hochstraße. Fragt, ob Martha Rosen dort bekannt ist. Wenn ihr damit fertig seid, überprüft ihr bei der Fluggesellschaft das Alibi von Edgar Rosen.«

»Und was macht unser kommissarischer Ermittlungsleiter, während wir uns da draußen die Hacken ablaufen?«, erkundigte sich Holger Thomalla und setzte ein schiefes Grinsen auf.

»Jula und ich unterhalten uns mit Martha Rosens Nichte.«

***

»Verstehst du Deutsch?«

Die in weiße Lederdessous gekleidete Frau schielte zu ihm herüber und schüttelte den Kopf.

»Nein? Wirklich nicht? Nicht ein kleines bisschen? Das ist gut so.«

Nachdem sie ihren Hurenlohn in dem Wandsafe in Sicherheit gebracht hatte, schlich sich ein Lächeln auf ihre Lippen. Mit laszivem Hüftschwung näherte sie sich dem kreisrunden Bett. Die rote Neonröhre über der Tür gab ein kurzes Flackern von sich. Einhändig öffnete sie den Verschluss des Bustiers. Und wieder stahl sich ein Lächeln auf ihr Gesicht, als ihre prallen, solariumgebräunten Brüste zum Vorschein kamen.

Über einen Blick in den Deckenspiegel schnappte er auf, dass sie sich ihren Stringtanga über die Hüften streifen wollte. *»Stop«,* rief er eine Spur zu energisch. *»Stop. Please, leave this on.«*

Mit zwei, drei Schritten trat sie an ihn heran. *»French?«,* hauchte sie ihm ins Ohr und machte sich am Gürtel seiner Jeans zu schaffen.

»No. No blow job.«

»So, why you are here?« Die Lippen zu einem lolitahaft anmutenden Schmollmund verzogen, tänzelte sie zurück zum Bett. Als sie sich auf die Matratze setzte, erklang aus dem Zimmer nebenan das Rauschen einer Toilettenspülung.

Ja, warum war er eigentlich hier? Nachdem er den blutdurchtränkten Kelim entsorgt hatte, war er einfach losgelaufen. Ziellos durch die mit unzähligen Lichtern beleuchtete Stadt. Doch zur Ruhe hatte ihn das nicht gebracht. Er hatte getötet, schon zum zweiten Mal. In einer Bar hatte er sich ein Bier bestellt. Schluck für Schluck war der Drang, sich mitzuteilen, gewaltiger geworden. Er konnte aber ja nicht einfach – wie in einem drittklassigen Film – den Barkeeper beiseitenehmen und ihm seine Geschichte aufs Ohr drücken. Außer der Bursche wäre taub oder käme aus dem Busch oder von einem anderen Stern. Später hatte er sich dann auf der Straße von einem Koberer ansprechen lassen. Bei dem verheißungsvollen Versprechen, dass ihn im Club Damen aus aller Herren Länder erwarteten, hatte es plötzlich bei ihm klick gemacht.

»How old are you?«

»Eighteen.«

»Where do you come from?« Sein Blick streifte das Nachttischchen, auf dem eine Box mit Kleenex-Tüchern und ein Päckchen Kondome lagen.

»Republica Moldavia.«

»Moldavia. That's good. That's absolutely perfect. Today, I need only somebody to talk to. Moldawien …« Leise lachend ließ er sich auf dem mit weißem Flokati überzogenen Sitzwürfel nieder. »Nach Moldawien ist Bruckner immer zum Jagen gefahren. Er ist übrigens schuld daran, dass ich mittlerweile einige Verbrechen auf dem Kerbholz habe.« Er machte eine Pause, während der er sie aufmerksam musterte. Als sie auf seine kleine Offenbarung nicht reagierte, fuhr er fort: »Schwere Verbrechen, für die man lebenslänglich hinter Gitter wandert.« Er beobachtete, wie sie mit teilnahmsloser Miene einen Lipglossstift aus der Nachttischschublade holte und sich die Lippen befeuchtete. *»What's your name, honey?«*

»Heidi.«

»Heidi.« Er lachte. *»That's brilliant. That's really brilliant.«*

Anscheinend animiert durch sein Lachen, fuhr sich die junge Frau mit dem Lipglossstift über die Brustwarze, die sich sofort aufrichtete.

»Lass das. *No sex.* Ich will nur reden. Und das geht nun mal leider nur mit so jemandem wie dir. Weißt du, es dauerte nicht lange, bis ich von dem Job bei den Bruckners die Schnauze voll hatte.

Aber ohne Geld oder die Aussicht auf einen anderen Job war ich erst mal gezwungen zu bleiben. Von der Dankbarkeit der beiden war schon nach wenigen Wochen nicht mehr viel zu spüren. Dafür aber wurde Amelie Bruckner mir gegenüber auf eine seltsame Art und Weise zutraulich. Manchmal strich sie mir im Vorbeigehen über den Arm. Oder zwinkerte mir zu. Mit Komplimenten war sie eh nicht geizig. Ich sei ein richtiger Sascha-Hehn-Typ, sagte sie immer. Und bei mir müssten die Frauen ja Schlange stehen. Anfangs hat mir das geschmeichelt. Doch mit der Zeit wurde es mir unangenehm, dass sie hinter dem Rücken ihres Mannes mit mir flirtete. Ich begann mich allmählich zu fragen, was sie damit bezweckte. Ob sie sich nur einen Spaß erlaubte oder tatsächlich dachte, ich könnte mich allen Ernstes für eine über fünfunddreißig Jahre ältere Frau interessieren. Unangenehm war mir Amelies Verhalten aber noch aus einem anderen Grund. Ich war mir nicht ganz im Klaren darüber, wie ihr Hugo reagieren würde, wenn er eines Tages von den Mätzchen seiner Frau Wind bekäme. Mein erster Eindruck von ihm auf der MS Merdiva hatte sich zwischenzeitlich komplett gewandelt. Je besser ich ihn kennenlernte, desto bewusster wurde mir, dass er nicht der nette, pietätvolle Bestatter war, für den ihn ganz Frankfurt offenbar hielt. Unter seiner glatten Oberfläche schlummerte etwas Rücksichtsloses. Rätselhaft fand ich auch, wie der Mann nur mit Bestattungen so ein riesiges Vermögen hatte scheffeln können. Dass er zig Millionen schwer sein musste, sah man schon allein an seiner pompösen Villa. Und dass er seine Finger in illegalen Geschäften haben musste, belegt auch folgende Geschichte: 2005, in der Woche nach Ostern, stand Bruckner wieder einmal kurz vor dem Aufbruch zu einer seiner ominösen Reisen. Zu einem jener spontanen Kurztrips, von denen niemand so recht wusste, wohin sie führten. Jedenfalls ging es nicht mit seinen Freunden zum Jagen. Das Ziel war wie immer streng geheim. Mir hatte er an jenem Tag freigegeben. Doch zufällig verstauchte er sich kurz vor der Abreise im Bad den Fuß. Das Gelenk schwoll dermaßen stark an, dass er weder selbst fahren noch den Zug nehmen konnte. Er entschied sich also, doch noch auf meine Fahrdienste zurückzugreifen. Zürich hieß das Ziel. Nach einer beklemmend schweigsamen Fahrt bat er mich, ihn an einem

Taxistand in der Innenstadt abzusetzen. Mit dem knappen Verweis, dass er in wenigen Stunden anrufen und mir mitteilen würde, wo ich ihn abholen sollte, humpelte er auf einen Stock gestützt zu einem Taxi und stieg ein. Dass Bruckner so einen Affenaufwand trieb, nur damit ich nicht mitbekam, wohin er wollte, machte mich natürlich neugierig. Ich folgte dem Taxi in sicherem Abstand und war gar nicht mal überrascht, als es in der Bahnhofstraße vor dem Hauptsitz der UBS anhielt. Etwa eine halbe Stunde später kam Bruckner mit einer Tasche in der Hand wieder aus dem Bankgebäude. Von einem anderen Taxi ließ er sich zu einem Café am See chauffieren. Dort traf er sich mit einem Mann, dem er die Tasche übergab. Das war es schon, was Bruckner ins ferne Zürich geführt hatte. Er bestellte mich zum Treffpunkt in der Innenstadt und wollte nach Hause. Auf der Rückfahrt musste er pinkeln. Als er auf dem Rastplatz zur Toilette humpelte, bemerkte ich, dass er seinen Mantel im Wagen liegen gelassen hatte. Obwohl Herumschnüffeln nicht gerade meine Art ist, konnte ich es mir trotzdem nicht verkneifen, während seiner Abwesenheit in den Taschen seines Mantels zu stöbern. Und tatsächlich: In der Innentasche fanden sich der Beleg einer Barabhebung und der Auszug eines Nummernkontos mit sagenhaften zwölf Millionen Euro Guthaben. Kannst du dir so viel Geld vorstellen, Heidi? Natürlich notierte ich mir die Kontonummer. Wenige Kilometer vor der Grenze bat mich Bruckner erneut, anzuhalten. Offenbar aus Angst vor den deutschen Grenzbeamten verbrannte er die verräterischen Dokumente in einem Mülleimer. Zu diesem Zeitpunkt hat er wohl noch nicht geahnt, dass die Gefahr von anderer Seite lauerte. Ich forderte eine Million Euro in gebrauchten Scheinen. In einem anonymen Schreiben behauptete ich, ein Mitarbeiter der UBS zu sein, der Computerdaten abgezogen hatte. In den Jahren danach gab es tatsächlich einige solche Fälle. Geplant war, die Übergabe in einem abgelegenen Waldstück stattfinden zu lassen. Doch leider merkte ich erst viel zu spät, dass ich in eine Falle getappt war. In eine Falle, die dazu führen sollte, dass ich zum Mörder wurde.«

***

Nach der Befragung von Rosens Nichte Ruth entschloss sich Born, sein Abendessen in Form eines Döners einzunehmen. Frankfurts bestes Karussellfleisch – den flapsigen Ausdruck hatte er am Vortag von einem Halbwüchsigen in der U-Bahn aufgeschnappt – gab es seiner Meinung nach bei Youssef im Bahnhofsviertel.

In der Elbestraße, auf Höhe der »Pik-Dame«, stellte sich ihm eine Prostituierte in den Weg. Ob er 'nen Moment Zeit habe. Kopfschüttelnd schlug er einen Bogen um das mit einem eng anliegenden weißen Skianzug bekleidete Mädchen.

In Youssefs anatolischem Imbiss wählte er einen Fensterplatz mit Blick auf die Kaiserstraße. Auf dem Hocker neben ihm saß eine klapperdürre Gestalt in einem rot-schwarz gestreiften Fußballtrikot, das die Aufschrift »Waldstadion« trug. So hatte sich die Commerzbank-Arena früher genannt. Zu Zeiten, als Uwe Bein bei der Eintracht noch den genialen Mittelfeldregisseur gegeben hatte.

Die erste Hälfte des Döners schlang er gierig in sich hinein. Froh, dass Mannfeld nicht Zeugin seiner animalischen Essmanieren war, legte er den zusammengedrückten Fladen auf den Teller und wischte sich etwas Joghurtsoße vom Handgelenk. Dann ließ er seinen Blick aus dem Fenster schweifen. Sie hatten Martha Rosens Nichte Ruth an ihrem Arbeitsplatz befragt, einem Schuhgeschäft im Herzen der Altstadt. Von Mannfeld auf ihre viktorianisch anmutenden schwarz gefärbten Korkenzieherlocken angesprochen, hatte die Nichte bestätigt, sich in der urbanen Gothic-Szene zu bewegen und bei Gleichgesinnten unter dem Namen Endura bekannt zu sein. Somit hatte sich ein kleines Mosaikteil des Recherchepuzzles von selbst ins Bild gefügt. Doch darüber hinaus hatte die junge Frau nichts Nennenswertes zu berichten gehabt. Weder kannte sie Cosma noch das Opfer Nummer eins, Selma Tassen. Sie konnte sich auch nicht erinnern, dass ihre Tante den Lohrberg jemals erwähnt hatte. Nur auf die Frage, ob sie sich einen Reim darauf machen könne, weshalb Martha Rosen am Mordabend das Haus verlassen hatte, zögerte sie ein wenig. Martha habe ihr gegenüber einmal eine kryptische Bemerkung fallen gelassen, bekannte sie nach kurzer Denkpause.

Sinngemäß, dass das Leben manchmal wertvolle Überraschungen parat habe. Doch welcher Art die seien, habe die Tante ihr nicht verraten wollen.

Nach dem Betreten seiner Wohnung holte sich Born ein Bier und fuhr den Computer hoch. An diesem Abend tat er das nicht nur aus purer Neugier auf die Neuigkeiten oder den Tratsch, den seine Facebook-Freunde ins Netz gestellt hatten. Er tat es auch, weil er überprüfen wollte, ob Martha Rosen über ein Facebook-Profil verfügte. Die Wahrscheinlichkeit hierfür schätzte er allerdings als ebenso gering ein wie im Fall Selma Tassen.

Born fragte sich, welche wertvolle Überraschung, von der Martha Rosen ihrer Nichte Ruth erzählt hatte, das Leben für das zweiundsiebzigjährige Mordopfer wohl auf Lager gehabt hatte.

Auf der Startseite des sozialen Netzwerks tippte er ihren Vor- und Nachnamen ins Suchfeld und drückte die Return-Taste. Als daraufhin tatsächlich Martha Rosens Profilbild auf dem Monitor erschien, hätte er vor Überraschung beinahe den Schluck Bier auf die Tastatur gespuckt, den er gerade im Mund hatte.

Es kostete ihn einiges an Selbstbeherrschung, nicht sofort zum Hörer zu greifen und Mannfeld anzurufen. Bevor er ihr seinen kleinen Triumph verkündete, wollte er sich aber erst noch das Profil genauer ansehen, das Martha Rosen von sich erstellt hatte. *»Wohnt in Frankfurt, verheiratet, Schule Dalberg Gymnasium Aschaffenburg«*. Bei der Angabe ihres Geburtsdatums hatte sie um zehn Jahre geschummelt. Erstaunlich, dass sie lediglich mit fünf Freunden vernetzt war. Auf das Verfassen eigener Pinnwandeinträge hatte sie weitgehend verzichtet. Und in der Rubrik »Gefällt mir« verwies sie ausschließlich auf Seiten mit okkulten Inhalten.

Nachdem er kräftig aufgestoßen und mit der Hand die seinem Mund entwichene Knoblauch-, Zwiebel- und Bierwolke fortgewedelt hatte, widmete er sich den Facebook-Seiten von Martha Rosens Freunden. Vier waren Frauen, die den Profilbildern nach zu urteilen alle in die Grufti-Richtung tendierten. Bei einer handelte es sich zweifellos um Endura respektive die im Schuhladen arbeitende Nichte Ruth. Der noch verbleibende Kontakt nannte sich »hotcracker«. Als Profilbild hatte er oder sie ein Peace-Symbol hochgeladen. Auf persönliche Angaben wie Wohnort, Ausbildung und Geburtsdatum verzichtete »hotcracker«.

Ein Nickname oder Cyberpseudonym, dachte Born und kratzte sich an der Schläfe. Jemand, der es vorzog, seine Identität hinter einer Maske zu verbergen. Wie er solche Typen liebte! Genervt klickte er auf den Link zur Pinnwand. Was aktuelle Themen anging, zeigte sich »hotcracker« allerdings mitteilungsbedürftig. Fast täglich postete er seinen Senf zum Weltgeschehen für seine wenigen über den Globus verstreuten Facebook-Freunde. Beklagte den schon etwas länger zurückliegenden tragischen Tod von Amy Winehouse, teilte Links zu Zeitungsartikeln über die Euro-Krise und lästerte in spitzen Worten über die peinliche Selbstdemontage des zurückgetretenen Bundespräsidenten. Der jüngste Eintrag war noch nicht einmal eine Stunde alt. Doch im Vergleich zu den vorangegangenen war dieser hier von erstaunlich persönlicher, aber auch kryptischer Natur. Darin sang »hotcracker« eine Art Hohelied auf Prostituierte. Kurioserweise auf solche moldawischer Herkunft, da deren Vorzug darin bestehe, kein Wort von den Beichten ihrer Freier zu verstehen.

ACHT

Die Lagebesprechung am Samstag war auf entspannte zehn Uhr morgens angesetzt. Vorne am Pult stopfte sich Born bereits das dritte Pfefferminzbonbon in den Mund. Tat er es aus Nervosität, weil er in Vertretung des Chefs auch die zweite Sitzung der Ermittlungsgruppe leiten musste oder weil er gestern Unmengen Knoblauch gefuttert und Angst hatte, dass man seinen schlechten Atem bis an die Tische riechen könnte? Auf sein Räuspern hin trat Ruhe ein. Mit leicht kratziger Stimme bat er Schwertfeger, zu berichten, was dieser in puncto ähnlich gelagerter Mordfälle herausgefunden hatte.

»In den letzten Wochen und Monaten sind bundesweit einige ältere Frauen getötet worden. Parallelen zu unseren beiden Morden konnte ich allerdings in keinem Fall feststellen.«

»Weil?«, hakte Born nach.

»Weil es sich ausschließlich um Beziehungstaten handelte. Und bis auf einen Täter hat man alle gefasst. Der noch Flüchtige ist ein Mann aus Hannover, der seine Frau erstochen und sich nach Südamerika abgesetzt hat.«

Nach Schwertfegers knappem Skizzieren der Lage berichteten die zu den Nachbarn der ermordeten Frauen ausgeströmten Zweierteams. Fazit: Keiner der Befragten hatte das jeweils nicht in seiner Nachbarschaft wohnende Opfer auf den Fotos erkannt. Jones und Schilling hatten lediglich mit Magdalena Eisner und den in den Etagen über und unter Selma Tassen wohnenden Mietern sprechen können. Simon Patenstein hatten sie weder in seinem Ladengeschäft noch bei sich zu Hause angetroffen. Demnach blieb also ungewiss, ob er Martha Rosen gekannt hatte und ob über ihn die Handynummer von Selma Tassen in Erfahrung zu bringen war.

Als Nächstes sollte Sven Niemann die Ergebnisse seiner Recherche vortragen. Die Kollegen schauten ein wenig irritiert, als er sich – offenbar vor Aufregung – von seinem Stuhl erhob und sich der Runde wie ein Fremder vorstellte. Born reagierte auf die komische Einlage mit einem netten Lachen und bat ihn, sich wieder zu setzen.

»Als Erstes habe ich bei Opfer Nummer eins die Verbindungsdaten des Festnetzanschlusses überprüft.« Mit gerötetem Kopf blickte Niemann von seinem Notizblock auf. »Wöchentlich waren es nicht mehr als drei oder vier eingehende und ausgehende Anrufe. Meistens hat sie mit Simon Patenstein gesprochen. So auch am Mordabend. Offenbar, um ihm abzusagen. Ab und zu hat sie auch mal mit dem Kartenservice der Oper und diversen Restaurants telefoniert. Und was ihr Handy betrifft: Die Nummer braucht ihr nicht mehr zu erfragen. Die habe ich schon herausbekommen.« Als Niemann fortfuhr, schwang ein Quäntchen Stolz in seiner Stimme mit. »Über das Fitnessstudio, wo ihr auch nach der Nummer hättet fragen können. Selma Tassen hat dort bei der Anmeldung neben ihrer Festnetznummer auch ihre Mobilnummer angegeben. Wie ich herausgefunden habe, ist das Handy mit einer Prepaidkarte ausgestattet. Am Morgen vor der Tat hat sie im Fitnessstudio diesen ominösen Anruf erhalten. Leider kann der keiner bestimmten Person zugeordnet werden. Er kam aus einer Telefonzelle am Bahnhof.«

»Und wie sieht's bei Martha Rosen in Sachen Telefon aus?«, wollte Michaela Jones wissen.

»Martha Rosen nutzte den privaten Festnetzanschluss in der Freiherr-vom-Stein-Straße gemeinsam mit ihrem Mann. Eine Sisyphusarbeit, herauszufiltern, welche der Telefonate allein auf ihre Kappe gingen. Am Tatabend hat sie allerdings nur einen einzigen Anruf vom Handy ihres Mannes erhalten.«

»Gab's Übereinstimmungen? Also Nummern, die von beiden Opfern gewählt wurden oder bei ihnen eingegangen sind?«, erkundigte sich Born, während er ein viertes Pfefferminzbonbon aus seinem Papierchen wickelte.

»Das ist wohl die Frage, die alle am meisten interessiert. Die Antwort ist aber leider frustrierend. Auf den Verbindungslisten findet sich kein einziger Anschluss, mit dem *beide* Opfer kommunizierten. Das war's so weit von meiner Seite.«

Born lobte die gute Arbeit, die Niemann geleistet hatte. Anscheinend weiß er um die Bedeutung eines Lobs, dachte Mannfeld. Gestern, als er sie angerufen und ihr von Martha Rosens Facebook-Seite berichtet hatte, war zwischen den Zeilen deutlich herauszuhören gewesen, wie gern er selbst eines für seine investigative Tat von ihr erteilt bekommen hätte. Doch sie hatte sich mit der Anerkennung zurückgehalten, zumal ihr schleierhaft war, wie dieses Facebook-Profil die Ermittlungen auch nur einen Schritt weiterbringen sollte.

Als letztes Ermittlerteam präsentierten Tamer Kemeröz und Holger Thomalla ihre Rechercheergebnisse. Zum Zeitpunkt, da man seine Ehefrau ermordet hatte, befand sich Edgar Rosen tatsächlich auf der Rückreise aus Berlin. Auch für die Nacht, in der Selma Tassen im Sheraton das Genick gebrochen worden war, besaß er ein wasserdichtes Alibi. Den gesamten Abend über hatte er in seiner Stammkneipe mit Freunden Skat gespielt.«

»Und der zweite Spezialauftrag, den ich euch erteilt habe?«

Tamer Kemeröz musste kurz husten, bevor er antworten konnte, dass Martha Rosen keinem der im Fitnessstudio Befragten bekannt gewesen war.

»Okay«, sagte Born und stützte sich mit beiden Händen auf dem Pult ab. »Zum Schluss möchte ich noch kurz zusammenfassen, was bei der kriminaltechnischen Untersuchung am Lohrberg und der Obduktion von Martha Rosen im Detail rausgekommen ist. Das Labor bestätigt, dass der Fundort nicht identisch mit dem Tatort ist. Kunstfasern, wie sie Fahrzeughersteller zum Auskleiden von Kofferräumen verwenden, hafteten an der Kleidung der Toten. Und davon, dass der Täter die Leiche in einem engen Raum oder in einer Art Kiste transportiert haben muss, geht auch Professor Bloch aus. Die Lage der Totenflecke, sagte er, sei typisch dafür. Was die Todesursache anbelangt: Auch da trifft unsere Vermutung zu. Martha Rosen starb durch Gewalteinwirkung mit einem stumpfen Gegenstand gegen den Kopf. Geschlechtsverkehr hatte sie vor ihrem Tod keinen.«

»Und der Mageninhalt?«, meldete sich Sven Niemann zu Wort.

»Der wurde natürlich auch analysiert«, sagte Born und lächelte. »Im Fall Martha Rosen fiel das Henkersmahl deutlich bescheidener aus als bei Selma Tassen. Anstelle von Kaviar und Champagner bestand es bei ihr nur aus Bier und einer ordentlichen Portion Hackfleisch.«

NEUN

Drei volle Tage hatte es gedauert, bis er wieder auf dem Damm war. Den Großteil der Zeit hatte er mit fiebrigem Kopf und Gliederschmerzen im Bett verbracht. Nur ein einziges Mal hatte er sich aufgerafft und sich zum Supermarkt geschleppt. Das Nötigste in den Einkaufswagen geladen und sich dabei ausgemalt, wie Liliana Bode mit ihrem Freund Raoul in den Wirtshäusern rund um den Viktualienmarkt saß, verliebte Blicke tauschte und Weißwürste zuzelte. Zum Glück war das aber die einzige peinigende Phantasie, in der zu suhlen er sich erlaubt hatte. Im Großen und Ganzen gelang es ihm ganz gut, seine rothaarige Traumfee aus seinen Gedanken zu verbannen.

Jetzt, am Montag, an Tag vier nach dem Überfall, fühlte er sich endlich wieder fit genug, die ersten Schritte in Sachen Rosen zu unternehmen. Wobei er sich noch nicht ganz im Klaren war, wie er dabei vorgehen sollte. Den in seinen feinen Nadelstreifenanzug gewandeten Geschäftsmann direkt mit dem Vorwurf zu konfrontieren, dass er ihm die beiden Typen auf den Hals gehetzt hatte, machte wenig Sinn. Ein Leichtes für Rosen, dies empört abzustreiten.

Um kurz nach zwölf parkte Fremden in der Freiherr-vom-Stein-Straße hinter einem Lieferwagen. Immer noch unschlüssig, mit welcher Taktik er Rosen begegnen sollte, blieb er hinter dem Steuer sitzen und beobachtete die Mitarbeiter eines privaten Räumdienstes, die den Gehweg vom Schnee befreiten. Zwei der Männer rauchten, ein Dritter pfiff die Melodie eines Achtziger-Jahre-Hits.

Durch die allmählich beschlagende Frontscheibe ließ Fremden den Blick über die mit Stilelementen verzierte Fassade der Gründerzeitvilla wandern. Auffällig war, dass bei der Konzertagentur im Erdgeschoss kein Licht brannte. Dafür waren die privaten Räumlichkeiten im ersten Stock beleuchtet. Hin und wieder huschte hinter den Fenstern schemenhaft eine Gestalt vorbei. Nachdem er das sich auf den Vorhängen bietende Schattenspiel einige Minuten lang beobachtet hatte, wurde es im Innern der Villa plötzlich dunkel. Kurz darauf öffnete sich die schwere Eingangstür aus Eichenholz. Edgar Rosen war der Erste, der ins Freie trat. Eine Atemwolke stand vor seinem Gesicht. Unter seinem offen stehenden Wintermantel lugten ein schwarzer Anzug, ein weißes Hemd und eine schwarze Krawatte hervor. In gebückter Haltung, die rechte Hand auf die Schulter einer blonden Frau abgestützt, bewegte er sich schleppenden Schritts auf das Eingangstor zu. Im Anschluss an das Paar verließen noch vier weitere dunkel gekleidete Personen das Haus.

★★★

Das Kinn in beide Hände gestützt, starrte Born aus dem Fenster. Auf der Adickesallee kämpfte sich der Verkehr nur mühsam durch den einsetzenden Schneefall. Ihm war immer noch ein bisschen mulmig zumute, wenn er an den Hammer dachte, den er sich am Samstag geleistet hatte. Dass er nach dem dritten Bier einfach das Handy ausgeschaltet hatte. Obwohl er Mannfeld hoch und heilig versprochen hatte, ständig erreichbar zu sein und sofort nach Frankfurt zurückzueilen, wenn es irgendwie brannte. Nur unter der Prämisse hatte sie eingewilligt, für ihn, den kommissarischen Ermittlungsleiter und Verantwortlichen, die Stellung zu halten.

»Na, das Auto noch rechtzeitig fit bekommen?«

Murmelnd, dass er eine neue Batterie eingebaut habe, beobachtete er, wie Mannfeld ihren Mantel an den Türhaken hängte.

Nachdem sie an ihrem Schreibtisch Platz genommen hatte, erkundigte er sich, ob sich am Wochenende etwas Wichtiges ereignet hatte.

»Nichts von Bedeutung. Sonst hätte ich mich schon bei dir gemeldet.« Mannfeld strich sich mit der rechten Hand durch ihre braune Lockenpracht. »Einige Zeit habe ich investiert, um die Bankkonten der Opfer zu überprüfen. Die 1822 und die Deutsche Bank haben uns die Daten noch am Samstag zur Verfügung gestellt. Gleich nachdem der richterliche Beschluss dazu vorlag.«

»Und?«

»Nichts Auffälliges. Keine Bewegungen, die einen Rückschluss auf Täter oder Motiv zulassen. Barabhebungen, Rente, Miete, Gas und so weiter.«

»War auf Selma Tassens Konto die Übernachtung im Sheraton belastet?«

»Nein. Ich habe deswegen auch noch mal mit dem Portier Rastafan Piu telefoniert. Er hat mir gesagt, Selma Tassen habe bar zahlen wollen und die Zimmerrechnung sei noch offen.«

»Apropos telefoniert. Hast du mittlerweile Patenstein erreicht?«

»Allerdings. Der Arme lag mit Grippe im Bett. Deshalb hat er Jones und Schilling nicht aufgemacht und ist auch nicht ans Telefon gegangen.«

»Du sagst so schön ›der Arme‹. Und was, wenn sich herausstellt, dass Patenstein der Täter ist?«

Mannfeld stieß ein leises Lachen aus. »Das ist er nicht, Ludger. Er hat Martha Rosen nicht einmal gekannt. Und das nehm ich ihm ab. Am Samstag, auf dem Heimweg, habe ich noch kurz bei ihm vorbeigeschaut. Und ihm das Foto von der Rosen gezeigt.«

»Mit anderen Worten: Wir sind so schlau wie vor dem Wochenende. Vielleicht ist es jetzt an der Zeit, die Bevölkerung um Mithilfe zu bitten.«

»Ich weiß nicht so recht«, wandte Mannfeld ein und griff nach einem Post-it, das an ihrem Telefon haftete. »Heute um zwei findet auf dem Hauptfriedhof die Beerdigung von Martha Rosen statt. Die würde ich gern noch abwarten. Wäre gut, wenn wir uns dort mal umsehen.«

»Was? Die Beerdigung findet schon heute statt?«

»Ja. Rosen wollte den schweren Gang wohl so schnell wie möglich hinter sich bringen und hat das nach der Freigabe der Leiche am Freitagabend anscheinend umgehend veranlasst.«

»Und du willst hingehen, weil er dort auftauchen könnte, unser kranker Killer?«

»Du weißt so gut wie ich, dass es nicht das erste Mal wäre, dass so was geschieht. Außerdem ist Milan Tassen gestern aus dem Koma geholt worden. Heute Abend können wir ihm ein paar Fragen stellen. Vielleicht kennt er Martha Rosen. Erst wenn wir danach immer noch im Dunkeln tappen, würde ich die Presse einschalten.«

»Na denn.« Er erhob sich vom Stuhl, um sich eine Flasche Wasser zu holen. Als er auf halbem Weg zur Tür war, erkundigte sich Mannfeld, wie ihm das Klassentreffen gefallen hatte.

»So lala.« Er drehte sich zu ihr um. »Und danke, dass du für mich hier so tapfer die Stellung gehalten hast.«

»So lala? Hört sich nicht gerade an, als ob ihr euch vor Wiedersehensfreude um den Hals gefallen seid.«

Phasenweise hatte er das schon getan. Aber nicht aus Wiedersehensfreude. Doch er konnte Mannfeld gegenüber schlecht zugeben, dass Manu sein Um-den-Hals-Fallen als den plumpen Anmachversuch gewertet hatte, der es gewesen war. Und dass er zu fortgeschrittener Stunde beinahe auch noch einen Eklat ausgelöst hätte, weil er ihr – befeuert von einigen alkoholischen Getränken – irgendetwas Schweinisches ins Ohr geraunt hatte.

»Na, es war so, wie es immer auf Klassentreffen ist. Alte Schoten werden hochgekocht. Wer damals mit wem und so weiter. Eine andere Story kommt bei solchen Gelegenheiten auch regelmäßig aufs Tapet: die Sache mit Felix. Ein Junge aus unserer Klasse, der auf dem Nachhauseweg spurlos verschwand und bis heute nicht wieder aufgetaucht ist. Sein Bruder hätte ihn begleiten sollen, doch der vergnügte sich lieber auf der Wiese mit seiner Schnalle. Wochenlang hat die Polizei die Umgebung nach Felix abgesucht und Zeugen befragt. Ohne Erfolg. Felix' Bruder hat sich eine Menge Vorwürfe anhören müssen. Kaum dass er achtzehn war, zog er fort. Hat es im Ort wohl nicht mehr ausgehalten. Doch am Samstag wurde gemunkelt, dass das Arschloch wieder im Lande ist.«

***

Knapp eine Stunde lang hatte Fremden in der Kälte ausharren müssen, bis sich die Pforten der Trauerhalle öffneten. Zuvor war er dem Mercedes-Transporter, in dem Rosen nach Verlassen der Gründerzeitvilla mit seinen Begleitern Platz genommen hatte, durch das Einbahnstraßengewirr des Westends gefolgt. Im Reuterweg hatte der Wagen vor einem Blumenladen gehalten. Als der Fahrer zurückgekehrt war, hatte er einen unverpackten Strauß weißer Rosen in der Hand gehalten. Der Transporter hatte gewendet und war in Richtung Alleenring gesteuert. Da hatte er geahnt, wohin es gehen sollte. Und tatsächlich – am Neuen Portal des Frankfurter Hauptfriedhofs hatte die Fahrt ihr Ende gefunden.

Hinter einem mit weißen Lilien geschmückten Eichensarg trat eine etwa sechzigköpfige Trauergesellschaft auf den Vorplatz. Angeführt von einem Pfarrer und zwei Messdienern, bewegte sich die Prozession durch den immer dichter werdenden Schneefall ins Zentrum des Friedhofs. Fremden folgte in maßvollem Abstand.

Als der Zug vom Lebensbaumweg auf einen kleineren Weg abbog, sah er, dass sich Rosen bei der jungen blonden Frau untergehakt hatte. Dem Alter nach konnte sie seine Tochter sein.

Wer da zu Grabe getragen wurde, vermochte er nicht zu sagen. Doch intuitiv tippte er, dass es sich um Rosens Ehefrau oder Lebenspartnerin handelte. Die Frau, von der der Konzertmanager sich vor Tagen an der Haustür mit einem Kuss verabschiedet hatte. Sie befand sich nicht unter den Anwesenden, und Rosens trauervolle Miene gab Anlass zur Vermutung, dass die oder der Verstorbene ihm sehr nahegestanden hatte.

Am östlichen Rand des Gewanns G hielt die Prozession vor einer ausgehobenen Grabstätte. Fremden bezog einen Beobachtungsposten am Birkenwäldchen im Schatten eines Sandsteindenkmals. Vor hier aus hatte er das Geschehen im Blick, ohne selbst gesehen zu werden.

Zwei Bohlen lagen über dem Erdloch. Am Kopfende steckte ein einfaches Holzkreuz im Boden. Der Name auf dem Querbalken war aus der Entfernung nicht zu entziffern. Einige Meter vom Grab entfernt stand ein junges Paar. Ein großer, stämmiger Mann um die dreißig mit streng nach hinten gegelten Haaren, der einer jungen Frau etwas ins Ohr flüsterte. Auffällig an den beiden war ihre legere Straßenkleidung, in der sie sich deutlich vom Rest der Trauergesellschaft abhoben.

Nachdem sich die Trauergemeinde vor dem Grab versammelt hatte, trat der Pfarrer ans Mikrofon. Mit den Worten, Martha Rosen sei zu Lebzeiten eine warmherzige Frau gewesen, begann er seine Rede. Eine, die sich fürsorglich um ihren Mann Edgar und um ihre Tochter Luise gekümmert habe. Die Sätze, die Fremden die Bestätigung brachten, dass die Tote tatsächlich Rosens Ehefrau gewesen war, wurden mit einer kräftigen Schwade Weihrauch in seine Richtung getragen. Neugierig ließ er den Blick über die Reihen der Trauernden schweifen. Außer dem hinterbliebenen Ehemann kannte er niemanden. Selbst das Bestattungsunternehmen war ihm unbekannt. Die Beisetzung wurde von einem Institut aus Eschersheim durchgeführt. Den Firmennamen hatte er vorhin der Beschriftung des Leichenwagens entnommen. An Pietät Bruckner war der Auftrag offenbar vorbeigegangen.

***

Übellaunig starrte Born auf seine neuen Schuhe. Der Schnee, der auf dem Leder pappte, würde hässliche Ränder hinterlassen. Dass es ihn heute noch auf eine Beerdigung verschlagen würde, daran hatte er beim Verlassen seiner Wohnung natürlich nicht gedacht.

Vorne am Grab nahm die Zeremonie ihren Lauf. Andächtig lauschte die Trauergemeinde den abschließenden Worten des Pfarrers. Von einem warmherzigen Menschen war die Rede. Von einem, der sich stets fürsorglich um die Familie gekümmert hatte. Gelogen wurde auf Beerdigungen bekannterweise wie gedruckt. Und im Grunde war das auch okay so. Schließlich war niemandem gedient, wenn beim letzten Geleit zur Sprache kam, wie es ums Zusammenleben tatsächlich bestellt gewesen war. Oder – wie im Fall Rosen – dass das Leben der Eheleute Dimensionen angenommen hatte, in denen sie anscheinend nicht einmal mehr wussten, mit welchen Freunden der Partner verkehrte.

Als Born den Kopf hob, bekam er gerade noch mit, dass Mannfeld Rosen zunickte. Halb verdeckt vom Körper des Witwers stand dessen Tochter Luise. Eine attraktive Blondine, die mit ihrem Mann in Bielefeld lebte. Auch sie hatte Selma Tassen nicht gekannt. Das hatte Mannfeld in Erfahrung gebracht, als sie am Sonntag Gelegenheit gehabt hatte, mit der Frau zu reden.

Während der Pfarrer mit salbungsvoller Stimme über Schicksalsschläge, göttliche Fügung und Gottes Willen sprach, verweilten Borns Gedanken bei Selma Tassen. Ihre Beisetzung wurde aufgeschoben, bis ihr Stiefsohn als einziger Angehöriger so weit genesen war, dass er über den Ort und die Form verfügen konnte. Ob es ihnen bis dahin gelang, die Mordfälle zu lösen, stand in den Sternen. Es existierten noch viel zu viele offene Fragen, um diesbezüglich eine halbwegs seriöse Prognose zu wagen. Beispielsweise die, was Selma Tassen in dem Hotelzimmer am Flughafen zu suchen gehabt hatte. Oder weshalb und mit welchem Ziel Martha Rosen in der Mordnacht aus dem Haus gegangen war. Welches Motiv steckte hinter den Taten? Was verband die beiden Opfer? Befand sich der Täter am Ende sogar tatsächlich hier unter den Trauergästen?

Born richtete den Blick auf die Menschenreihen vor dem Grab. Der Großteil der Anwesenden war paarweise erschienen. Die wenigen Einzelpersonen unter den Trauernden waren eine rothaarige Frau in einem pelzbesetzten Mantel, ein auf einen Rollator gestützter weißhaariger Mann, Martha Rosens Nichte Ruth und eine etwas abseits stehende jüngere Frau in Gothic-Klamotten, bei der es sich vielleicht sogar um Cosma handelte. Niemand verhielt sich auffällig. Auch keine der Personen, die an den umliegenden Gräbern standen und ihre Angehörigen und Freunde besuchten.

***

Im Wagen drehte Fremden die Heizung auf die höchste Stufe. Er war erleichtert, dass die Beerdigung endlich vorüber war. In seinen dünn besohlten Schuhen hätte er es keine Sekunde länger auf dem gefrorenen Boden des Friedhofs ausgehalten. Rosen hingegen hatte gewirkt, als würde er die arktischen Temperaturen nicht einmal wahrnehmen. Tapfer hatte er neben dem Grab seiner Frau gestanden und zugesehen, wie ein Trauergast nach dem anderen ein Schäufelchen Sand auf den Sarg gab.

Er wartete noch ein paar Minuten, bis sich die Trauergesellschaft auf ihre Wagen verteilt hatte. Als sich der von dem Mercedes-Transporter angeführte Autokorso in Bewegung setzte, folgte er der Kolonne in Richtung Innenstadt. Sein Peugeot war das einzige Fahrzeug, das nicht mit einem Trauerflor geschmückt war. Nach etwa zehn Minuten fand die Fahrt im Grüneburgweg vor einem italienischen Restaurant ihr vorläufiges Ende. Im Bewusstsein, dass ein Leichenschmaus durchaus länger dauern konnte, besorgte er sich in der nahe gelegenen Aral-Tankstelle eine Flasche Cola und eine Tüte Paprikachips. Als er zurückkehrte, warf er einen Blick durch die Fensterscheibe in den Gastraum. Die Trauergesellschaft saß an einer langen Tafel, und die Bedienung nahm gerade die Getränkebestellung auf.

Zwei Stunden später saß er immer noch hinter dem Steuer seines Wagens. Ein Mix aus Chartmusik und mäßig interessanten Reportagen rieselte aus den Lautsprechern. Die Tüte Chips hatte er zur Hälfte verspeist. Angeblich sollten frittierte Insekten ähnlich schmecken. Liliana Bode kam ihm in den Sinn, und er fragte sich, ob sie schon wieder von ihrem Münchentrip heimgekehrt war? Ein klärendes Wort würde er gern noch mit ihr wechseln. Die Vorstellung, ihr mit dem treudoofen Blick in Erinnerung zu bleiben, der bei ihrer letzten Begegnung auf seinem Gesicht gelegen hatte, widerstrebte ihm. Er holte sein Handy aus der Jackentasche und wählte ihre Nummer. Doch als auch nach dem siebten Klingeln niemand abhob, legte er auf.

Eine weitere halbe Stunde später hatte immer noch keiner der Trauergäste das Restaurant verlassen. Nicht einmal die Raucher ließen sich blicken. Allmählich bezweifelte er den Sinn der Warterei. Selbstverständlich konnte er auch noch den Rest des Tages hier hinterm Steuer sitzen, Cola trinken und sich mit Chips vollstopfen. Irgendwann musste Rosen ja herauskommen. Doch was geschah dann? Wahrscheinlich würde der Mann nach Hause fahren und dort in aller Stille weiter um seine Frau trauern. Kaum anzunehmen, dass er an einem Tag wie diesem etwas unternahm, was ihn mit dem nächtlichen Überfall und somit indirekt auch mit seinen Ermittlungen im Fall Bruckner in Verbindung brachte.

Mit einem leisen Seufzen legte Fremden die Chipstüte auf den Beifahrersitz und startete den Motor. Den Blinker setzend, blickte er sich um, um nachzusehen, ob die Fahrbahn frei war. Und just in dem Moment, als er seinen Kopf wieder nach vorne wandte, öffnete sich die Restauranttür. Es war die gesamte Trauergesellschaft, die ins Freie trat. Jeder Einzelne verabschiedete sich per Handschlag oder Küsschen von dem frisch gebackenen Witwer. Am Schluss stand nur noch Rosen auf dem Bürgersteig. Winkend schaute er den Davonfahrenden hinterher. Als der letzte Wagen aus seinem Blickfeld verschwunden war, langte er in seine Manteltasche und holte ein Handy hervor. Bei ihm kam die Verbindung offenbar zustande. Während er die ersten Sätze mit seinem Gesprächspartner wechselte, verriet sein Gesichtsausdruck nicht die geringste Gefühlsregung. Doch dann schien er sich über etwas aufzuregen. Mimik und Körperhaltung veränderten sich schlagartig. Die Aggressivität, die er auf einmal ausstrahlte, passte überhaupt nicht mehr ins Bild des trauernden Ehegatten.

***

Das leise Rattern der Rollen im Ohr, zog sie den Trolley hinter sich her. Am Ende des Flurs, vor Parzelle 4F, blieb Fátima de Zosa stehen. Den Druck in ihrem rechten Bein spürte sie immer noch. Eine Woge muffigen Geruchs schlug ihr entgegen, als sie die Wohnungstür öffnete. Das Gesicht zu einer Grimasse verzogen, humpelte sie ins Wohnzimmer und riss das Fenster auf. Die eisige in den Raum strömende Luft bereitete ihr eine Gänsehaut. Obwohl sie nun schon seit über dreißig Jahren in Deutschland lebte, würde sie sich wohl niemals an die schneidende Kälte der ewig langen Winter gewöhnen können.

Im Sommer ’79 war sie mit ihren Eltern von Porto nach Offenbach übergesiedelt. Unter Heulkrämpfen und Krokodilstränen, weil sie ihre Freundinnen in der Heimat zurücklassen musste: Branca, Mafalda, Fernanda und Violante. Heute konnte sie sich nur noch schemenhaft an sie erinnern. Ihr Vater hatte damals in der Lederfabrik »Goldpfeil« eine Stelle als Zuschneider bekommen.

Im ersten Winter hatte sie geglaubt, in dem fremden Land erfrieren zu müssen. Was sicher auch damit zusammenhing, dass ihre Eltern, um Geld zu sparen, nicht richtig heizten. Und dann hatte sich wenig später auch noch der schreckliche Unfall ereignet. Der Vorderreifen ihres Fahrrads war auf einer Eisplatte weggerutscht, und sie war dermaßen unglücklich auf die Fahrbahn gestürzt, dass ihr ein Lastwagen übers Bein fuhr. Die Ärzte im Städtischen Klinikum hatten ihr Bestes versucht. Doch der zertrümmerte Unterschenkel war nicht zu retten gewesen. Sie sei wegen ihres

Silberblicks und der fliehenden Stirn ja schon als junges Mädchen das Ziel diverser Hänseleien gewesen, hörte sie ihre Mutter noch heute klagen. Doch nun, mit amputiertem Bein, könne sie die Hoffnung, einen stattlichen Mann abzubekommen, endgültig begraben. Eine Vorhersage, die sich beinahe bewahrheitet hatte.

Nachdem Fátima de Zosa das Fenster geschlossen hatte, machte sie sich ans Auspacken des Koffers. Nur ein paar Tage war sie verreist gewesen. Ein Aufenthalt in einer Spezialklinik nördlich von München. Weil die Prothese wieder Probleme bereitet und den Stumpf wund gescheuert hatte. Im Krankenhaus hatte sie sich die Zeit mit Malen vertrieben. Das mit Schnee bedeckte Zwiebeltürmchen vor ihrem Fenster, den Himmel voller Krähen und das, was ihr sonst so in den Sinn gekommen war.

Das Geräusch sich nähernder Schritte auf dem Hausflur ließ sie aufhorchen. Ein Zeichen, dass Erika vom Einkaufen zurückkehrte. Nun würde sie ihren Kater Lua abholen können, den sie bei ihrer Nachbarin gelassen hatte.

»Magst du ein Tässchen Tee oder Kaffee?«, erkundigte sich Erika, als sie bei ihr in der Küche Platz nahm.

»Kaffee wäre schön«, antwortete sie und streichelte Lua, der ihr zur Begrüßung auf den Schoß gesprungen war.

Als Erika an den Küchentisch zurückkehrte, stellte sie die Kaffeekanne auf der Zeitung ab. Erst da fiel Fátima de Zosa auf, dass es der Teil mit den Todesanzeigen war, der aufgeschlagen vor ihr lag. Sie las den Namen im obersten der schwarz umrandeten Felder und zuckte innerlich zusammen.

»Von wann ist die Zeitung?«

»Von Samstag. Warum fragst du?«

»Es ist jemand gestorben, den ich gekannt habe.«

Zurück in ihren eigenen vier Wänden, setzte sich Fátima de Zosa in ihren mit Kunstleder bezogenen Wohnzimmersessel. Mit dem Fuß aus Fleisch und Blut knipste sie die Stehlampe an. Dann nahm sie die Zeitung, die Erika ihr mitzunehmen gestattet hatte, und begann zu lesen. Sie hatte die Beisetzung auf dem Frankfurter Hauptfriedhof offenbar um wenige Stunden verpasst. *»Unerwartet aus dem Leben gerissen«*, stand im unteren Textteil der Anzeige. Eine

Floskel, die sich verdächtig nach Herzversagen anhörte. *»Es trauern Edgar Rosen und seine Tochter Luise Bodenstedt.«* Marthas Familie hatte sie niemals kennengelernt.

Fátima de Zosa blickte aus dem Fenster in den grauen wolkenverhangenen Himmel. Auch wenn sie in den letzten Jahren so gut wie nichts mit ihrer Freundin zu tun gehabt hatte, wäre sie doch gern zur ihrer Beerdigung gegangen. Immerhin waren sie Profiteure desselben Glücksfalls. Durch eigene Bestrebungen wären sie niemals in den Genuss eines solchen Privilegs gekommen. Weder auf üblichem Weg noch mit Hilfe einer Agentur oder Kontaktanzeige. Wer interessierte sich schon für Frauen wie sie? Fátima de Zosa stieß einen leisen Seufzer aus. Eine Beileidskarte würde sie den Hinterbliebenen wenigstens schreiben. Doch nicht heute. Heute hatte sie anderes vor. Die Andeutung eines Lächelns stahl sich auf ihre Lippen. Und damit es diesmal etwas länger dauerte, hatte sie diese Tabletten besorgt.

Das Läuten des Telefons störte ihre Vorfreude. Mühsam stemmte sie sich aus dem Sessel und humpelte zur Ladestation. Als sie abhob, meldete sich ihre Schwester aus Ginnheim. Ob sie vorbeikommen dürfe, erkundigte sie sich mit weinerlicher Stimme.

»Was ist passiert, mein Liebes?«

»Manuel … Ich glaube … er …«

»Was glaubst du?«

»Die Bowlinggruppe, mit der er sich freitags immer trifft, hat sich schon vor einem halben Jahr aufgelöst.«

Einen Moment lang blieb es still in der Leitung.

»Wann möchtest du denn kommen?«

»Am liebsten gleich.«

»Gleich geht nicht. Ich hab leider noch eine Verabredung. Aber ab zehn bin ich wieder zu Hause. Dann trinken wir ein Glas Wein, und du kannst auch gern bei mir schlafen.«

»Du bist ein Schatz, Fátima.«

»Das weiß ich doch«, erwiderte sie und dachte: Wenn du nur wüsstest.

***

Erst als Edgar Rosen auflegte, fiel Fremden auf, dass dem Witwer kein fahrbarer Untersatz mehr zur Verfügung stand. Der Mercedes-Transporter war Minuten zuvor mit den letzten Trauergästen aufgebrochen. Im Grunde benötigte der Mann auch keinen Chauffeur. Den kurzen Weg zu sich nach Hause konnte er zu Fuß zurücklegen. Doch als Rosen sich in Bewegung setzte, schlug er zu Fremdens Überraschung die entgegengesetzte Richtung ein und winkte schon nach wenigen Schritten ein vorbeifahrendes Taxi heran.

Fremden gelang es nur mit Mühe, den Peugeot so schnell aus der Parkbucht zu lenken, dass er dem in den Reuterweg abbiegenden Wagen folgen konnte. Im Strom des zäh fließenden Verkehrs führte die Fahrt an der Alten Oper vorbei bis ins Bahnhofsviertel. In der einsetzenden Dämmerung warfen die Leuchtschilder der Peepshows, Erotikshops und Multikulti-Läden ihr buntes Licht durch die Windschutzscheibe.

Nachdem Fremden in der Moselstraße gegenüber dem Hotel »Sascha« geparkt hatte, musterte er die verwitterte und rußgeschwärzte Sandsteinfassade des Altbaus. Über der Eingangstür aus Rauchglas hing ein Neonschild mit zwei blinkenden Sternen. Verwundert beobachtete er Rosen, der aus dem Taxi stieg und im Hotel verschwand. In einer billigen Absteige. Einer Kaschemme, die aussah, als ob die Zimmer stundenweise vermietet würden. Dass den Konzertmanager das Verlangen nach käuflichem Sex hierhergeführt hatte, glaubte er nicht. Dafür hätte jemand seines Formats ein Etablissement der gehobenen Klasse gewählt. Außerdem traute er Rosen nicht zu, dass er sich nur wenige Stunden nach Beerdigung seiner Frau mit einer Prostituierten traf. Dazu hatte die Trauer des Mannes zu authentisch gewirkt.

Während er wartete, dass Rosen wieder auftauchte, schaltete er das Radio ein. Auf HR3 kam ein Beitrag über den Frauenmord im Sheraton. Die Polizei tappte nach wie vor im Dunkeln. Neu war allerdings, dass es mittlerweile ein zweites Opfer zu beklagen gab.

Im Anschluss an die Reportage erklangen die ersten Takte eines nervtötenden Ballermann-Hits. Fremden wechselte die Frequenz. Doch auch auf den anderen Kanälen brachten sie nichts, was er gern hören wollte. Nachdem er das Radio ausgeschaltet hatte, wählte er die Handynummer von Liliana Bode. Er ließ es so lange läuten, bis die Mailbox ranging. Eine Nachricht sprach er nicht aufs Band.

Eine halbe Stunde später starrte er immer noch auf die Rauchglastür des Hotels. Damals, mit fünfzehn, hatte er auch stundenlang auf einen einzigen Punkt gestarrt. Auf das Ende der Straße, weil er in seiner Hilflosigkeit geglaubt hatte, dass er das nur lange genug tun musste, und Felix würde um die Ecke biegen. Am dritten Abend hatte sich die Familie dann im Wohnzimmer versammelt. Sein Vater, seine Mutter, er selbst und Onkel Jonas. Dazu Tante Friede, Mutters Schwester, mit ihrem neunmalklugen Sohn Helmut. Auch ein Polizeipsychologe war anwesend gewesen. Das »Darmstädter Echo« hatte am Morgen über einen Pädophilenring berichtet, den man mit dem Verschwinden von zwei weiteren Jungen in Felix' Alter in Verbindung brachte. Die beiden stammten ebenfalls aus dem Rhein-Main-Gebiet, waren blond und hatten strahlend blaue Augen, genau wie Felix. Seit Erscheinen des Artikels weinte seine Mutter ohne Unterlass. Im Verlauf des Abends war sein Vater zu ihm ans Fenster getreten. Ohne Vorwarnung hatte er ihm eine dermaßen kräftige Ohrfeige erteilt, dass seine Lippe aufplatzte und ihm das Blut übers Kinn lief.

Als Fremden wegen der langen Wartezeit erstmals in Erwägung zog, Rosen könnte vielleicht doch die ganze Nacht im Hotel »Sascha« verbringen wollen, öffnete sich plötzlich die Rauchglastür, und zwei Männer traten ins Freie. Nachdem er erkannt hatte, wer da in Begleitung des Konzertmanagers das Hotel verließ, hätte er sich vor Erregung beinahe auf die Zunge gebissen. Der erste Impuls gebot ihm auszusteigen und die beiden zur Rede zu stellen. Doch nach kurzem Abwägen ließ er es sein.

Als sich die Männer auf dem Gehweg per Handschlag verabschiedeten und in verschiedene Richtungen gingen, entschied er, dem Wasserstoffblonden zu folgen. Rosen konnte ihm auf Dauer ohnehin nicht davonlaufen. Ihn würde er früher oder später wieder zu Hause antreffen.

Der Wagen des Mannes – ein silbergrauer Opel Astra mit Frankfurter Zulassung – parkte unweit des Hoteleingangs. Eine die Karosserie überziehende geschlossene Schneeschicht deutete darauf hin, dass das Fahrzeug schon eine ganze Weile dort stand.

Fremden folgte seinem Peiniger mit dem fehlenden Ringfinger durchs Rotlichtviertel bis zum Basler Platz. Darauf bedacht, ihn nicht aus den Augen zu verlieren, rätselte er, ob das der Wagen sein konnte, in dem man ihn entführt hatte. Doch er kam zu keinem Ergebnis. In jener Nacht hatte er einen Kartoffelsack über dem Kopf gehabt. Außerdem war er kein Autofreak, der anhand von Details wie Griffen, Polsterbezügen oder Fußmatten einen Fahrzeugtyp erkennen konnte.

Nach Überqueren der Friedensbrücke nahm der Astra die Kennedyallee bis zum Autobahnanschluss Süd. Auf der A 3 schleppte sich der Pendlerverkehr in Richtung Osten. Geblendet vom Meer der Brems- und Rücklichter, schaute Fremden in den dunklen Himmel, wo sich eine ganze Reihe von Passagiermaschinen im Landeanflug auf den nahen Flughafen befand. Als sie das Offenbacher Kreuz passiert hatten, glaubte er kurzzeitig, das Ziel der Fahrt könnte das Ferienhaus der Bruckners sein. Doch was könnte der Wasserstoffblonde dort zu erledigen haben? Minuten später wechselte der Astra an der Anschlussstelle Hanau auf die Abfahrt zur B 45 in Richtung Babenhausen/Rodgau, und Fremden dämmerte, wohin die Reise wirklich ging.

Als sie Bad König erreichten, setzte Schneefall ein. Der Astra parkte direkt vor dem Fachwerkhaus. Rosens Scherge machte sich nicht einmal die Mühe, den Wagen in einer Parallelstraße oder wenigstens ein paar Meter die Straße runter abzustellen.

Dem Kofferraum entnahm er etwas, was in der Dunkelheit wie ein Stemmeisen aussah. Mit dem Werkzeug unter dem Arm stieg er über den Jägerzaun und verschwand hinter der linken Hausecke. Es dauerte nicht lange, bis ein leises Knacken ertönte, gefolgt vom Splittern einer Fensterscheibe.

Dass er so etwas einmal erlebte, hätte Fremden nicht in seinen wildesten Träumen gedacht. Dass er in seinem Wagen sitzend Zeuge wurde, wie bei ihm eingebrochen wurde. Einschreiten konnte er nicht. Denn falls er Alarm schlug oder die Polizei rief, würde er niemals erfahren, was der Mann in seinem Haus zu suchen hatte. Außerdem nahm der Umstand, dass sich im Haus nichts Wertvolles befand, was zu stehlen sich lohnte, dem Geschehen einiges an Dramatik. Bruckners Anzahlung hatte er an dem Morgen, nachdem er überfallen worden war, nach Frankfurt mitgenommen. Doch ein Einbruchdiebstahl im klassischen Sinn fand hier ja wohl ohnehin nicht statt. Verblüfft registrierte Fremden, mit welcher Dreistigkeit der Wasserstoffblonde im Haus agierte. In den Zimmern schaltete er ohne jedwede Skrupel einfach das Deckenlicht an. In unregelmäßigen Abständen huschte die Silhouette des Mannes an den Fenstern vorbei.

Etwa eine halbe Stunde später war der Spuk zu Ende. Die Beleuchtung erlosch, und Rosens Scherge trat durch die Haustür. Ein Lächeln umspielte seine Lippen, als er einige Sekunden lang unter der Straßenlaterne verharrte. Fremden erkannte sofort, was er außer dem Stemmeisen in der Hand hielt. Es war die Akte zum Erpressungsfall Bruckner. Geistesgegenwärtig holte Fremden sein Handy aus der Jackentasche und fotografierte die Szene mit der Kamera.

***

Das Erste, was Mannfeld beim Betreten des Krankenzimmers auffiel, war der in sanftem Grün leuchtende Vitaldatenmonitor der Gerätekombination, an die Milan Tassen angeschlossen war. Erst ihr zweiter Blick galt dem Bett mit dem Unfallopfer. In der Vene seines linken Handrückens steckte eine Kanüle, deren Anschlüsse über ein Gewirr aus durchsichtigen Schläuchen mit Infusionsflaschen verbunden waren.

Obwohl Dr. Brunner sie bereits an der Schleuse zur Intensivstation vorgewarnt hatte, zuckte sie innerlich zusammen, als Milan Tassen den Kopf in ihre Richtung drehte. Die Gesichtsform des jungen Mannes hatte nur noch entfernt mit der Physiognomie eines unversehrten Menschen zu tun. Die linke Partie war dunkelblau unterlaufen und von der Schwellung so stark deformiert, dass das Auge vollständig in der Augenhöhle verschwand. Die rechte Schädelhälfte war glatt rasiert. Ein etwa handflächengroßes weißes Pflaster klebte an der Stelle, an der die Neurochirurgen den Knochen zur Druckentlastung hatten aufbohren müssen.

Am schockierendsten jedoch war der Anblick des mit Jodtinktur verschmierten Anschlusses der Herz-Lungen-Maschine in der Halskuhle. Ein kurzer Seitenblick auf Born zeigte ihr, dass es ihrem Kollegen nicht viel anders ging.

»Können Sie mich einigermaßen gut verstehen?«, erkundigte sich Mannfeld und steckte ihren Dienstausweis wieder in ihre Tasche.

Milan Tassen antwortete mit einem Nicken.

»Mein Kollege und ich sind heute hier, weil wir Ihnen leider eine traurige Mitteilung zu machen haben.«

»Eine traurige Mitteilung?«, wiederholte Milan Tassen nuschelnd, und erst in diesem Moment bemerkte Mannfeld, dass dem jungen Mann die beiden vorderen Schneidezähne ausgebrochen waren.

»Ihre Stiefmutter wurde Opfer eines Gewaltverbrechens. In der Nacht von Montag auf Dienstag hat man sie ermordet.«

Einige Sekunden lang unterbrach nur ein Husten auf dem Flur die Stille im Krankenzimmer.

»Und ich dachte schon, die traurige Mitteilung besteht darin, dass mir der Zoo gekündigt hat.«

Obwohl sie durch Patenstein bereits wussten, wie schlecht es um das Mutter-Sohn-Verhältnis stand, überraschte sie Milan Tassens kaltherzige Reaktion.

»Ihre falsche Krankmeldung kümmert uns nicht. Wir ermitteln wegen Mordes. Ihre Stiefmutter wurde am Frankfurter Flughafen in einem Hotelzimmer getötet. Können Sie sich vorstellen, was sie im Sheraton gemacht hat?«

»Wahrscheinlich Vaters Erbe unter die Leute gebracht. Darin war sie große Klasse.«

Auch bei diesem sarkastischen Kommentar musste sie an Patensteins Worte denken. Die fehlende Nestwärme, die Konkurrenz um die Liebe des Vaters und die zahlreichen Kränkungen, etwa durch das erzwungene Kellnerpraktikum – das alles schien in der Psyche des jungen Mannes tiefe Spuren hinterlassen zu haben.

»Wann haben Sie Ihre Stiefmutter das letzte Mal gesehen?«

»Ist schon ein paar Monate her. Muss irgendwann im Sommer

gewesen sein. Da kam sie wegen einer Unterschrift an, die ich leisten sollte.«

»Und mit ihr telefoniert?«

»Dazu gab es keinen Grund. Wie ist Selma denn …?«

»Ihr wurde das Genick gebrochen.« Einen Moment lang erwog sie, Milan Tassen zu fragen, wo er in der Mordnacht gewesen war. Doch im Grunde war das überflüssig, da sie nach wie vor von *einem* Täter ausgingen und Tassen durch den Unfall für den zweiten Mord das perfekte Alibi besaß.

»Das … ist ja … hart«, sagte Milan Tassen gedehnt, wobei sein rechtes Augenlid zu flattern begann.

Mannfeld warf Born einen Blick zu. Ihr Kollege verharrte schweigend am Fußende des Betts. Das Haarnetz über seine Andy-García-Frisur gestülpt und eingehüllt in den blauen Krankenhausumhang, stierte er an einen fernen Punkt an der Wand. Nichts schien mehr übrig zu sein von dem Elan, mit dem er nach der Beerdigung auf die junge Frau in Schwarz zugesteuert war und sich erkundigt hatte, ob sie Cosma sei. Sie wandte sich wieder dem Kranken zu.

»Es wurde noch eine zweite Frau ermordet. Nur zwei Tage nach Ihrer Stiefmutter. Sagt Ihnen der Name Martha Rosen etwas?«

»Martha Rosen«, wiederholte Tassen, während Dr. Brunner am Stellrädchen eines der Infusionsschläuche drehte. »Den Namen kenn ich nicht.«

»Ich würde Ihnen gern eine Aufnahme von der Frau zeigen.«

Milan Tassen nickte, wobei ihm das rechte Auge diesmal ganz zufiel.

Nachdem er es wieder geöffnet hatte, hielt er Mannfelds Smartphone mit dem Foto drei, vier Sekunden lang angestrengt in der Hand, bevor er es erschöpft auf die Bettdecke gleiten ließ.

»Ich muss Sie jetzt leider bitten, die Befragung abzubrechen«, meldete sich Dr. Brunner zu Wort.

»Die Frau … die hab ich mal zusammen mit Selma gesehen«, nuschelte Milan Tassen leise.

»Können Sie sich erinnern, wo und wann das gewesen ist?«

»Ich … ich weiß nicht so …«

»Es tut mir leid, aber ich muss Sie jetzt wirklich bitten zu gehen.

Wenn der Gesundheitszustand des Patienten es zulässt, können Sie gern morgen wiederkommen.«

»Nur noch eine einzige Frage«, bat Mannfeld und wandte sich wieder Milan Tassen zu.

Doch der war mittlerweile eingeschlafen.

***

Nachdem er sie getötet hatte, riss er sich angewidert Jeans und Pulli vom Leib. In Unterwäsche stolperte er ins Schlafzimmer und durchwühlte den Schrank nach sauberer Kleidung, rannte ins Bad und wischte sich hastig mit dem Waschlappen über das Gesicht. Sich zu duschen brachte er nicht mehr fertig. Obwohl es sich anfühlte, als ob auf jedem Quadratzentimeter seiner Haut Blut klebte.

Er stürzte aus dem Haus, ohne sich noch einmal umzusehen.

Vor der Oper am Willy-Brandt-Platz verlangsamte er seinen Schritt. Schwer atmend blickte er einer davonfahrenden Straßenbahn hinterher. Vor Wochen, als sein Entschluss gereift war, hatte er gehofft, dass er sich am Ende frei fühlen würde. Er schaute in die Richtung, aus der er gekommen war. In seine Wohnung konnte er so schnell nicht zurück. Erst wenn er einen genauen Plan hatte, wie er sich des Problems entledigen konnte. Vielleicht sollte er es aber auch einfach ignorieren. In ein fernes Land gehen und ganz von vorne anfangen.

Mechanisch, wie von einer unsichtbaren Schnur gezogen, lief er ins Bahnhofsviertel und stand auf einmal vor dem Schaufenster von Pietät Bruckner. Er musste lachen, als er in der Auslage die Urnen und Grableuchten sah. Und das Emailleschild: *»Im Sterbefall sind wir für Sie da.«*

Minuten später bog er in die Taunusstraße ein. Vor dem Laufhaus stellte sich ihm ein Koberer in den Weg. Mit klopfendem Herzen machte er sich auf in den zweiten Stock, zu Heidis Tür. Doch es war eine klein gewachsene Thaifrau in Hotpants, die im Türrahmen lehnte und ihn herausfordernd ansah. Ein maskuliner Zug umspielte ihren Mund. Während sie in gebrochenem Deutsch ihr Angebot herunterratterte, überlegte er, ob sie sich nackt als Mann entpuppen würde.

»Where is Heidi?« Er wischte sich mit dem Handrücken den Schweiß von der Stirn.

»Heidi?«

»Yes, Heidi, the girl from Moldavia?«

Sie antworte mit einem Schulterzucken.

***

Fremden konnte sich keinen Reim darauf machen, weshalb Rosens Scherge für die Rückfahrt eine andere Route wählte. Nachdem er Bad König in südlicher Richtung verlassen hatte, bog er knapp drei Kilometer weiter auf die kleine Bundesstraße L 3414 ab. Während Fremden dem Astra durch Reichelsheim und über die Hänge des Odenwaldes folgte, spukten ihm allerlei Gedanken durch den Kopf. Die Schlüsselfrage, die sich allmählich herauskristallisierte, war: Hatte der Wasserstoffblonde von Rosen den konkreten Auftrag erhalten, gezielt nach der Akte Bruckner zu suchen? Falls dem so war, drängte sich die Frage auf, weshalb sich der Konzertmanager so brennend für die Erpressung seines ehemaligen Jagdfreundes interessierte. Für einen Fall, der immerhin schon über ein halbes Jahrzehnt zurücklag. Die plausibelste Erklärung schien zu sein, dass Rosen in die Erpressung zumindest verstrickt gewesen war und nun fürchtete, seine Rolle könne ans Licht kommen, wenn Fremden weiter in den alten Kamellen herumstocherte. Deshalb auch der Versuch, ihn im Wald mit der Scheinhinrichtung einzuschüchtern. Nachdenklich fixierte Fremden das Heck des vor ihm fahrenden Wagens. Sollte sich herausstellen, dass es Rosen war, der hinter der damaligen Erpressung steckte, hatte er mit sehr hoher Wahrscheinlichkeit – direkt oder indirekt – auch mit Bruckners tödlichem Sturz in den See zu tun.

An der Anschlussstelle Bensheim wechselte der Astra von der Bundesstraße auf die A 5 in nördliche Richtung. Schon nach einem Kilometer, am Rasthof Bergstraße, verließ er die Autobahn wieder. Fremden vermutete, dass ein Tankstopp anstand. Doch zu seiner Überraschung steuerte der Wasserstoffblonde den Wagen an der Zapfsäulenanlage vorbei auf den Parkplatz des Selbstbedienungsrestaurants zu.

Im Schutz eines parkenden SUV beobachtete Fremden, wie sich der Mann mit großen Schritten auf die Restauranttür zubewegte. Einen Moment lang überlegte er, ihm zu folgen. Doch das Risiko, entdeckt zu werden, schätzte er als zu hoch ein. Außerdem – was brachte es, wenn er aus allernächster Nähe mitbekam, wie der Mann pinkeln ging, sich die Hände wusch und anschließend an der Theke Kaffee bestellte?

Den Jackenkragen hochgeschlagen, bezog Fremden stattdessen Position im unbeleuchteten Teil des Arials. Dort, wo im Sommer die Außenbestuhlung aufgebaut wurde. Dank der breiten, bodentiefen Fensterfront hatte er freien Blick in den Gastraum. Das Restaurant war nur mäßig besucht. In Nähe des Eingangs saß eine junge Familie. Die Eltern aßen, während die Kinder lachend durch die Stuhlreihen tobten. Am Nachbartisch unterhielt sich ein Trupp Fernfahrer über halb vollen Biergläsern. Die Heerschar der anderen Trucker, auf die der überfüllte Parkplatz hinwies, hatte sich offenbar bereits in die Kabinen ihrer Lastzüge zurückgezogen.

Mit einem Tablett in seiner Rechten trat der Wasserstoffblonde an den letzten der Fenstertische. Dort saß bereits ein Mann, der sein Gesicht hinter einer Zeitung verbarg. Gerade als sich Fremden fragte, weshalb sein Peiniger nicht einen der zahlreichen freien Tische wählte, legte der Zeitungsleser seine Lektüre beiseite. Es war Edgar Rosen, der seinen Handlanger mit einer einladenden Geste aufforderte, sich zu ihm zu setzen. Die Trauerkleidung hatte er mittlerweile abgelegt. Zur Stunde trug er wieder seinen elegant geschnittenen kastanienbraunen Nadelstreifenanzug.

Anfangs war es nur der immerfort lächelnde Rosen, der die Unterhaltung bestritt. Doch nach einer Weile meldete sich auch der andere zu Wort. Fremden ahnte bereits, welchem Zweck das Treffen diente. Das Handy griffbereit, wartete er auf den richtigen Augenblick. Und der kam, als der Wasserstoffblonde die gestohlene Akte aus seiner Jacke zog und sie Rosen übergab.

Als Fremden dem Astra zur Autobahnauffahrt folgte, sagte ihm sein Bauchgefühl, dass die Reise nicht gleich wieder zurück nach Frankfurt führen würde. Intuitiv spürte er, dass der Abend noch eine weitere Überraschung auf Lager hatte. Und tatsächlich – nach nur wenigen Kilometern bog der Wagen schon wieder von der A 5 ab. Über eine nahezu schnurgerade Bundesstraße ging die Fahrt nach Seeheim-Jugenheim, zu einem mehrgeschossigen Wohnblock am Ortsrand.

Mit einer Mischung aus Skepsis und Neugierde musterte Fremden den Sechziger-Jahre-Bau, in dem Rosens Scherge verschwunden war. Ein tristes Mietshaus, dessen dunkle Fassade ein Meer von Satellitenschüsseln überzog. Auf zwei Balkonen wurde geraucht, Glutspitzen glimmten hell in der Dunkelheit auf, während hinter den umliegenden Fenstern bläuliches Fernsehlicht flackerte. Vielleicht hatte ihn sein Bauchgefühl in puncto Überraschung auch getäuscht, und der Wasserstoffblonde wohnte einfach nur hier. Einen Moment lang haderte Fremden mit seinem Entschluss, am Rasthof ihm und nicht Rosen gefolgt zu sein. Doch als er ein zweites Mal darüber nachdachte, wusste er, dass die Alternative nicht besser gewesen wäre. Mit seinem Porsche Cayenne hätte ihn Rosen auf der Autobahn garantiert abgehängt. Und schließlich wäre die Spur des Wasserstoffblonden verloren, ließe er ihn erst einmal aus den Augen. Um Druck auf Rosen ausüben zu können, musste er mehr über den Mann in Erfahrung bringen.

Sich mental erneut auf eine ungewisse Wartezeit einrichtend, stellte Fremden die Rückenlehne des Fahrersitzes in eine flachere Position. Doch gerade als er sie bis zum Anschlag heruntergedreht hatte, ging im Treppenhaus die Flurbeleuchtung an. Es dauerte nur wenige Sekunden, bis der Wasserstoffblonde durch die Haustür trat. Ihm folgten vier Frauen, von denen die älteste höchstens Mitte zwanzig war.

Eine der Frauen trug eine dunkle Steppjacke und eine knallenge Jeans, deren strassbesetzte Nähte in der Dunkelheit glitzerten. Die anderen drei waren in bodenlange Mäntel gehüllt. In weißen High Heels staksten sie über den Asphalt. Fremden gelang es gerade noch rechtzeitig, die Szene mit der Handykamera festzuhalten, bevor das Grüppchen in einem Chrysler-Transporter mit getönten Scheiben verschwand.

Mit immer noch flach eingestellter Rückenlehne nahm er die Verfolgung auf. Doch schon nach etwas mehr als dreißig Kilometern war die Fahrt wieder zu Ende. Am Rande eines Industriegebiets in Dreieich steuerte der Chrysler-Transporter den Parkplatz eines Eroscenters an. Rote Lichter in Herzform blinkten in den Fenstern des ersten Stockwerks. Von außen wirkte das »Petit Flair« wie ein Bordell der unteren Preiskategorie. Wie einer der vielen Sauna-Clubs, die in Zeitungen und auf Taxitüren mit Flatrate-Sex-Tarifen warben.

Nur etwa ein Dutzend Pkws befanden sich auf dem Parkplatz, der von der Straße nicht einsehbar war. Die meisten führten auswärtige Kennzeichen. Etwas abseits, unter einer mit Schnee beladenen Weide, parkte eine Familienkutsche mit einem »Lukas on Board«-Aufkleber auf der Heckscheibe. Die anderen Wagen – fast ausschließlich Mittelklassetypen – standen unweit des Eingangs.

Als der Wasserstoffblonde die Frauen zu einer Tür im Seitenflügel des Gebäudes lotste, gelang es Fremden, drei, vier einigermaßen scharfe Aufnahmen zu machen. Nachdem die fünf im Inneren des »Petit Flair« verschwunden waren, blieb er noch eine Weile hinter dem Steuer des Peugeots sitzen und stierte durch die allmählich beschlagende Windschutzscheibe. Während er mit dem Jackenärmel ein kleines Guckloch freiwischte, fragte er sich, welche Rückschlüsse die Beobachtungen zuließen, die er in den letzten Stunden gemacht hatte. In erster Linie, dass Rosen sich für Hugo Bruckners Erpressung interessierte und offenbar seine Finger im Prostitutionsgeschäft hatte. Hinter der Fassade des lauteren Managers, der Pianisten und Geiger an Bühnen und Ensembles der ganzen Welt vermittelte, verbarg sich allem Anschein nach ein das Rotlichtmilieu mit »Frischfleisch« beliefernder Menschenhändler. War das am Ende das wahre Motiv für die Reisen nach Moldawien? Um Mädchen unter Vorhaltung falscher Versprechen nach Deutschland zu locken und an Bordelle zu verhökern? Manchen war ja bereits in ihrer Heimat klar, dass sie ihre Körper an Männer würden verkaufen müssen, aber nicht, zu welch unwürdigen Bedingungen. Aus der Entfernung hatten die Frauen durchaus so ausgesehen, als ob sie aus Osteuropa stammen könnten.

Doch was bedeutete das für seine Ermittlungen im Todesfall Bruckner? Falls es tatsächlich stimmte, dass Rosen Frauen aus Moldawien importierte, war Bruckner zu Lebzeiten mit an Sicherheit grenzender Wahrscheinlichkeit in die Rotlichtgeschäfte involviert gewesen. Neben dem gepachteten Revier, das als glänzende Tarnung und Legitimation für die Reisen nach Osteuropa gedient haben könnte, deutete auch die Nacht, in der Rosen und Bruckner sich von den Jagdfreunden abgesetzt hatten, und ihr geheimniskrämerisches Verhalten am folgenden Morgen darauf hin. Gut möglich, dass Bruckner wegen seiner Rotlichtgeschäfte erpresst worden war, wobei weiterhin offenblieb, wer der Erpresser und spätere Mörder war. Rosen oder der berühmte geheimnisvolle Unbekannte?

Sowohl den Haupt- als auch den Seiteneingang des »Petit Flair« im Blick, überlegte Fremden, ob es überhaupt noch Sinn machte, sich weiter auf die Lauer zu legen. Dass sich in dieser Nacht noch etwas Bahnbrechendes ereignete, glaubte er nicht. Er hatte zu sehen bekommen, was es zu sehen gab. Allmählich spürte er, wie ihm die Müdigkeit in die Glieder kroch. Es konnte noch ewig dauern, bis der Wasserstoffblonde das Eroscenter verließ. Wo er ihn notfalls antreffen konnte, wusste er mittlerweile. Diesen letzten Weg hatte der Mann nicht zum ersten Mal gemacht, das war Routine.

Im festen Glauben, dass sich die Observation als voller Erfolg erwiesen hatte, startete er den Motor und dachte in stiller Vorfreude an die Aufnahmen, die auf der Chipkarte seines Handys gespeichert waren. Brisantes Fotomaterial besaß er nun in Hülle und Fülle. Während er den Wagen auf die Bundesstraße zurücklenkte, tauchte vor seinem inneren Auge plötzlich noch eine ganz andere Fotografie auf. Die mit den vier Jägern auf dem Spirituosenschränkchen in Bad König. Rätselhaft war, welche Rolle sein Onkel in dem Gefüge gespielt hatte. War er tatsächlich nur mit nach Moldawien gereist, um Böcke und Hirsche zu erlegen? Oder war er in die dunklen Machenschaften verstrickt gewesen?

ZEHN

Um kurz nach zehn trat Mannfeld durch die Schleuse der Intensivstation. Während sie ihre Locken unter das Haarnetz schob, beobachte sie eine Krankenschwester, die einen mit Tee und Geschirr beladenen Rollwagen über den Flur schob. Dann betrat sie mit Dr. Brunner das Zimmer des Patienten. An diesem Morgen hatte sie die Fahrt nach Wiesbaden ohne Born angetreten. Der Chef war von seiner Dienstreise zurückgekehrt und hatte ihren Kollegen zum Rapport einbestellt.

Als sie Milan Tassen die Hand schüttelte, fielen ein paar Sonnenstrahlen durch die Fensterscheiben. Mindestens eine Infusionsflasche weniger hing am Ständer. Ein kleiner Fortschritt auf dem beschwerlichen Weg der Genesung. Auch dass das Bettoberteil in eine fast senkrechte Position gestellt war und Milan Tassen eine sitzende Haltung einnahm, deutete sie als positives Zeichen.

»Und – fühlen Sie sich heute ein wenig besser?«

»Danke der Nachfrage«, nuschelte Milan Tassen.

»Ich möchte auch gar nicht lange stören und gleich an unser Gespräch gestern anknüpfen. Sie haben angedeutet, das zweite Mordopfer in Begleitung Ihrer Stiefmutter gesehen zu haben.«

»Das zweite Mordopfer?« Milan Tassen blickte sie mit dem nicht zugeschwollenen Auge verwundert an.

»Ja, Martha Rosen. So hieß die Frau, die einige Tage nach Ihrer Stiefmutter ermordet wurde.«

»Und über die haben wir gesprochen?«

»Ja, gestern am frühen Abend.«

»Ich kann mich erinnern, dass Sie mit einem Mann hier waren und mir gesagt haben, dass Selma … aber an das andere kann …«

»Das ist typisch für diese Art von Verletzung, die Herr Tassen erlitten hat«, schaltete sich Dr. Brunner ein. Der Neurochirurg hatte sich auf einen Schemel in Türnähe zurückgezogen. »Einen Teil der Informationen löscht das in Mitleidenschaft gezogene Gehirn sofort wieder, das hat jedoch überhaupt nichts mit der

Wertigkeit der Information zu tun. Am besten, Sie zeigen dem Patienten das Foto noch mal und stellen Ihre Frage erneut.«

Die Stirn leicht in Falten gezogen, betrachtete Milan Tassen die auf Mannfelds Smartphone gespeicherte Aufnahme. »Ja, so langsam kommt die Erinnerung wieder«, sagte er nach einer Weile. »Ich hab die Frau tatsächlich schon mal zusammen mit Selma gesehen.«

»Und wo war das?«

»Vor der ›Schirn‹. Die beiden kamen durch die Tür der Kunsthalle nach draußen und haben sich mit Küsschen links und Küsschen rechts verabschiedet.«

»Wissen Sie auch noch, wann das war?«

»Letztes Jahr im Sommer.« Milan Tassen nahm einen Schluck aus der Schnabeltasse, bevor er fortfuhr: »Die andere Frau hatte einen ziemlich fetten Hintern.«

»Und nachdem sich die Frauen verabschiedeten, was passierte dann?«

»Die mit dem fetten Hintern ist in Richtung U-Bahn. Und Selma …« Ein schwer zu deutendes Lächeln stahl sich auf Milan Tassens zum Teil noch blutverkrustete Lippen. »Selma ist zu Fuß ins Bahnhofsviertel. Ich bin ihr die ganze Strecke hinterhergelaufen. Durch die Bethmannstraße, an der Oper vorbei, durch die Münchener und die Weserstraße bis in die Kaiserstraße.«

»Das ist ein ganz schönes Stück.«

»Oh ja. Aber gesehen hat sie mich nicht.«

»Hatte Ihre Stiefmutter ein bestimmtes Ziel?«

»Ein Ziel hat Selma immer. Und an dem Tag war es das ›Venus‹.«

»Der Sexshop?«, hakte Mannfeld überrascht nach. »Sind Sie sicher?«

»Hundertpro.«

»Was wollte sie dort?«

»Etwas kaufen. Was es war, hab ich nicht mitbekommen. Sie kam mit einer undurchsichtigen roten Tüte aus dem Laden. Aber dass da keine Schönheitscreme oder Zahnpasta drin war, können Sie sich wohl denken.«

»Was ging Ihnen dabei durch den Kopf?«

»Dass das absolut ekelhaft ist. Sich Pornos, Dildos, Sexspielzeug oder sonst was zu kaufen. In ihrem Alter. Keine Ahnung, was sie mit dem alten Patenstein so alles getrieben hat. Vater würde sich im Grab umdrehen, wenn er das wüsste.«

Wegen eines im Radio gemeldeten Staus auf der A66 entschied sich Mannfeld auf der Rückfahrt für den Umweg über die A3. Doch auch auf der Alternativroute schleppte sich der Verkehr nur zäh in Richtung Frankfurt. Die Reifen eines neben ihr fahrenden Lastzugs schickten Schmutzwasserfontänen auf die Windschutzscheibe des Dienstwagens. Als sie die Scheibenwischeranlage betätigte, spritzte nur ein jämmerlich dünner Strahl aus den Düsen. Fluchend hoffte sie, dass die Reinigungsflüssigkeit noch bis ins Präsidium reichte und sie den letzten Teil der Strecke nicht im Blindflug zurücklegen musste.

Wenige Kilometer nach dem Mönchhof-Dreieck tauchte linker Hand »The Squaire« auf. Ein futuristisch anmutendes Bürogebäude, das aufgrund seiner außergewöhnlichen Architektur mit den Spitznamen »Wal«, »Zigarre« und »liegendes Hochhaus« bedacht worden war. Rechts der Fahrbahn lag das Sheraton. Das Hotel, in dem Selma Tassen ihren Mörder getroffen hatte. Der Besuch im Sexshop, das Aktbild mit dem erigierten Glied über dem Bett und der Marquis de Sade im Bücherschrank – mittlerweile deutete wirklich einiges darauf hin, dass die alte Dame dem Thema Sex und/oder Pornografie nicht abgeneigt gewesen war. Sollte ihr dies zum Verhängnis geworden sein? Der oder die Artikel, die sie im Erotikladen erstanden hatte, waren allem Anschein nach nicht bei Simon Patenstein zum Einsatz gekommen. Die Scham des Antiquitätenhändlers bei seinem Eingeständnis, dass sich die Liebesbeziehung zwischen ihm und Selma Tassen nicht auf intimer Ebene abgespielt hatte, hatte authentisch gewirkt. Wie hoch war die Wahrscheinlichkeit, dass es im Leben der Verstorbenen noch einen weiteren Mann gegeben hatte? Einen, mit dem sie ihre sexuellen Bedürfnisse befriedigt hatte? Womöglich hatte Born mit seiner Geheimnisvoller-Liebhaber-Theorie tatsächlich ins Schwarze getroffen, und ihre anfängliche Ablehnung gegen diesen Ansatz war voreilig gewesen. Es mochte naiv sein, aber es fiel ihr immer noch schwer, sich vorzustellen, dass Frauen, die älter als ihre Mutter waren, sexuell aktiv waren. Und Martha

Rosen? Konnte nicht auch sie …? Immerhin hatte sie am Abend ihrer Ermordung das Haus verlassen, ohne ihrem ahnungslosen Ehemann ein Sterbenswörtchen davon zu sagen.

***

Als Fremden aufwachte und den Kopf in Richtung Nachttisch drehte, glaubte er im ersten Moment, seine Sinne würden ihm einen Streich spielen. Doch auch nachdem er sich ausgiebig die Augen gerieben hatte, standen die Zeiger auf dem Ziffernblatt des Weckers immer noch auf kurz nach halb zwölf. Irritiert schaute er sich im Zimmer um. Durch die Lamellen der Fensterläden drang Sonnenlicht und malte Querstreifen auf die Tapete. Im Halbdunkel erkannte er den antiken Kleiderschrank mit den Buntglaseinlagen, den stummen Diener und das Bocksgeweih an der Wand über der Schlafzimmertür.

Während er sich in seinem Schlafsack auf dem Bett aufrichtete, kehrte die Erinnerung an die vergangene Nacht allmählich zurück – und an das, was sich Spektakuläres ereignet hatte: der Einbruch, das konspirative Treffen von Rosen und dem Wasserstoffblonden an der Raststätte, der Transport der Prostituierten zum Eroscenter. Von Dreieich aus war er nach Bad König zurückgefahren, um nachzusehen, welche Schäden beim Eindringen ins Haus und dem Durchstöbern des Inventars verursacht worden waren. Glücklicherweise war außer der Terrassentürscheibe nichts Nennenswertes zu Bruch gegangen.

Nach Beendigung der Inspektion war seine Müdigkeit wie weggeblasen gewesen. Noch lange hatte er im Wohnzimmer gesessen und zur Beruhigung seines Nervenkostüms auf dem iPod die melancholischen Songs von Johnny Cash gehört.

Er stand auf und setzte in der Küche Kaffeewasser auf. Während er auf das Pfeifen des altmodischen Kessels wartete, blickte er aus dem Fenster. Die Haflinger standen auch heute wieder zu einem trauten Grüppchen formiert auf der Koppel. Nur meinte er, dass eins der Tiere fehlte. Vielleicht stand es ja mit Schnupfen im Stall. Während er darüber sinnierte, weshalb Pferde – obwohl sie durch die geschlossene Schneedecke keine Nahrung fanden – auch in den Wintermonaten tagsüber im Freien blieben, läutete sein auf dem Küchentisch liegendes Handy.

»Spreche ich mit dem Detektiv Jonas Fremden?«

Er erkannte Vera Kaczorowskis tiefe Stimme sofort.

»Ja, das tun Sie«, antwortete er und spürte den kleinen Stich der Enttäuschung, dass es nicht Liliana Bode war, die seine Nummer im Speicher gesehen hatte und nun zurückrief.

»Mir ist da noch etwas eingefallen«, hörte er Vera Kaczorowski sagen. »Etwas, was Sie bestimmt interessieren wird.«

»Und das wäre?«

»So einfach geht das nicht, verehrter Herr Detektiv. Ich hab doch schon beim letzten Mal deutlich gemacht, dass ich nur Auskünfte erteile, wenn ich Ihnen dabei in die Augen sehen kann.«

»Aber … aber da wollten Sie mich doch nur treffen, weil sie mich noch nicht persönlich kannten. Heute kennen Sie mich und können mir auch am Telefon sagen, was Sie auf dem Herzen haben.«

Einige Sekunden lang blieb es still in der Leitung.

Fremden stellte sich vor, wie Vera Kaczorowski mit dem Hörer in der Hand auf dem Schemel im Flur saß und sich sein Argument durch den Kopf gehen ließ.

»Amelie Bruckner hat ein dunkles Geheimnis gehütet«, sagte sie schließlich rau.

»Ja?«, hakte er nach, als sie nicht weitersprach.

»Das Geheimnis gebe ich erst preis, wenn Sie zu mir durch den Wald reiten.«

So lief also der Hase. Das hatte Madame sich ja fein ausgedacht. Für wie bescheuert hielt sie ihn? Dachte sie, dass er beim zweiten Besuch ihren abscheulichen Tee kaufen würde? Oder plante sie, ihm diesmal etwas zu kredenzen, was ihn willenlos machte? Zu ihrem Leibeigenen, der sein restliches Leben im Wald an ihrer Seite verbringen würde? Nur weil sie sich ein bisschen einsam fühlte.

Er lachte.

»Da brauchen Sie gar nicht so merkwürdig zu lachen. Heute Nachmittag zum Beispiel würde es mir gut passen.«

»Mir aber nicht«, erwiderte er so ernst wie möglich. »Aber vielen Dank für das freundliche Angebot.«

Eineinhalb Stunden später traf er in der fast menschenleeren Freiherr-vom-Stein-Straße ein. Diesmal parkte er direkt vor dem Tor der Gründerzeitvilla. Um sich in eine Art kämpferische Stimmung zu versetzen, betrachtete er auf dem Display seines Handys noch einmal die Fotos der vergangenen Nacht. Obwohl einige der Bilder unterbelichtet waren, würden sie den Zweck der Dokumentation dennoch erfüllen.

Als er auf den Klingelknopf der Konzertagentur drückte, malte er sich Rosens verdutzten Gesichtsausdruck aus, wenn er ihn mit den Aufnahmen konfrontierte.

Ob er einen Termin habe, erkundigte sich die japanisch aussehende Bürotante in dem mausgrauen Wollkostüm, die ihn durch den Türspalt hindurch musterte.

»Den benötige ich nicht«, antwortete er und überreichte ihr eine Visitenkarte. »Richten Sie Herrn Rosen bitte einfach nur aus, dass ich ihn sprechen möchte.«

Die Miene zu einer Grimasse verzogen, als hätte er ihr ein Pornobildchen in die Hand gedrückt, schaute sie auf die Karte. Dann verschwand sie im Hausflur.

Nicht einmal eine Minute später kehrte sie zurück.

»Herr Rosen möchte Sie jetzt nicht empfangen. Es gab einen Trauerfall in der Familie. Aber wenn Sie mir sagen, in welcher Angelegenheit Sie meinen Chef zu sprechen wünschen, werde ich gern nachsehen, ob er kommende Woche einen Termin für Sie frei hat.«

Als er in das Parkhaus »MyZeil/PalaisQuartier« fuhr, fing es wieder an zu schneien. Was ihn in die Innenstadt geführt hatte, wusste er selbst nicht. Vielleicht war es einfach nur der Wunsch gewesen, sich nach der Niederlage ein wenig treiben zu lassen.

An der Hauptwache hörte er eine Weile einem bärtigen Spinner zu, der lauthals dafür plädierte, in Deutschland die Scharia einzuführen. Als er der Hasspredigt überdrüssig wurde, marschierte er zum Starbucks am Börsenplatz. Ein Cappuccino und ein Schoko-Muffin. Kulinarische Trostpflaster, die ihm darüber hinweghelfen sollten, dass er sich von der japanischen Schnepfe wie ein Schuljunge an der Tür hatte abservieren lassen. Die profanste aller

Möglichkeiten – einfach nicht zu Rosen vorgelassen zu werden – hatte er gar nicht einkalkuliert.

Mit dem Tablett in der Hand setzte er sich ans Fenster, von wo aus er einen hervorragenden Blick auf den auf der Straße vorbeiziehenden Menschenstrom hatte. Während er abwechselnd in seinen Muffin biss und sich einen Schluck Cappuccino gönnte, überlegte er, wie er bei Rosen einen zweiten Anlauf starten könnte. Den Konzertmanager vor seiner Villa abpassen wollte er nicht, denn dazu würde er sich wieder für eine gänzlich unbestimmte Zeit auf die Lauer legen müssen. Ihn telefonisch zu kontaktieren erschien ihm auch nicht die optimale Lösung zu sein. Am Telefon würde er nur den akustischen Teil von Rosens Reaktion mitbekommen. Zudem konnte er den Mann viel besser in die Enge treiben, wenn er ihm persönlich gegenübersaß und ihm die Fotos als Beweis unter die Nase hielt.

Auf einmal erregte eine rothaarige Frau seine Aufmerksamkeit. In einem weißen Anorak mit hellbraunem Fellbesatz an der Kapuze lief sie dicht an der Fensterscheibe des Cafés vorbei. Zuerst glaubte er, in ihr Liliana Bode zu erkennen. Doch als sie stehen blieb und den Kopf ein Stück zur Seite wandte, sah er, dass er sich geirrt hatte. Reflexartig holte er sein Handy aus der Jackentasche. Er ließ es mindestens ein Dutzend Mal an Liliana Bodes Anschluss durchläuten, bevor er auflegte.

***

Als sie Seite an Seite den Römerberg überquerten, öffnete sich die Tür zum Rathaus. Ein frisch vermähltes Ehepaar trat ins Freie und schritt feierlich durch das Spalier, zu dem sich Verwandte und Freunde mit roten Rosen formiert hatten.

Born blieb abrupt stehen und musterte die für die niedrigen Temperaturen viel zu leicht bekleidete Braut.

»Komm endlich weiter«, hörte er Mannfeld neben sich drängeln. »Man erwartet uns schon in der ›Schirn‹.«

Während sie ihn am Ärmel seines Mantels weiterzog, fragte er sich, ob sie bei ihrer Hochzeit auch so ein kitschiges weißes Chiffonkleid getragen hatte.

Auf Höhe des Gerechtigkeitsbrunnens erkundigte sich Mannfeld, wie das Gespräch mit dem Chef gelaufen war.

»War merkwürdig«, gab er zur Antwort.

»Wieso merkwürdig?«

»Weil ich mir den Mund halb fusselig geredet habe und Landsky nur ›Hm, hm‹ gesagt hat. Als würden ihm die Morde kilometerweit am … an seinem Allerwertesten vorbeigehen.«

»Ist sonst nicht seine Art.«

»Ganz und gar nicht. Außerdem hat er unkonzentriert gewirkt und dämliche Fragen gestellt.«

»Zum Beispiel?«

»Wer um Himmels willen nun wieder diese Cosma sei, die wir auf dem Friedhof befragt haben. Dabei hatte ich ihm Minuten vorher lang und breit von dem Gothic-Faible der Rosen und ihrem spiritistischen Zirkel berichtet.«

»Dann hat er das wohl nicht mehr auf dem Schirm gehabt.«

»Ja, und wohl auch nicht mehr die Facebook-Seite, von der ich ihm erzählt habe, auf der Cosma zu den wenigen Freunden von Martha Rosen gehört.«

»In einem erlauchten Kreis mit diesem kaputten Typen, der sich ›hotcracker‹ nennt.«

»Genau. Dem, der den Tod von Amy Winehouse betrauert und osteuropäische Huren so toll findet, weil …«

»… weil sie kein Wort ihrer deutschen Freier verstehen, richtig.«

Born atmete einmal tief durch, als der Termin mit der Museumsangestellten vorüber war und sie wieder vor der Kunsthalle standen. Der Vorraum der »Schirn«, in dem das Gespräch mit Gisa Sterntaler stattgefunden hatte, war völlig überheizt gewesen. Außerdem war ihm das Museumspummelchen mit ihrem schulmeisterlichen Gehabe gehörig auf den Geist gegangen. Und der schnippische Ton erst, in dem sie ihn verbessert hatte. Nur weil er sich neben den nüchternen Ermittlungsfragen auch zu einer Äußerung in Sachen Kunst hatte hinreißen lassen, bei der er dummerweise Wassily Kandinsky mit Franz Marc verwechselt hatte.

Resümierend betrachtet, hatte auch diese Befragung keine großartig neuen Erkenntnisse gebracht. Außer dass die Zeugin tatsächlich bestätigen konnte, Selma Tassen des Öfteren und mindestens einmal auch in Begleitung von Martha Rosen gesehen zu haben. Ob die beiden in der Kunsthalle ihrem Mörder begegnet waren, blieb aber weiterhin ungewiss.

Sie wandten sich nach links und nahmen denselben Weg, den Selma Tassen an dem Tag eingeschlagen hatte, an dem ihr Stiefsohn ihr heimlich gefolgt war.

»Kommen Ihnen die Frauen bekannt vor?«

Der Sexshop-Mitarbeiter, eine klapperdürre Bohnenstange mit eichhörnchenfarbenem Toupet, das einen völlig absurden Kontrast zu den schwarz-grau melierten Koteletten bildete, schielte nicht einmal eine Sekunde lang auf die Fotos, bevor er den Kopf schüttelte.

»Nicht eine von ihnen?«

»Nicht dass ich wüsste.«

An der Kasse nebenan bezahlte gerade ein Kunde. Soweit Born aus den Augenwinkeln erkennen konnte, wechselten eine Tube »Get Hard«-Penispflegecreme und ein Stimulationsspray Marke »Shiatsu Woman« den Besitzer. Schon seit sie den Sexshop betreten hatten, wirkte Mannfeld angespannt. Er hatte die Gesprächsführung übernommen, während sie nahezu reglos auf das Regal mit DVDs hinter der Kasse starrte, die so einsortiert waren, dass nur die Rücken der Cover zu erkennen waren. Als würde sie Gefahr laufen, beim Wenden des Kopfs in Blickkontakt mit den unkeuschen Hüllen von »Süße Ferkel«, »Natural Bush«, »Tropical Island« und »American Cream Pie« zu gelangen, die in den Ständern des Verkaufsraums auslagen.

»Eine Frau in diesem Alter müsste hier doch zwangsläufig auffallen.«

»Wieso?«, erkundigte sich die Bohnenstange trocken.

»Na, das ist doch ein Laden, der mit Erotikartikeln handelt.«

Er erntete ein belustigtes Grinsen, als hätte er soeben den lächerlichsten Kommentar seines Lebens von sich gegeben.

»Nur mal so zur Info, Herr Kommissar: Ins ›Venus‹ kommen Leute in jedem Alter.«

»Und welche Wünsche hat die Frau ab siebzig für gewöhnlich?«

»Es gibt nichts, was ich hervorheben oder ausschließen könnte.«

Na prima. Bevor er dem wenig ergiebigen Gespräch ein Ende bereitete, erkundigte sich Born nach dem übrigen Personal, das im Erotikshop arbeitete. Neben der Kassiererin nannte die Bohnenstange noch die Namen von zwei weiteren Personen, die ihre Schicht allerdings erst um sechzehn Uhr antraten. So lange wollten sie nicht warten.

Beim Eintreffen im Präsidium stellte Born dann aber fest, dass es fast schon an der Zeit war, im Erotikshop anzurufen. Mit etwas Glück erinnerte sich einer der beiden Angestellten aus der zweiten Schicht an Selma Tassen und an das, was sie an jenem Tag gekauft hatte. Das Foto von ihr wollte er während des Gesprächs per E-Mail übermitteln. Als er sich nach vorne beugte, um zum Hörer zu greifen, riskierte er einen Blick über den Schreibtisch in Richtung Mannfeld. Den Kopf gesenkt, kramte sie in irgendwelchen Ermittlungsakten. Auf der Rückfahrt hatte sie kein Wort mit ihm gewechselt und nur mit zusammengekniffenen Lippen durch die Windschutzscheibe gestiert. Während des Besuchs im »Venus« hatte sie sich sichtlich unwohl gefühlt. Hätte er das vorher geahnt, hätte er vielleicht punkten und ihr in Gentleman-Manier anbieten können, die Befragung allein durchzuführen.

»War das gerade ein Problem für dich?«

»Was meinst du mit ›Problem‹?«

Noch bevor er antworten konnte, klopfte es an der Tür.

Auf Mannfelds »Herein« wurde die Klinke gedrückt, und Sven Niemanns Kopf erschien im Türspalt.

»’tschuldigung, dass ich störe.«

»Komm rein«, sagte Mannfeld. »Du störst nicht.«

»Ich weiß zwar nicht, ob das jetzt was zu bedeuten hat«, druckste Niemann herum und nahm auf dem Besucherstuhl Platz. »Aber heute Morgen hat eine Frau ihre Schwester als vermisst gemeldet.«

»Und?«

»Da bin ich natürlich hellhörig geworden.«

»Warum hellhörig?«

»Na, weil das bei der Rosen, ich meine, beim Opfer Nummer zwei, auch so angefangen hat. Und dann wurde sie ermordet.«

»Du glaubst also, dass dieser Frau vielleicht das gleiche Schicksal zuteilwurde?«

Niemann errötete leicht und nickte.

»Wie alt ist denn die Frau?«, fragte Born.

»Neunundvierzig.«

»Da ist sie aber um einiges jünger als unsere beiden Opfer. Dem Alter nach passt sie schon mal nicht ins Muster. Nicht jeder, der ein paar Stunden weg ist, wird gleich ermordet. Hast du die Schwester gefragt, ob sie Selma Tassen oder Martha Rosen kennt?«

»Das habe ich.«

»Und was hat sie darauf geantwortet?«

»Dass sie die Namen noch nie gehört hat. Allerdings konnte ich ihr die Fotos nicht zeigen. Vielleicht hätte sie darauf ja ein oder beide Opfer erkannt.«

***

Beim Verlassen des Starbucks-Cafés kam ihm plötzlich die zündende Idee. Ungeduldig kramte er in der Innentasche seiner Jacke. Als seine Finger endlich die Visitenkarte ertasteten, die ihm Rosen bei ihrer ersten Begegnung überreicht hatte, hätte er vor Freude am liebsten laut gejubelt. Nun wusste er, wie er ihm Dampf unterm Hintern machen konnte, ohne Gefahr zu laufen, vorher abgewimmelt zu werden.

Strammen Schritts legte er die wenigen hundert Meter in den Oeder Weg zurück. Beim ehemaligen Volksbildungsheim um die Ecke befand sich ein Internetcafé. Der Betreiber, ein dunkelhäutiger Sikh mit einem orangefarbenen Dastar auf dem Kopf, wies ihm den Computer in der hintersten Ecke zu. Ob er etwas trinken wolle. Fremden verneinte und fragte nach einem Kabel, mit dem man Daten vom Handy auf den Rechner spielen konnte. Als er es bekommen hatte, lud er die Fotos in einen Ordner, den er zuvor auf der Festplatte angelegt hatte. Nach Abschluss des Kopiervorgangs öffnete er im Internet seinen GMX-Account und übertrug die E-Mail-Adresse von Rosens Visitenkarte in das Adressfeld der E-Mail-Maske. In die Betreffzeile tippte er: *»Shit happens oder Taten, vor denen man sich besser hüten sollte«*. Dann ließ er den eigentlichen

Text folgen. »*Sehr geehrter Herr Rosen, gern würde ich mit Ihnen ein wenig über Taten plaudern, vor denen man sich besser hüten sollte. Möglicherweise zählen auch Ihre Geschäfte in Moldawien dazu, ganz sicher aber der gestrige Einbruch in mein Haus. In der Anlage erlaube ich mir, Ihnen ein paar interessante Aufnahmen zu senden. Bitte melden Sie sich umgehend telefonisch bei mir.*« Er setzte seine Handynummer ans Ende des Schreibens und fügte nach kurzer Überlegung noch ein Postskriptum hinzu – mit dem sinngemäßen Inhalt, dass Rosen es sich sparen könne, seinen Schergen nochmals zu ihm nach Bad König zu schicken, da er sich dort bis auf Weiteres nicht mehr aufhalten werde.

Als er wieder auf die Straße trat, trieb ihm der Wind eine eisige Böe ins Gesicht, die seine Lust zu laufen auf den Nullpunkt brachte und ihn die armen Teufel bemitleiden ließ, die seltsamerweise so spät noch vor dem benachbarten jemenitischen Konsulat Schlange standen.

Aus Angst, dass ihm im herrschenden Verkehrslärm Rosens Anruf entgehen könnte, kontrollierte er am Eschenheimer Turm – etwa auf der Hälfte der Strecke zum Parkhaus – schon zum zweiten Mal das Display seines Handys. Dass das im Grunde idiotisch war, brauchte ihm niemand zu sagen. Es war mehr als unwahrscheinlich, dass Rosen binnen Minuten auf seine Nachricht reagierte. In dem Fall hätte er beim Eintreffen der E-Mail an seinem Computer gesessen haben müssen.

Verärgert über seine mangelnde Geduld, ließ er das Handy wieder in der Jackentasche verschwinden. Auf das Klingeln des dämlichen Teils zu warten würde ihn auf Dauer zermürben. Ablenkung war die Devise, und so versuchte er, seine Gedanken in konstruktive Bahnen zu lenken. Beim Betreten des Parkhauses fragte er sich, ob Klaus Bruckner vom vermutlich kriminellen Doppelleben seines Vaters Kenntnis hatte. Nach kurzem Überlegen kam er zu dem Schluss, dass dies äußert unwahrscheinlich war. Er hätte mit solch einem Wissen den möglichen Zusammenhang zwischen dem Mädchenhandel und den mysteriösen Umständen erkennen müssen, unter denen sein Vater ums Leben gekommen war. Außerdem machte es keinen Sinn und wäre sogar äußerst kontraproduktiv, einen Detektiv zu engagieren, diesem die für die Lösung des Falls offensichtlich wichtige Information aber vorzuenthalten.

Im Parkhaus an den Kassenautomaten klingelte nun doch sein Handy. Während er hektisch in den Tiefen seiner Jackentasche danach kramte, hätte er beinahe das Wechselgeld fallen gelassen.

»Unsere Verbindung war vorhin auf einmal weg«, hörte er eine ihm mittlerweile bekannte Stimme sagen. Wobei »weg sein« eine ziemlich schmeichelhafte Umschreibung dafür war, dass er einfach aufgelegt hatte.

Er sagte erst einmal nichts darauf.

»Ich habe interessante Informationen für Sie«, wiederholte Vera Kaczorowski dermaßen leise, dass er sich das linke Ohr zuhalten musste, um sie überhaupt verstehen zu können. »Sagte ich schon, dass Amelie Bruckner ein dunkles Geheimnis hütete?«

»Ja, das sagten Sie«, erwiderte er und musste wegen des sensationslüsternen Tonfalls, den die Alte anschlug, sogar ein wenig lächeln.

»Sie tun das übrigens auch.«

»Was tue ich auch?«

»Ein Geheimnis hüten.«

»Und da sind Sie sich sicher?«

»Natürlich. Aber bei Ihnen handelt es sich nicht um so etwas Düsteres, sondern schlicht um ein Familiengeheimnis.«

»Woher …«

»Woher ich das weiß? Das sehe ich Ihnen an der Nasenspitze an. Was würden Sie sagen, wenn ich Ihnen verrate, dass Amelie Bruckner schon wenige Wochen nach dem Tod ihres Mannes …«

»Reden Sie ruhig weiter?«

»… Besuch erhalten hat.«

»Können Sie sich vielleicht ein bisschen deutlicher ausdrücken?«

»Ja, aber nur unter vier Augen.«

Eine knappe Stunde später parkte er zum dritten Mal vor dem Feriendomizil der Bruckners. Die schmale Sichel des Mondes spiegelte sich matt auf der glatt ruhenden Oberfläche des Sees. In der Dunkelheit waren die Umrisse des Bootsstegs nur schemenhaft zu erkennen. Während er sich im knöcheltiefen Schnee durch den

Birkenwald kämpfte, verfluchte er sich selbst, Vera Kaczorowski nicht nach der direkten Abfahrt von der Bundesstraße zu ihrem Hexenhäuschen gefragt zu haben.

Dass er sich nun doch noch auf den Weg zu ihr gemacht hatte, hatte zwei Gründe. Der am wenigsten gewichtige war wohl der, dass er inzwischen tatsächlich glaubte, an ihrem Gerede vom dunklen Geheimnis könne etwas dran sein. Die Chance, dass Amelie Bruckners mysteriöser Besuch nicht einer blühenden Kräutertantenphantasie entsprungen war, schätzte er zwar als gegeben, aber gering ein. Tatsache war – selbst auf die Gefahr hin, dass es lächerlich klang –, dass ihm der Trip zum Kahler See plötzlich nicht mehr lästig, sondern eine willkommene Ablenkung von der Warterei auf Rosens Anruf war.

Vera Kaczorowski öffnete die Haustür in dem Moment, da er sie erreicht hatte. Sie trug dasselbe Outfit wie bei seinem ersten Besuch: die an den Ellbogen durchgescheuerte Strickjacke, die fleckige Kittelschürze und den Trachtenrock mit den gestickten Hirschkopfmotiven.

Während er ihr durch den Flur folgte, strömte ihm ein dumpfer, fast süßlicher Geruch entgegen.

»Immer rein in die gute Stube. Die Suppe steht schon auf dem Tisch.«

Den niedrigen quadratischen Raum betretend, dachte er im Stillen, dass es hoffentlich keine im Stadium der Verwesung befindlichen Mäuse waren, aus denen Vera Kaczorowski die Suppe zubereitet hatte.

»Kohlsuppe«, klärte sie ihn auf, als hätte sie seine Gedanken zumindest ansatzweise gelesen. »Altes Hausrezept. Hab ich schon gestern gekocht. Aufgewärmt schmeckt sie am besten.«

Nachdem er auf dem ihm zugewiesenen Schemel Platz genommen hatte, versuchte er, gleich zur Sache zu kommen. »Vorhin am Telefon haben Sie mich ganz schön neugierig gemacht, Frau Kaczorowski.«

Für Sekunden lag der Anflug eines stolzen Lächelns auf ihren Lippen. Doch schon einen Wimpernschlag darauf wurde ihre Miene wieder ernst. »Jetzt stärken wir uns erst mal. Wenn wir gegessen haben, können wir in Ruhe plaudern.«

»Hunger habe ich eigentlich keinen.«

Vera Kaczorowski versah ihn mit einem strengen Blick. »Nur wer brav seinen Teller leert, bekommt später ein Geheimnis verraten.«

Mit einem Mal fühlte er sich in seine früheste Jugend zurückversetzt. Er kostete eine Löffelspitze von der Waldschratsuppe und stellte erleichtert fest, dass das Zeug nicht so übel schmeckte, wie es roch.

»Und – mundet es dem jungen Herrn?«

Er antwortete mit einem Nicken.

»Heutzutage essen die Leute ja alles Mögliche. Sogar Heuschrecken und Käfer. Können Sie sich das vorstellen?«

Liliana Bode kehrte in sein Bewusstsein zurück. Er nickte erneut und dachte, wie seltsam es doch war, dass die Alte ihm gegenüber ausgerechnet den Verzehr von Insekten ansprach.

Nachdem er den Teller leer gegessen und sich erfolgreich gegen den angebotenen Nachschlag gewehrt hatte, startete er einen zweiten Versuch, Vera Kaczorowski das ach so dunkle Geheimnis ihrer Nachbarin zu entlocken. »Sie sagten am Telefon, Amelie Bruckner habe kurz nach dem Tod ihres Mannes Besuch erhalten.«

»Ja, Männerbesuch.«

»Wer war der Mann?«

»Woher soll ich das wissen? Sie sind der Detektiv. Amelie hat ihn mir nicht vorgestellt.«

»Können Sie abschätzen, wie alt er war?«

»Ungefähr so alt wie Sie?«

»Und was glauben Sie, was der Mann von ihr wollte?«

Vera Kaczorowski pulte mit dem Fingernagel einen Speiserest aus einer Zahnlücke, dann stieß sie ein raues Lachen aus. »Auf welchem Planeten leben Sie denn, junger Mann?«

Er zuckte mit den Schultern.

»Der Mann war jung und schön, so wie Sie es sind. Und Amelie war eine alte Frau, wie ich es bin.« Sie sah ihn bedeutungsvoll an.

»Sie haben den Mann also zu Gesicht bekommen?«

»Von Weitem habe ich ihn ein paarmal gesehen.«

»Können Sie ihn beschreiben?«

»Natürlich. Ein Schönling, der genauso aussieht wie der Professorensohn aus der ›Schwarzwaldklinik‹.«

»Und ich dachte«, sagte er im Glauben, die Alte bei einer Lüge ertappt zu haben, »Sie hätten ihn nur von Weitem gesehen.«

»Sie glauben mir nicht. Aber ich habe gute Augen. Und eines Tages bin ich beim Kräutersammeln drüben am Haus vorbeigekommen. Da habe ich sie durchs Fenster an der Veranda gesehen. Da waren sie gerade dabei.«

»Bei was dabei?«, hakte er nach.

»Na, beim … Herrje, Jungchen. Also, die Amelie saß aufrecht auf dem Sofa. Den Rock bis über die Hüfte hochgeschoben. Und der Schönling hat vor ihr gekniet und seinen Kopf zwischen ihren Beinen gehabt.«

»Wollen Sie damit etwa behaupten, die beiden hätten …«

»Genau das will ich. Amelie hat dabei mit halb offenem Mund an die Decke gesehen. Bis er die Position gewechselt und sie richtig rangenommen hat, heißt das. Ich bin dann weitergegangen.«

Die Information musste er erst einmal ein wenig sacken lassen.

»Frau Kaczorowski, wo bitte schön finde ich denn bei Ihnen die Toilette?«

»Im Flur ist es die erste Tür rechts.«

Zwei der vier Glühbirnen in der Deckenlampe des kleinen Badezimmers waren defekt. Doch trotz der diffusen Lichtverhältnisse bemerkte er sofort die dicke Schicht Urinstein, die sich am Innenrand der Toilettenschüssel festgesetzt hatte. Er versuchte, sich beim Pinkeln von den hygienischen Unzulänglichkeiten abzulenken, indem er sich fragte, ob die Story stimmen konnte, die ihm Vera Kaczorowski da aufgetischt hatte. Ob sie Amelie Bruckner tatsächlich heimlich beim Oralsex beobachtet hatte. Sein Gefühl sagte ihm nach wie vor, dass sich die allein im Wald lebende Alte nur wichtigmachen wollte. Dass sie Spaß dabei empfand, dick aufzutragen. Hätte er nicht die Flucht zur Toilette angetreten, hätte sie ihm sicher noch weitere unappetitliche Details erzählt. Aber selbst wenn Amelie Bruckner sich kurz nach dem Tod ihres Mannes mit einem anderen Mann vergnügt hatte, bedeutete das nicht, dass dies auch eine Relevanz für seine Ermittlungen haben musste. Vielleicht hatte sich die alte Dame ja einfach nur den Luxus eines Callboys geleistet.

Als er das Bad verließ, streifte sein Blick im Flur ein Wandregal.

Auf dem obersten Boden standen nebeneinander vier Matrjoschka-Puppen, die nicht wie üblich aus Holz, sondern aus Porzellan gefertigt waren. Ohne nachzudenken, nahm er eine aus dem Regal und drehte sie in seiner Hand hin und her. Die rot-blau-gelb gemusterte Puppe weckte eine vage Erinnerung in ihm. Wahrscheinlich hatte er schon einmal eine Matrjoschka mit ähnlichem Muster gesehen. Ihm wollte allerdings nicht einfallen, wo das gewesen sein könnte.

An der Tür zu seinem Ein-Zimmer-Apartment musste er mehrmals laut gähnen. Die Rückfahrt über die überfüllte A 3 hatte ihn müde und mürbegemacht. Nur wenige Kilometer vor dem Offenbacher Kreuz war er in einen Stau geraten, und ständig hatte in ihm Vera Kaczorowskis Vorwurf widergehallt, dass er ein undankbarer und unhöflicher Hallodri sei, weil er sich sofort nach der Rückkehr von der Toilette von ihr verabschiedet hatte.

Den restlichen Abend würde er es sich gemütlich machen. Sein bescheidener Plan bestand darin, sich mit ein, zwei Kaltgetränken aufs Sofa zu lümmeln, durch die Programme zu zappen und auf Rosens Anruf zu warten.

Als er die Wohnungstür öffnete, registrierten seine Chemosensoren schon das zweite Mal an diesem Tag einen penetranten Essensgeruch. Nur wusste er diesmal sofort, woher er rührte. Vor seinem Aufbruch hatte er es versäumt, den Rest der »Acht Schätze« zu entsorgen. Angewidert stopfte er die mit dunkler Soße verkrustete Aluschale in eine Plastiktüte. Mit dem Abfall in der Hand stieg er die Treppe hinab. Dabei dachte er an Liliana Bode, die bislang auf keinen seiner Anrufe reagiert hatte.

Spuren von Katzenpfoten zeichneten sich auf der mit einer dünnen Schneeschicht bedeckten Altpapiertonne ab. Als er den Deckel aufklappte, um sich des Speisekarten-Flyers zu entledigen, fiel sein Blick auf eine Zeitungsseite, die an der Innenwand der Tonne klebte. Mit einem Mal war seine volle Aufmerksamkeit entfesselt. Vorsichtig zog er den feuchten Papierbogen vom Plastik und begann, den schon mehrere Tage alten Artikel zu überfliegen.

»Weitere Rentnerin ermordet – Polizei und Staatsanwaltschaft tappen im Dunkeln«, lautete die Überschrift. In dem dreispaltigen Artikel

berichtete das Blatt von dem Mord an einer über siebzigjährigen Bürgerin der Stadt Frankfurt, der bereits zweite Vorfall dieser Art. Fremden erinnerte sich noch an die Radiomeldung zum ersten Mordfall im Sheraton Hotel am Flughafen. Diesmal war die Leiche am Lohrberg im Stadtteil Seckbach abgelegt worden. Im Gegensatz zur ersten Tat waren Fundort und Tatort nicht identisch. Laut Auskunft des Pressesprechers der Polizei war bislang keine Verbindung zwischen den beiden Opfern bekannt. Dennoch gehe man aufgrund der kurzen zeitlichen Aufeinanderfolge der Morde und des vergleichbaren Alters der beiden Opfer von einem Zusammenhang aus.

Die Spalte rechts neben dem Textblock zeigte Passbilder der beiden getöteten Frauen. Bei dem ersten Opfer handelte es sich um eine gewisse Selma Tassen, Witwe eines Frankfurter Bauunternehmers. Doch auf den Artikel war er eindeutig durch das Foto von Opfer Nummer zwei aufmerksam geworden. In dem Porträt hatte er sofort die Frau erkannt, von der Rosen sich vor wenigen Tagen am Eingang der Gründerzeitvilla mit einem Kuss verabschiedet hatte und auf deren Beerdigung er als heimlicher Beobachter gewesen war.

Fremden ließ die Zeitung sinken und schaute in den dunkel bewölkten Himmel. Dass Rosens Ehefrau ermordet worden war, hatte er nicht gewusst. Er fragte sich, ob dieser Umstand ein anderes Licht auf seine Ermittlungen warf.

ELF

Den Kopf gedankenschwer in beide Hände gestützt, starrte Born auf Mannfelds verwaisten Schreibtisch. Vielleicht sollte er es seiner bezaubernden Kollegin gleichtun und für heute im Präsidium die Zelte abbrechen. An dringender Ermittlungsarbeit gab es nicht mehr viel zu erledigen. Außer den Presseaufruf in die Wege zu leiten. Nachdem Milan Tassens Befragung und die nachfolgenden Recherchen nicht die erhoffte Wende gebracht oder gar zum Durchbruch geführt hatten, galt es nun, die Bevölkerung um Mithilfe zu bitten. Im Idealfall meldeten sich Zeugen mit Hinweisen, die Aufschluss darüber gaben, was die beiden Opfer verbunden hatte oder wie und mit wem sie die Mordabende verbracht hatten. Oder welches Motiv hinter den Taten steckte.

Nachdem er die erforderlichen Telefonate getätigt und die digitalen Versionen der Fotos per E-Mail versandt hatte, verließ er das Polizeigebäude. Den Anruf bei »Venus Sex World« hatte er sich gespart. Aber nicht, weil er es plötzlich für überflüssig hielt, in Erfahrung zu bringen, welche Erotikartikel Selma Tassen gekauft hatte, sondern weil er mittlerweile der Überzeugung war, dies besser in Form eines zweiten Besuchs tun zu können. Zudem würde sich so und ohne Mannfeld im Schlepptau die Gelegenheit ergeben, das Sortiment des Ladens ein bisschen genauer unter die Lupe zu nehmen.

Während er den schneebedeckten Parkplatz überquerte, schwenkten seine Gedanken zu der Bohnenstange mit dem eichhörnchenfarbenen Toupet. In sich hineingrinsend fragte er sich, ob das Personal in Sexshops am Umsatz beteiligt wurde. Und ob es so etwas wie einen Bonus oder zumindest die goldene Verkaufsnadel für denjenigen gab, der am Jahresende die meisten Pornos und Dildos verhökert hatte.

Als er in der Kaiserstraße eintraf, war der Erotikshop deutlich besser besucht als am Nachmittag. Zu den Bahnreisenden und der Laufkundschaft gesellten sich jetzt noch diejenigen, die nach

Feierabend mal schnell vorbeischauten. Weit über neunzig Prozent der Besucher waren männlich. Junge, Alte, Anzugträger, Nerds mit Kapuzenpullis und Handwerker in Arbeitskleidung. Eine der wenigen Frauen kämpfte offenbar mit einer Erkältung. Im Minutentakt schnäuzte sie in ein Papiertaschentuch, das sie griffbereit in der Hand hielt.

Als er meinte, die Klientel des Ladens ausreichend studiert zu haben, näherte er sich einem Regal mit DVD-Covern. Beim zaghaften Stöbern stieß er auf ein Filmangebot, das das gesamte Spektrum pornografischer Spielarten abzudecken schien: »Gang-Bang Girls«, »Deep Throat Lolitas«, »Latina Cowgirls«, »Raw Pussy Teens« und »Horny Housewives over Fifty«.

»Kann ich Ihnen vielleicht behilflich sein?«

Als er erschrocken hochsah, blickte er in das Gesicht einer etwa Vierzigjährigen mit blonder Kurzhaarfrisur. Abgesehen von einem Piercing – einem kleinen Metallring, der sich seitlich durch die Unterlippe zog – vermittelte die Frau mit ihren üppigen Rundungen einen eher mütterlichen Eindruck.

»Äh … meinen Sie mit dem hier?« Seine Hand kreiste vage über den DVD-Hüllen.

»Auch das, wenn Sie wünschen. Sie sind aber doch Polizist, oder?«

»Sieht man mir das so sehr an?« Er schaute verdutzt an sich herab.

»Nein, aber mein Kollege hat mir vorhin erzählt, dass die Polizei hier war. Und dann hat er mir Sie und Ihre Kollegin auf dem Überwachungsvideo gezeigt.«

Einen Moment lang sagte keiner von beiden etwas. Im Hintergrund lief in einer Dauerschleife die Akustikversion von Serge Gainsbourgs »Je t'aime«.

»Richtig«, unterbrach er das Schweigen. »Ich bin noch mal in den Laden gekommen, um Ihnen die gleiche Frage zu stellen wie Ihren Kollegen heute Nachmittag.«

Während er das Foto von Selma Tassen aus der Manteltasche kramte, tauchte ein junger Mann auf, der sich bei der muttihaften Blondine erkundigte, in welchem der Kinos Gay-Filme gezeigt wurden.

Nachdem die Frage beantwortet war, wandte sich die Verkäuferin wieder ihm zu. »Die Dame auf dem Foto da. Ist das das Mordopfer?«, fragte sie.

Er nickte.

»Ja, die Frau hab ich tatsächlich schon mal hier gesehen.«

»Sie erinnern sich also an Selma Tassen?«

»Sonst könnte ich das ja nicht behaupten.«

»Ist Ihnen an der Frau etwas Besonderes aufgefallen?«

»Nicht direkt. Vom Typ her erinnert sie mich an meine Tante.«

»Wissen Sie auch noch, was sie gekauft hat?«

»Ja, sie war erst letzten Freitag hier. Eine Tube ›Warming Glide‹. Das ist ein Gleitmittel, das gern genommen wird.«

»War sie allein hier?«

»Soviel ich weiß, schon.«

»Hatte sie mit jemandem Kontakt?«

»Hier im Shop nicht.«

»Aber woanders?« Er schaute die Verkäuferin fragend an.

»Gleich vor der Tür. An der Kreuzung zur Moselstraße. Da hängen oft ein paar Schnorrer rum. Einer wird Sid genannt. Er ist der Älteste, der mit dem Border Collie. Am Freitag war er aber ohne seine Kumpels unterwegs.«

»Und mit diesem Sid hat die Frau auf dem Foto gesprochen?«

»Ja. Um was es ging, konnte ich nicht verstehen. Der Körpersprache und Gestik nach zu urteilen, kann es aber nichts Nettes gewesen sein.«

Nur wenige Meter vom Eingang des Sexshops entfernt trieb sich tatsächlich eine Gruppe Jugendlicher herum, die ihm bei seiner Ankunft nicht aufgefallen war. Punks oder Möchtegernpunks, die die Rotschaltung der Ampel ausnutzten, um wartende Fußgänger anzuschnorren.

»Ist einer von euch Sid?« Born blickte die Punks der Reihe nach an und hielt seinen Dienstausweis in die Höhe. Einen Border Collie führte keine der abgerissenen Figuren mit sich.

»Haste mal Kleingeld fürn Bus?« Ein Typ mit schwarz-blond geschecktem Irokesenschnitt hielt ihm einen zur Hälfte mit Münzen gefüllten Pappbecher hin.

»Und, ist jetzt einer von euch Sid?«, wiederholte er seine Frage und schaute in die grinsenden Gesichter um ihn herum. »Euer Kumpel, der mit dem Border Collie, der heißt doch Sid, oder?«

»Steht garantiert so in seinem Geburtsschein«, sagte ein kleines pummeliges Mädchen mit zerrissenen Netzstrumpfhosen und Dr.-Martens-Stiefeln. Am Oberkörper trug sie eine nietenbesetzte Bondage-Jacke mit dem auffälligen Logo der Anarchistischen Pogo-Partei Deutschlands auf dem Arm.

»Es is scheißekalt«, meldete sich der Typ mit dem Irokesenschnitt wieder zu Wort. »Lass 'n paar Euro springen, dann können wir uns beim Mäc wenigstens 'nen Kaffee reinpfeifen.«

Born kam der Aufforderung nach und ließ einen Fünf-Euro-Schein in den Pappbecher gleiten. »Und?« fragte er erwartungsvoll.

»Probier's mal im ›Treff‹«, antwortete das pummelige Mädchen. »Da wollte Sid zum Duschen hin.«

Born hielt ihnen noch die Fotos der beiden toten Frauen unter die Nasen – mit dem enttäuschenden Ergebnis, dass keiner der Jugendlichen die Mordopfer erkannte –, dann machte er sich auf den Weg.

Mit »Treff« meinte die kleine Punkerin die Begegnungsstätte in der Münchener Straße. Seit etlichen Jahren betrieb dort der »Grenzenlos e.V.« eine soziale Beratungsstelle und einen Tagestreff, in dem Obdachlose essen, duschen und ihre Wäsche waschen konnten. In einem Aufenthaltsraum standen sogar Computer, mit denen im Internet gesurft werden durfte.

Im letzten der drei Aufenthaltsräume hockte tatsächlich ein etwa fünfundzwanzigjähriger Punk breitbeinig auf einem Stuhl. Den Blick auf eine Gruppe bärtiger Männer gerichtet, die in eine hitzige Diskussion verstrickt waren, kraulte er das Fell seines zu seinen Füßen sitzenden Border Collies.

Born wusste sofort, weshalb ihm seine Kumpels den Spitznamen Sid verpasst hatten. Nicht nur wegen des Outfits – der abgewetzten Lederjacke, dem Nietengürtel, den Röhrenjeans und der um den Hals hängenden Metallkette mit dem Vorhängeschloss –, sondern auch wegen des Stachelhaarschnitts und der täuschend ähnlichen Physiognomie, mit denen er spielend leicht als Double von Sid

Vicious agieren könnte, dem legendären Bassisten der Sex Pistols, der irgendwann Ende der Siebziger an einer Überdosis Heroin gestorben war.

»Was dagegen, wenn ich mich einen Moment zu dir setze?«

Der junge Punk hob kurz den Kopf und grinste. »Bullen, Bonzen und Faschopack – walzen täglich Menschen platt.«

»Wie bitte?«

»Tu nich so. Du bist doch Bulle, oder?«

»Ja, aber …«

»Okay, dann setz dich, wenn du mir die Fotos nicht im Stehen zeigen willst.«

»Woher wissen Sie … äh, du, dass ich …«

Sid holte ein Handy aus seiner Lederjacke. »Von meinem Pack. Denen hast du die Fotos ja eben auch gezeigt.«

Das stimmte. Die Buschtrommeln funktionierten offenbar zuverlässig.

»Ich hab mir sagen lassen, dass du letzte Woche vor dem ›Venus‹ mit einer älteren Dame gesprochen hast.«

»So, das hast du dir also sagen lassen. Von wem denn?«

»Das tut nichts zur Sache.«

»Dann kannst du deinen Arsch gleich wieder erheben und dich verpissen.«

»War es die?«, fragte Born und legte das Foto von Selma Tassen auf den Tisch.

»Was springt für mich raus, wenn ich's dir sag?«

Als Born einen Zwanzig-Euro-Schein aus seinem Portemonnaie holte, erhob sich der Border Collie und gähnte.

»Ja, mit der blöden Fotze hab ich kurz gesprochen.«

»Um was ging es bei eurem Wortwechsel?«

»Ums Übliche. Kleingeld.«

»Hat sie dir was gegeben?«

»Willst du mich verarschen, Mann? Wär sie dann für mich 'ne Fotze? Die Alte hat mir in den Becher gespuckt.«

»Was hat sie? Dir in den Becher gespuckt?«, fragte Born und versuchte, sich die Situation vorzustellen. »Und was passierte dann?«

»Als ich die Rotze auf den Münzen gesehen hab, bin ich ausgetickert. Hab sie angeschrien, dass das so nich läuft. Aber die

Alte hat mich nur ausgelacht und gefragt, was ich denn dagegen machen will. Ob der Abschaum jetzt vorhat, sich an einer älteren Dame zu vergreifen.«

»Und dann?«

»Hab ich der Alten gesteckt, dass sie sich nicht alles rausnehmen kann. Sie hat geantwortet: ›Doch, du kleiner Lakai, doch.‹ Dann hat sie sich umgedreht und ist die Straße runter.«

»Und du?«

»Erst war ich total angepisst. Bin ihr noch bis zur nächsten Kreuzung nach. Aber da ist sie schon zu so ’nem Typ ins Auto gestiegen.«

***

Ein wohliger Schauer lief ihr über den Rücken, als Jan sie auf den Nacken küsste. Lächelnd reichte er ihr das Fläschchen über die Schulter, bevor er sich wieder in seine heiß geliebte Poggenpohl-Küche begab, um Pasta alla puttanesca zuzubereiten.

Mit dem Zeigefinger am Glas prüfte sie, ob die Milch die richtige Temperatur hatte. Zufrieden mit dem Resultat, ließ sie sich im Sessel nieder. Ihren kleinen Sohn im Schoß, legte sie die Füße auf den Hocker, um die etwa viertelstündige Fütterung so bequem wie möglich zu gestalten.

Henry schmatzte ein wenig, als seine rosa Minilippen am Sauger des Fläschchens andockten. Nach dem Abstillen hatte sie sich anfangs noch gewundert, welch enorme Mengen so ein kleiner Wurm verputzen konnte.

Den trinkenden Säugling im Arm, merkte sie erst in der Stille des halbdunklen Zimmers, welch anstrengender Tag hinter ihr lag. Vormittags der Besuch in der Wiesbadener Unfallklinik bei Milan Tassen und nachmittags die Zeugenbefragungen in der »Schirn« und anschließend noch in diesem unsäglichen Sexshop in der Kaiserstraße. Sie war gespannt auf Jans Kommentar, wenn sie ihm beim Essen davon berichtete. Bestimmt würde er eine ulkige Grimasse schneiden und sich in aufgesetzt flapsigem Ton erkundigen, warum sie bei der Gelegenheit denn nicht was Nettes aus dem Laden mitgebracht hatte. Doch sie wusste, dass er das nicht nur sagen würde, um witzig zu sein. Seit ein, zwei Wochen schon machte er immer wieder Andeutungen und schlüpfte nachts zu ihr unter die Decke. Obwohl sie ihm zu verstehen gegeben hatte, dass es für sie so kurz nach der Geburt noch zu früh war.

Nachdem sie sich im Präsidium von Born verabschiedet hatte, war ihr am Fahrstuhl Sven Niemann über den Weg gelaufen. Vielleicht hatte sie der Kollege, dem *»Hilfe, ich bin schüchtern«* regelrecht auf die Stirn geschrieben stand, auch dort abgepasst. Zu ihrer Verwunderung hatte er sie noch einmal auf die vermisste Frau angesprochen. Ob sie sich der Angelegenheit nicht doch noch annehmen könne. Ohne die Antwort abzuwarten, hatte er ihr einfach den Zettel mit der Telefonnummer der Schwester der Verschwundenen in die Hand gedrückt.

Ein leises Glucksen auf ihrem Schoß holte sie zurück in die Gegenwart. Henry war eingeschlafen. Sein Fläschchen hatte er, bis auf einen kleinen schaumigen Rest, ausgetrunken. Darauf bedacht, ihren kleinen Schatz nicht aufzuwecken, legte sie ihn in die Wiege. Dann schlich sie auf Zehenspitzen zur Tür hinaus und setzte sich im Wohnzimmer an den mit Kerzen gedeckten Tisch.

Den Geschmack des leckeren Abendessens noch auf der Zunge, kontrollierte sie im Kinderzimmer den Schlaf ihres Sohnes. Auf dem Weg zurück ins Wohnzimmer stach ihr im Flur Niemanns Notizzettel ins Auge. Sie hatte ihn an die Korkwand über dem Telefontischchen gepinnt.

»Kommst du?«, hörte sie Jan leise rufen. »Es ist noch ein Schluck Wein in der Flasche.«

»Gleich«, antwortete sie. »Ich möchte nur noch kurz einen Anruf tätigen.«

Schon als das Freizeichen in der Leitung ertönte, ärgerte sie sich, zum Hörer gegriffen zu haben. Born hatte mit seiner Bemerkung über das Alter der Vermissten den Kern des Problems bereits angesprochen. Die Frau passte nicht zu den anderen beiden Opfern. Und in einer Großstadt wie Frankfurt verschwanden ständig Menschen: Männer, Frauen, Kinder, Greise, Hilfsbedürftige, Leute wie du und ich.

»Susana Rossi.«

»Guten Abend. Sind Sie die Schwester von …« Sie musste den Blick senken, um den Namen vom Notizzettel ablesen zu können, »Fátima de Zosa?«

»Ja, die bin ich. Wer ist denn bitte am Apparat?«

»Verzeihen Sie. Mein Name ist Jula Mannfeld. Ich bin Polizistin. Ein Kollege hat mich informiert, dass Sie Ihre Schwester vermissen.«

»Ist Fátima aufgetaucht?«

Die Stimme der Frau klang angespannt.

»Nach unserem letzten Erkenntnisstand leider nicht. Wann und wie haben Sie denn bemerkt, dass Ihre Schwester verschwunden ist?«

»Gestern Abend so gegen zehn. Wir waren bei ihr zu Hause verabredet.«

»Treffen Sie sich immer so spät?«

»Nein, Fátima hatte vorher keine Zeit. Und ich wollte etwas mit ihr bereden.«

»Darf ich fragen, um was es ging?«

Susana Rossi zögerte mit ihrer Antwort. »Ich habe Eheprobleme. Es gibt Anzeichen, dass mein Mann mich betrügt.«

»Und Sie sind um zehn bei Ihrer Schwester eingetroffen?«

»Ja, doch Fátima hat mir nicht geöffnet. Ich besitze aber einen Schlüssel zu ihrer Wohnung. Mit dem bin ich rein und habe ferngesehen und gewartet. Irgendwann bin ich dann eingeschlafen und erst am Morgen wieder aufgewacht.« Es entstand eine kleine Pause, nach der Susana Rossi kurz die Fassung verlor und »Fátima ist bestimmt entführt worden« ins Telefon schluchzte.

»Haben Sie denn einen Grund zu der Annahme?«

»Nicht direkt. Aber Fátima würde mich nie versetzen. Noch dazu, wenn sie weiß, dass ich Kummer habe.«

»Haben Sie versucht, sie anzurufen?«

»Natürlich, aber es geht nur die Mailbox dran.«

»Ist Ihnen aufgefallen, ob in der Wohnung etwas fehlt? Ich denke da in erster Linie an Kleidung, Koffer oder Toilettenartikel.«

»Nein. Es war alles so wie immer. Auch die Katze war noch da. Dabei würde Fátima nie über Nacht wegbleiben, ohne Lua zu versorgen oder sie bei ihrer Nachbarin abzugeben.«

Das mit der Katze war in der Tat verdächtig. Sie seufzte. Gut möglich, dass der Frau etwas zugestoßen war, was aber nicht zwingend mit ihrem Fall zu tun haben musste. Dennoch schien es ihr angebracht, sich in der Wohnung der Vermissten umzusehen.

»Können wir uns treffen?«

»Ja, gern. Wo denn?«

»Am besten in der Wohnung Ihrer Schwester.«

Susana Rossi nannte die Adresse, und Mannfeld versprach, in einer halben Stunde dort zu sein.

Der Wohnblock in der Fahrgasse befand sich nur wenige Gehminuten von der Konstablerwache entfernt. Ein grauer, trostlos wirkender Bau, den man in der Nachkriegszeit in aller Eile hochgezogen hatte, um schnell und kostengünstig Wohnraum zu schaffen.

Mannfeld verharrte einige Sekunden lang vor der mit Graffitis besprayten Aufzugtür. Dann wandte sie sich doch dem Treppenhaus zu und zog sich am Metallgeländer Stufe für Stufe bis in den vierten Stock hinauf. Am Ende des Etagenflurs erwartete sie an der geöffneten Wohnungstür eine etwa fünfzigjährige zierliche Frau von schlanker Statur und mit olivfarbener Haut. Auffällig an ihr war das einige Nummern zu große weiße Sweatshirt, auf dessen Vorderseite in leuchtend roten Großbuchstaben *»Jesus ist das Licht«* aufgedruckt war.

»Hauptkommissarin Jula Mannfeld«, stellte sie sich vor und ärgerte sich, dass sie der Anstieg so außer Atem gebracht hatte. »Und Sie sind bestimmt …«

»Susana Rossi.« Die Frau gab ihr die Hand und ließ sie eintreten.

Eine Katze flüchtete mit großen Sätzen in die Küche.

Im Wohnzimmer fiel ihr als Erstes der klobige, mit dickem Kordstoff bezogene Sessel auf, der in der Nähe des Fensters stand. Dann, an der Wand neben dem Fernseher, die Reihe von Porträtaufnahmen. Eine Art Ahnen- oder Familiengalerie, die ausschließlich Personen mit südländischem Aussehen zeigte.

»Nach was genau suchen Sie denn jetzt?«

»Nach nichts Bestimmtem«, antwortete sie und schenkte Susana Rossi ein aufmunterndes Lächeln. »In erster Linie nach Indizien, die einen Hinweis darauf geben könnten, weshalb Ihre Schwester gestern nicht nach Hause gekommen ist. Wer sind denn die Leute auf den Fotos?«

»Unsere Verwandten. Man erkennt einen de Zosa leicht an der für unsere Familie charakteristischen fliehenden Stirn.«

»Ist auch eine Aufnahme von Ihrer Schwester darunter?«

Susana Rossi verneinte.

»Haben Sie vielleicht ein Foto von ihr?«

»Selbstverständlich. Aber ich trage es nicht mit mir rum. Zu Hause habe ich sogar mehrere. Wenn Sie wollen, kann ich mal bei Fátimas Fotos nachsehen. Sie hebt sie im Schlafzimmer auf.« Susana Rossi deutete auf eine Tür auf der anderen Seite des Flurs. Dabei fiel Mannfeld erstmals auf, dass sie einen Rosenkranz in der rechten Hand hielt.

Das Schlafzimmer wurde von einem hölzernen Himmelbett dominiert, das sich auf der hellen polierten Oberfläche des Einbauschranks spiegelte. Imposante Intarsien zierten Rahmen und Kopfteil.

»Das Bett ist ein Erbstück unserer Großeltern«, erklärte Susana Rossi, der Mannfelds interessierter Blick aufgefallen sein musste. »Großvater hat es gemacht. Er arbeitete in Porto als Schreiner.«

»Leidet Ihre Schwester an einer Bein- oder Fußverletzung?«

»Wie kommen Sie darauf?«

»Wegen der Krücken«, antwortete Mannfeld und deutete auf das Paar, das an der Wand neben dem Bett lehnte.

»Die braucht Fátima, wenn sie ihre Prothese abnimmt. Als Mädchen hat sie bei einem Unfall einen Unterschenkel verloren.«

Nach einigem Suchen förderte Susana Rossi aus den Tiefen des Einbauschranks tatsächlich ein Fotoalbum zutage. Sie blätterte zwei, drei Seiten um, dann zeigte sie auf eine Aufnahme und sagte: »Das ist sie. Und das Bild ist auch noch gar nicht so alt.«

Mannfeld beugte sich über das aufgeschlagene Album. Auf dem Bild wirkte Fátima de Zosa um einige Jahre älter, als sie tatsächlich war. Was vielleicht an den dunklen Schatten lag, die ihre Augen umrandeten. Auch sie hatte – wie ihre Vorfahren aus der de Zosa'schen Sippschaft – mit dem Makel der fliehenden Stirn zu kämpfen.

Als Mannfeld sich wieder aufrichtete, fiel ihr Blick durch die offen stehende Seitentür auf das Innere des Einbauschranks. »Was ist das hier?«, fragte sie und deutete auf ein paar Papprollen, die halb verdeckt von Mänteln und Jacken hochkant auf dem Boden standen.

»Keine Ahnung. Darin könnten sich Fátimas Bilder befinden. Meine Schwester ist leidenschaftliche Malerin.«

»Darf ich mir die Werke mal ansehen?«

»Ich glaube kaum, dass Fátima etwas dagegen hätte.«

Wahllos langte Mannfeld nach einer der Rollen. Nachdem sie mit ihren Fingernägeln den Plastikdeckel abgehebelt hatte, zog sie einen großformatigen Bogen Papier heraus.

Schon an dem ersten Bild blieb ihr Blick wie elektrisiert haften.

***

»Wie hat der Mann ausgesehen, zu dem die Frau ins Auto gestiegen ist?« Born rutschte auf dem Stuhl ein Stück nach vorne und sah Sid fest in die Augen.

»Wie 'n beschissener Gigolo.«

»Wie ein Gigolo?«

»Ja, wie Robert Redford, als er noch jung war.«

»Wirklich?«

Sid befingerte das Vorhängeschloss um seinen Hals und erwiderte Borns Blick mit bierernster Miene. Drei, vier Sekunden lang gelang es ihm, sich zu beherrschen, dann prustete er laut lachend los. »Lass dich doch nicht verarschen, Mann. Wie der Typ aussah, konnte ich auf die Entfernung doch nicht sehen.«

»Aber dass er jung war?«

»Na, vielleicht so alt wie du.«

»Was war das für ein Auto? Marke? Alter? Farbe?«, fragte Born nun etwas forscher, worauf der Border Collie aufsprang und ihn leise anknurrte.

»Seh ich aus wie 'n Autofreak, der dir bei jeder Bonzenkarre herunterbeten kann, wie viel PS die hat? Könnte 'n Japaner gewesen sein. Auf jeden Fall was Billiges.«

»Und die Farbe? Oder bist du auch kein Farbenfreak?«

»Der gerade war nicht schlecht, Mann.« Sid schenkte ihm so etwas wie ein anerkennendes Lächeln. »Weiß, glaub ich. Oder vielleicht auch creme. Und hinten am rechten Kotflügel ist der mal wo rangefahren.«

»Was ist mit dem Nummernschild?«

»Hey, hey, hey. Soll ich dir vielleicht auch noch den Namen vom Fahrer sagen?«

»Nein. Danke. Das war's schon fast.« Born holte das Foto von Martha Rosen aus seiner Manteltasche und legte es zu dem von Selma Tassen auf den Tisch. »Wie sieht's mit ihr aus? Hast du die Frau schon mal gesehen?«

»Never in my fucking life«, antwortete Sid und schaute gelangweilt aus dem Fenster.

Als Born ins Freie trat, blies ihm ein strammer Wind ins Gesicht. Wenige Meter vor ihm brach einem anfahrenden Roadster auf der mit Schneematsch bedeckten Fahrbahn das Heck aus. Während er dem schlingernden Gefährt hinterhersah, überlegte er, wie viele zigtausend Japaner mit weißer oder cremefarbener Lackierung in Deutschland wohl angemeldet sein mochten. Sid hatte sich nicht einmal festlegen können, ob es sich um einen Honda, Toyota, Nissan, Daihatsu oder Mazda gehandelt hatte. Es wäre ein Wahnsinnsaufwand, wollten sie auch nur die in Frankfurt zugelassenen recherchieren. Sie müssten sämtliche Halter abklappern, um herauszufinden, ob eines der Fahrzeuge hinten rechts eine Schramme hatte. Und dabei war noch nicht einmal klar, ob der junge Mann, der Selma Tassen am vergangenen Freitagnachmittag in der Kaiserstraße aufgepickt hatte, überhaupt etwas mit den Morden zu tun hatte oder zu deren Aufklärung beitragen konnte.

Auf dem Weg zu seinem Wagen versuchte Born, Mannfeld anzurufen. Er ließ es mindestens zehnmal klingeln, doch an ihrem Smartphone hob niemand ab. Die Nummer ihres Festnetzanschlusses hatte er dummerweise zu Hause in seinem Adressbuch notiert. Wahrscheinlich saß sie gerade mit Verwöhn-Jan zu Tisch und genoss eine seiner zauberhaften Speisekreationen. Born wollte nicht bis morgen warten, also setzte er sich ins Auto und fuhr hin.

Als er in der Gutzkowstraße bei Schmittner/Mannfeld klingelte, wurde ihm erstmals bewusst, dass seine Kollegin nicht den Namen ihres Mannes angenommen hatte.

Jan machte einen verdatterten Eindruck, als er öffnete.

Vielleicht, dachte Born, sind sie ja schon mit dem Essen fertig, und ich störe sie gerade beim …

Den Finger auf die Lippen gelegt, winkte Jan ihn herein.

»Pssst, bitte leise, Henry schläft. Und Jula hast du um ’ne knappe Stunde verpasst.«

Dass sie nicht zu Hause sein könnte – damit hatte er nicht gerechnet.

»Wie kann ich sie denn erreichen?«, fragte er, den Blick auf die mit Kuhfell besetzten Clogs gerichtet, die Jan an den Füßen trug.

»Am besten mobil.«

»Da nimmt sie aber leider nicht ab.«

Beim Überqueren der Untermainbrücke drehte Born die Heizung auf die oberste Stufe. Er verspürte nicht einen Funken Lust auf seine triste Bude in der Maybachstraße. Immerhin lebte er in Frankfurt. In einer Metropole, in der – im Gegensatz zu Michelbach im Odenwald – so etwas wie ein Nachtleben existierte. Warum also nicht den Abend in irgendeiner Bar stilvoll mit einem Malt-Whisky ausklingen lassen und dabei der einen oder anderen Büromieze auf den Hintern schauen?

Stattdessen parkte er den Golf nicht einmal zehn Minuten später vor dem Altbau in der Feuerbachstraße, in dem Selma Tassen gewohnt hatte. Als er Magdalena Eisner in ihr Wohnzimmer folgte, nahm er den scharfen Geruch von eingelegtem Handkäse wahr.

»Bitte entschuldigen Sie«, sagte die Rentnerin mit den auftoupierten Locken und lächelte. »Aber ich war gerade dabei, das Abendessen zu richten.«

»Ich bin es doch, der um Verzeihung bitten muss«, entgegnete Born. »Immerhin überfalle ich Sie unangemeldet und zu später Stunde. Aber ich muss noch mal in die Wohnung gegenüber und hab den Schlüssel im Präsidium liegen gelassen. Vielleicht könnten Sie so freundlich sein und mir mit Ihrem aushelfen?«

Die Idee, noch einmal Selma Tassens Hinterlassenschaft unter die Lupe zu nehmen, war ihm auf der Jagd nach einem Parkplatz in der Nähe der »22nd Lounge & Bar« gekommen. Vielleicht würde es ihm ja gelingen, durch eine gezielte Suchaktion einen Hinweis auf die Identität des jungen Mannes zu bekommen. Jetzt, da er wusste, dass der Unbekannte ein hell lackiertes Fahrzeug eines japanischen Herstellers fuhr. Ein Foto oder eine Notiz beispielsweise, die bislang keine Bedeutung für die Ermittlungen gehabt hatte, könnte sie nun einen wichtigen Schritt weiterbringen. Denn auch für den Fall, dass der Mann nicht als Täter in Frage kam, könnte er ihnen vielleicht etwas mehr über Selma Tassens geheimnisumwittertes Leben erzählen.

Born durchtrennte das Polizeisiegel und öffnete die Wohnungstür. Nachdem er in jedem Zimmer die Deckenbeleuchtung angeschaltet hatte, machte er sich ans Durchsuchen der Schränke und Schubladen. Beim Stöbern überlegte er, was Milan Tassen als Erbe mit all dem Zeug anfangen sollte: mit den Möbeln, den Erinnerungsstücken, den Bildern, den Accessoires vom Ballett, den vielen Klamotten und dem großen Sortiment an Unterwäsche.

Am Ende seiner Inspektion ließ er sich im Schlafzimmer auf dem Bett nieder. Zu seiner Enttäuschung hatte er nichts gefunden, was sie in puncto Identität des Unbekannten auch nur einen Schritt voranbrachte. Nicht einmal die Tube »Warming Glide« war im Bad oder im Nachttischchen aufgetaucht. Während er sich mit kreisenden Bewegungen die Schläfen massierte, lenkte er seine Gedanken auf den Mordabend im Sheraton. Gut möglich, dass sich das Gleitmittel in der aus dem Hotelzimmer verschwundenen Tüte befunden hatte. Die konnte im Grunde nur der Mörder mitgenommen haben. Vermutlich, um nach der Tat den ursprünglichen Zweck des Treffens zu verschleiern. Er hatte ja schon von Anfang an geglaubt, dass sich Selma Tassen im Sheraton eingemietet hatte, um mit jemandem Sex zu haben. Ob Martha Rosen mit derselben Person Kontakt gehabt hatte? Den Kopf in den Nacken gelegt, schielte er auf das Aktbild über dem Bett.

Das Klingeln seines Handys ließ ihn zusammenfahren. Als er es aus der Manteltasche holte, erkannte er auf dem Display Mannfelds Mobilnummer.

»Wo bist du?« Er hörte sofort, dass ihre Stimme aufgewühlt klang.

»Ich sitze im Schlafzimmer der Tassen auf dem Bett.«

»Wo? Was machst du denn da?«

»Mir das Aktbild noch mal ansehen.«

»Ist das dein Ernst?«

»Ist 'ne längere Geschichte. Die erzähl ich dir aber später. Und du? Wo treibst du dich rum?«

»In der Wohnung von Fátima de Zosa.«

»Who the hell is ...?«

»Die Vermisste, von der Niemann heute im Büro gesprochen hat.«

»Die Fünfzigjährige?«

»Genau die. Und stell dir vor, Fátima de Zosa ist auch Hobbymalerin.«

In ersten Moment wusste er nichts mit der Information anzufangen. Doch dann verstand er, worauf Mannfelds Bemerkung abzielte, und er starrte auf das Aktbild über dem Bett.

»Jetzt rate mal, was die Frau malt?«

»Scheiße«, sagte er leise. »Ich kann's mir denken.«

»Ich hab gleich mehrere Studien von dem nackten Mann gefunden – oder besser gesagt von dessen Torso. Fátima de Zosa hat das Gesicht auf ihren Bildern nämlich ebenfalls nicht ausgestaltet. Im Gegensatz zu dem Akt bei der Tassen ist das Geschlechtsteil hier etwas dezenter geraten. Aber dass es sich um dasselbe Modell handelt, ist sicher.«

»Was verleitet dich zu der Annahme?«

»Der tätowierte Löwenkopf auf der Hüfte des Mannes. Er ist auf allen Bildern zu sehen. Außerdem besagen die Datumsangaben neben den Signaturen, dass die Werke der beiden Frauen ungefähr zur selben Zeit entstanden sind.« Sie machte eine kurze Pause. »Du weißt, was es bedeutet, wenn es uns nicht gelingt, Fátima de Zosa lebend zu finden?«

»Ja. Dann haben wir bald ein drittes Opfer zu beklagen.«

ZWÖLF

Rosens Anruf erreichte ihn gegen halb zehn am Mittwochmorgen. Die Wintersonne schickte ihre kräftigen Strahlen durch das zum Lüften geöffnete Dachfenster, während unten auf der Straße gerade jemand lautstark über einen Autofahrer fluchte. Ob er ihn auf ein spätes Frühstück in die Freiherr-vom-Stein-Straße einladen dürfe, erkundigte sich Rosen mit vertrauenerweckender Stimme. In privater Atmosphäre ließe sich doch am besten über die Dinge reden, die man auf dem Herzen habe.

Einen Moment lang sah Fremden sich in Gedanken tatsächlich die Gründerzeitvilla betreten. Doch nur ein Lebensmüder würde sich auf solch einen Vorschlag einlassen. Das Risiko war viel zu hoch, dass ihn dort der Wasserstoffblonde mit seinem Kompagnon erwartete. Dann würden sich die beiden nicht mehr nur mit einer Scheinhinrichtung begnügen, sondern ganze Arbeit leisten und seinen Leichnam in einem Teppich eingerollt aus dem Haus schaffen oder ihn gleich mit Salzsäure in der Badewanne auflösen. Im Bewusstsein, dass seine Phantasie, was die eigene Entsorgung betraf, vielleicht ein wenig mit ihm durchging, ließ er Rosen dennoch wissen, dass er auf ein Treffen an einem öffentlichen Ort bestehe.

Als der Konzertmanager in der Senckenberganlage eintraf, war er in einen cremefarbenen Kamelhaarmantel gehüllt, den er über einem elegant geschnittenen dunklen Anzug trug.

Das letzte Mal hatte Fremden das größte Naturkundemuseum Deutschlands als Jugendlicher besucht. In Begleitung seines Vaters und mit Felix, der sich vor dem riesigen Tyrannosaurus-Rex-Skelett gefürchtet hatte.

Zu dieser Tageszeit war das Bistro im zweiten Obergeschoss nur mäßig besucht. Das verstand Fremden unter einer geeigneten Atmosphäre, um sich über Dinge auszutauschen, die einem auf dem Herzen lagen.

Nachdem er Zucker in seinen Cappuccino gerührt hatte, kam

er ohne Umschweife auf das erste einer ganzen Reihe heikler Themen zu sprechen.

»Ob ich bestätigen kann, dass ich Frauen aus Moldawien in hiesige Bordelle vermittle?«, wiederholte Rosen und lächelte. »Ihnen gegenüber schon. Sie scheinen ja eh bestens informiert zu sein. Aber ich habe die Damen keineswegs, wie Sie andeuten, mit falschen Versprechungen nach Frankfurt gelockt und sie auch nicht zur Prostitution gezwungen.«

Letzteres mag glauben, wer will, dachte Fremden. »Damit wir uns nicht falsch verstehen, Herr Rosen. Es liegt mir fern, ein Urteil über Sie zu fällen. Ich möchte Antworten. Ist Ihnen bekannt, ob Klaus Bruckner von den früheren Nebengeschäften seines Vaters weiß?«

»Das kann ich mir nicht vorstellen. Hugo und ich legten stets größten Wert auf absolute Geheimhaltung. Niemand wusste davon, auch unsere Frauen nicht.« Bei der Erwähnung seiner Frau kam Rosen kurz ins Stocken. »Alle Transfers wurden diskret abgewickelt«, fuhr er nach kurzer Pause fort. »Zur Tarnung hatten wir in Moldawien das gepachtete Revier. Dort ist auch das Foto entstanden, das Sie mir bei Ihrem Besuch gezeigt haben. Von dem Jagdrevier wussten unsere Frauen selbstverständlich. Das ermöglichte uns ja erst, regelmäßig nach Chişinău zu unseren Geschäftspartnern zu reisen, ohne Verdacht zu erwecken.«

»Was ist heute mit dem Revier?«

»Das habe ich immer noch gepachtet. Nach Hugos Tod ließ ich den Vertrag auf mich allein umschreiben.«

»Und dann lief alles so weiter wie gewohnt?«

Rosen machte eine wegwerfende Handbewegung und lachte bitter. »Hugo war tot, und mit einem Schlag begannen die Schwierigkeiten. Kurzzeitig stand das Geschäft sogar auf der Kippe. Die Moldawier überlegten, mit den Türken oder den Albanern weiterzumachen. Hugo hat einen viel besseren Draht zu denen gehabt als ich. Er war für sie der Mann ihres Vertrauens. Es dauerte, bis es mir gelang, ein vergleichbares Verhältnis aufzubauen.«

»Was hatten mein Onkel und Bronski mit den Rotlichtgeschäften zu schaffen?«

»Nichts.«

»Und warum dann der Einbruch bei mir?«, wechselte Fremden auf das zweite der heiklen Themen.

»Nicht wegen der Akte, falls Sie das glauben.« Rosen drehte an dem goldenen Ehering, der am kleinen Finger seiner rechten Hand steckte und offensichtlich seiner Frau gehört hatte. »Varujan hat von mir ganz allgemein den Auftrag erhalten, nach belastendem Material zu suchen, das mich mit den Geschäften in Moldawien in Verbindung bringen könnte.«

»Wieso vermuteten Sie, dass welches im Haus war?«

»›Vermuten‹ ist zu viel gesagt. Ich habe befürchtet, dass es so sein könnte, als Sie auftauchten, mir das Foto unter die Nase hielten und unangenehme Fragen stellten. Ich wusste, dass Ihr Onkel vor Jahren mal für Hugo ermittelt hat. Aber nicht, in welcher Angelegenheit. Und auch nicht, ob er im Zuge seiner Nachforschungen etwas über die Geschäfte mit den Frauen herausgefunden hat. Ich war total erstaunt, als Varujan mir die Akte brachte und ich durch sie erfuhr, dass Hugo erpresst worden war.«

»Das wussten Sie nicht?«

»Ich hatte nicht die geringste Ahnung.«

Aus einem der unteren Stockwerke drang das Geschrei einer Horde Kinder nach oben.

»Glauben Sie, dass Bruckner wegen seiner Machenschaften in Moldawien erpresst wurde?«

»In dem Fall hätte er mich als seinen Partner informieren müssen.«

»Theoretisch ja. Aber vielleicht hat er keine Schwäche zeigen wollen. Er wäre in Erklärungsnot geraten, weil er zuließ, dass ein Dritter von dem Frauenhandel erfuhr.«

Ohne auf das Argument einzugehen, begann Rosen, wieder mit dem Ehering zu spielen. Nach einer Weile sagte er: »Wie können wir die Sache aus der Welt schaffen?«

»Sie meinen den Einbruch?«

»Ich würde wenigstens gern für den entstandenen Schaden aufkommen.«

Das war ein ganz anderer Edgar Rosen, der sich ihm da präsentierte. Nicht überheblich und jovial wie bei ihrem ersten Treffen.

»Es ist nur die Scheibe der Terrassentür zu Bruch gegangen. Bei Gelegenheit schicke ich Ihnen die Rechnung.«

»Ich möchte Ihnen das hier gern zurückgeben.« Rosen schob die Akte Bruckner über den Tisch.

»Kommen wir zu meiner Entführung«, sagte Fremden und legte den schmalen Ordner beiseite. »Die haben Sie doch auch veranlasst?«

»Weil ich Sie einschüchtern wollte. Die Gefahr war einfach zu groß, dass Sie, wenn Sie weiterschnüffeln, hinter meine Geschäfte mit den Mädchen kommen.«

»Angst, ich könnte das den Behörden melden?«

»Ja.«

»Und heute geben Sie alles unumwunden zu.«

Rosen zuckte mit den Schultern und seufzte. »Macht es bei dem Fotomaterial, das Sie mir geschickt haben, noch Sinn, zu leugnen? Außerdem habe ich seit einigen Tagen andere Sorgen.«

Daraufhin blieb es einen Moment lang still.

»Glauben Sie«, setzte Fremden neu an, »dass es einen Zusammenhang zwischen Bruckners Tod, den Rotlichtgeschäften und dem Mord an Ihrer Frau geben könnte?«

Rosen starrte ihn mit weit geöffneten Augen an. »Dass Marthas Ermordung etwas mit Hugo oder Moldawien zu tun haben könnte, halte ich für ausgeschlossen. Es wurde ja auch noch diese andere Frau getötet.«

»Kannten Sie sie?«

»Das Gleiche wollte die Polizei auch wissen. Ich habe sie noch nie vorher gesehen und kann mir auch nicht vorstellen, dass Martha sie gekannt hat.«

»Haben Sie eine Idee, weshalb jemand Bruckner hätte töten wollen?«

Rosen schüttelte den Kopf.

»Es herrscht doch bestimmt eine Wahnsinnskonkurrenz im Prostitutionsgeschäft. Gab es denn niemanden, der gern Ihre Marktanteile übernommen hätte?«

»Die gab es sicher. Doch wie ich bereits sagte: Hugo und ich agierten immer im Hintergrund. Kaum jemand kannte unsere Identitäten. Aber da Sie immer wieder auf Hugos Tod zu sprechen kommen: Mir fällt da noch etwas ein, was Sie interessieren könnte. Es hat mit seiner Frau zu tun. Wenige Wochen nach dem Unfall am See hab ich Amelie auf der Straße gesehen. Vor dem ›Hessischen Hof‹. Sie war in Begleitung eines ziemlich jungen Mannes.« Rosen machte eine Pause, in der er einen Schluck von seinem Cappuccino nahm. »Gut aussehend, Schwiegermuttertyp. Dem Alter nach hätte er fast ihr Enkel sein können«, fuhr er in leicht entrüstetem Tonfall fort. »Ich befand mich nur wenige Schritte hinter ihnen. Unwahrscheinlich, dass Amelie mich bemerkt hat. Ihr ist eine Zimmerkarte vom Hotel runtergefallen. Der Schönling hat sich sofort gebückt und die Karte aufgehoben. Als er sie in ihre Handtasche gleiten ließ, hat Amelie ihn angelächelt. Und ihm zärtlich mit der Fingerspitze über den Unterarm gestrichen.«

***

Kollege Zufall hatte ihn in dieses Hotel gespült. Während vor dem Fenster Schneeflocken aus einem grauen und düsteren Himmel trieben, lag er mit hinter dem Kopf verschränkten Armen auf dem Bett und ließ zum hundertsten Mal den Blick über die nüchterne Zimmereinrichtung schweifen: ein Schreibtisch aus dunklem lackiertem Holz, ein dazu passender Stuhl, ein gerahmter Druck von Monet an der Wand, ein Fernseher mit Flachbildschirm und eine mit Bier, Wein, Wasser, Cola, Saft und Nüsschen gefüllte Minibar.

Als er sich vorhin einen Orangensaft aus dem Kühlschrank geholt hatte, war ihm ein brauner Fleck von der Größe einer Ein-Cent-Münze aufgefallen, der oben rechts an der laminierten Preisliste klebte. Der Klecks und das schwarze Haar, das er bei seiner Ankunft vom Bettlaken hatte zupfen müssen, waren aber auch schon das Einzige, was es an den hygienischen Verhältnissen in Zimmer 402 zu beanstanden gab.

Der funktionalen Ausstattung und den moderaten Zimmerpreisen nach zu urteilen wurde das Hotel »Iris« hauptsächlich von Geschäftsreisenden mit niedrigem Budget frequentiert. Stil und Ambiente des Hauses hielten dem Vergleich mit dem Sheraton selbstverständlich nicht stand. Die Vorzüge dieser Unterkunft lagen auf anderem Gebiet. So war es dem Gast beispielsweise möglich, nachts mit einer EC- oder Kreditkarte am Automaten einzuchecken. Der Anreisende musste dem Personal an der Rezeption also nicht persönlich gegenübertreten, um seine Zimmerkarte ausgehändigt zu bekommen.

Nun logierte er schon den zweiten Tag im Hotel »Iris«. In einer Art schützender Blase, die mit der Welt draußen nichts zu schaffen hatte. Vorgestern Nacht war er angekommen und hatte das Zimmer seither nicht verlassen. Aufs Frühstück hatte er bislang verzichtet. Gewaschen hatte er sich nur ein einziges Mal. Im Grunde lag er ausschließlich auf dem Bett, schaute im Zimmer umher oder glotzte in die Mattscheibe. Der Fernseher lief ohne Unterlass. Nachrichten, Spielfilme, Serien, Quizshows, Politmagazine und Dokusoaps. Jörg Pilawa grinste ihn an, ebenso Günther Jauch und der smarte Markus Lanz.

Als er gestern Morgen zum Pay-TV-Kanal gewechselt hatte, war plötzlich die Tür aufgegangen, und das Zimmermädchen hatte vor ihm gestanden. In eine hellblaue Arbeitskluft gehüllt, hatte sie ihn mit ihren großen dunklen Augen angesehen. Er hatte sie weggeschickt und das Do-not-disturb-Schild außen an die Tür gehängt.

Am Nachmittag war er dann in eine Art Depression verfallen. Fies, kurz und heftig. Wie eine Welle hatte sie ihn von den Füßen gehoben. Er dachte, dass es keine Zukunft mehr für ihn gab. Spielte sogar mit dem Gedanken, seinem Leben ein Ende zu bereiten. Sich mit dem Gürtel in der nach Chlor riechenden Dusche zu erhängen. Doch dann hatte er plötzlich wieder Lebenshunger verspürt und mit ihm den leiblichen. Er hatte mit knurrendem Magen bei einem vietnamesischen Lieferservice angerufen und eine doppelte Portion gebackene Wan Tan mit Chilisoße und zum Hauptgang eine Reisnudelsuppe mit Hühnerfleisch bestellt. Als ein zierlicher alter Mann mit gelblich fleckiger Haut ihm zwanzig Minuten später in radebrechendem Deutsch die bestellten Speisen reichte, hatte er dem Impuls widerstehen müssen, den Vietnamesen hereinzubitten und ihm wie der bezaubernden Heidi zu erzählen, dass … Was eigentlich? Wie es zur Stunde in seiner Wohnung aussah? Dass die Leichenstarre bei der krüppeligen Fátima aller Wahrscheinlichkeit nach inzwischen nachgelassen hatte und der

Körper nun zu faulen und sich zu zersetzen begann? Sämtliches Gewebe bis auf die Knochen, die Zähne und die Beinprothese.

Nachts, wenn er träumte, verwischten Realität und Fiktion. Dann sah er Blut durch Dielen, Estrich und Betonboden sickern und an der Decke bei den Mietern unter ihm herauskommen. Wie in einem Splatterfilm: Tropfen für Tropfen auf die weiße Tischdecke des Esstischs. Meist wachte er an der Stelle schweißgebadet auf und fragte sich, weshalb er so rat- und hilflos war, was die Beseitigung von Fátimas Leiche anging. Bei Selmas Tötung hatte sich ihm das Problem nicht gestellt. Und auch als er Martha den Schädel eingeschlagen hatte, hatte er keine Sekunde lang nachdenken müssen.

Ewig konnte er nicht in diesem Hotelzimmer bleiben. Er musste handeln. Und zwar so bald wie möglich.

***

Fremden war ohne Wagen zu dem Treffen im Senckenberg Naturmuseum gekommen. Nachdem er sich von Rosen verabschiedet hatte, nahm er die U 6 in Richtung Innenstadt. Schon nach zwei Stationen stieg er an der Alten Oper aus. Beim Überqueren des Opernplatzes überlegte er, dem Starbucks-Café einen weiteren Besuch abzustatten. Doch nach kurzem Hin und Her verwarf er den Gedanken. Cappuccino hatte er heute genug getrunken.

Kein festes Ziel vor Augen, ließ er sich im Strom der Menschen auf die Hauptwache zutreiben. Am Rathenauplatz beobachtete er einen Pfandflaschensammler, der mit einem teleskoparmartigen Greifer in einem Glascontainer herumfuhrwerkte. Ohne geregeltes Einkommen und mit dem renovierungsbedürftigen Fachwerkhaus am Bein konnte ihm bald ein ähnliches Schicksal blühen. Dass seine Betreuerin bei der Arbeitsagentur überraschend einen vernünftigen Job aus dem Hut zauberte oder dass er in absehbarer Zeit ganztags ins Taxigeschäft würde einsteigen können, wagte er schon lange nicht mehr zu hoffen. Und als Möchtegerndetektiv hatte er bislang keinen Erfolg gehabt. Vielleicht war dies der richtige Zeitpunkt, sein Scheitern einzugestehen und seiner Laufbahn als privater Ermittler ein Ende zu bereiten.

Dass Rosen bei Hugo Bruckners Erpressung und Tod seine Finger im Spiel gehabt hatte, glaubte er nicht mehr. Er nahm dem Mann auch ab, dass er diese Selma Tassen nicht gekannt hatte. Wahrscheinlich existierte überhaupt kein Zusammenhang zwischen den Morden an den beiden Rentnerinnen und dem Ableben des Bestatters.

Dabei waren es weniger rationale Gründe, sondern vielmehr sein Bauchgefühl, das ihn überzeugte, dass Rosen die Wahrheit sprach. Die Trauer des Witwers hatte authentisch gewirkt. Kleine Gesten – wie das wiederholte Spielen mit dem Ehering seiner Frau und das Stocken seiner Stimme, wenn er sie erwähnte – zeugten davon, dass ihm ihr plötzlicher Tod naheging. Auch dass Rosen seinem Schergen Varujan so kurz nach der Beerdigung den Auftrag zum Einbrechen erteilt hatte, mochte Fremden nicht als Kaltschnäuzigkeit werten, sondern eher als einen letzten verzweifelten Versuch, sein schmutziges Geheimnis zu wahren. Doch nun war er aufgeflogen und konnte seine Rolle als Menschenhändler nicht länger verheimlichen. Welchen Grund sollte er also haben, weiter zu taktieren? Außerdem bräuchte Rosen ihm nicht aus freien Stücken von Begebenheiten zu berichten, die Fremden auf anderem Weg niemals erfahren hätte, wenn er es nicht ehrlich meinte. Beispielsweise die Begegnung mit Amelie Bruckner vor dem »Hessischen Hof«.

Nun, da die Fährte Rosen kalt zu sein schien, tappte er mit seinen Ermittlungen völlig im Dunkeln. Er hatte nicht den Funken einer Idee, wie er noch Licht in das vermeintliche Mysterium um den tödlichen Sturz in den See bringen konnte. Vielleicht war es unter diesen Voraussetzungen das Beste, umgehend Kontakt zu Klaus Bruckner aufzunehmen und sich für das in Fremden gesetzte Vertrauen zu bedanken, den Verdacht aber als nicht belegbar zurückzuweisen. Dann würde er seine Energie voll und ganz der Sanierung des Fachwerkhauses widmen können.

Eine geschlagene Stunde später streifte Fremden immer noch ziellos durch Frankfurts Innenstadt. Bruckner anzurufen und mit ihm das abschließende Gespräch zu führen, hatte er bislang nicht geschafft. Dazu spukte ihm noch zu sehr Rosens Andeutung durch den Kopf, dass sich Amelie Bruckner kurz nach dem Tod ihres Gatten mit einem jüngeren Mann vergnügt haben könnte. Lächerlich eigentlich, mit welchem Brustton der Entrüstung Rosen auf den Altersunterschied hingewiesen hatte. Als ob es nur junge Adonisse waren, die zu seinen moldawischen Nutten gingen.

Gestützt wurde der Wahrheitsgehalt der von Rosen geschilderten Szene durch die Aussage von Vera Kaczorowski, die er lapidar als Gefasel abgetan hatte. Sollte am Ende tatsächlich stimmen, was sie ihm am Vortag in ihrem Hexenhäuschen anvertraut hatte? Dass Amelie Bruckners dunkles Geheimnis darin bestand, mit einem wesentlich jüngeren Mann Sex zu haben, der aussah wie ein Schauspieler aus der »Schwarzwaldklinik«? Für den Fall stellte sich die Frage, wer dieser Schönling war. Lediglich ein Callboy, für den sie bezahlte, oder ein Liebhaber im romantischen Sinn?

Einen blonden Beau mit Ödipuskomplex vor Augen, überlegte Fremden, ob die Liebesbeziehung nicht schon existiert haben könnte, als Hugo Bruckner noch gelebt hatte. Dann hätte der Ehemann dem Glück eventuell im Wege gestanden. Ein Leichtes, daraus ein Tatmotiv abzuleiten. Doch ob es sich bei der Affäre um Liebe gehandelt hatte, konnte heute nur noch der junge Mann aufklären. Und wie sollte er den ausfindig machen, nach all den Jahren?

Wenige Schritte vor dem Eingang zum »MyZeil« merkte Fremden, dass ihn die lange Wanderung durch die Stadt ausgekühlt hatte. Um sich ein wenig aufzuwärmen, ließ er sich im Erdgeschoss der architektonisch avantgardistischen Shoppingmall auf einem der Relax-Steine nieder. Auf dem daneben hockte ein bärtiger Mann, der eine Nickelbrille trug und ein Transistorradio auf dem Schoß hatte. Aus dem Lautsprecher des altertümlichen Geräts erklang eine Suchmeldung der Polizei. Eine Frau mit fremdländischem Namen wurde vermisst. Zeugen, die etwas über ihren Aufenthaltsort sagen konnten, sollten sich umgehend bei der nächsten Polizeidienststelle melden.

Die gigantische, bis in die oberste Etage führende Rolltreppe im Blick, versuchte Fremden, das erste Gespräch, das er mit Klaus Bruckner in Bad König geführt hatte, zu rekapitulieren. Soweit er sich erinnerte, hatte ihm Bruckner berichtet, seine Mutter habe auf dem Sterbebett Andeutungen gemacht, ihr Mann sei an seinem Todestag in den See gestoßen worden. Warum hatte die Frau ihren Verdacht, dass es sich um Mord handelte, nicht schon viel früher geäußert? Dass sie über sechs lange Jahre damit gewartet hatte, ließ, genau betrachtet, eigentlich nur zwei mögliche Erklärungen zu. Erstens: Es gab überhaupt keine derartige Beobachtung, und sie hatte das unter dem Einfluss von Schmerzmitteln nur phantasiert. Oder zweitens: Sie konnte den Mord an ihrem Mann tatsächlich bezeugen, hatte dies aber erst kurz vor ihrem Tod sagen können, weil …

Mit einem Sprung war Fremden auf den Beinen.

»Weil sie sich sonst selbst belastet hätte«, rief er laut aus und hastete auf den Ausgang zu.

***

Im ersten Stock der Gründerzeitvilla geleitete Rosen Mannfeld und Born durch das Wohnzimmer zu einer Sitzgruppe, die von einem dunklen Teakholztisch dominiert wurde. An diesem Nachmittag trug der Konzertmanager einen anthrazitfarbenen Anzug und ein weißes Hemd, dessen oberster Knopf offen stand.

»Es tut mir leid, dass Sie mich nicht früher erreichen konnten, aber ich hatte heute Morgen einen wichtigen Termin außer Haus.« Mit einer einladenden Geste deutete er auf die bequem wirkenden Kolonialstilsessel und bat sie, Platz zu nehmen. »Kann ich Ihnen etwas zu trinken anbieten?« Rosen schaute sie fragend an.

»Danke. Das ist nicht nötig«, antwortete Mannfeld – auch stellvertretend für den Kollegen Born, der sich nach ihrem Geschmack eine Spur zu lässig im Sessel fläzte und an einem von der Armlehne abstehenden Halm des Korbgeflechts herumzupfte, statt Gesprächsbereitschaft zu signalisieren. Dass er nach eigenem Bekunden zum Umfallen müde war, wunderte sie nicht. Lagen doch eine hektische Nacht und ein nicht minder hektischer Vormittag hinter ihnen. Gestern in den späten Abendstunden hatten sie Fátima de Zosa zur Fahndung ausgeschrieben, danach die lokalen Medien kontaktiert und sie in die Suche einbezogen. Seit dem frühen Morgen brachte der Hessische Rundfunk im Halbstundentakt die

Vermisstenmeldung. Von Susana Rossi hatten sie erfahren, dass Fátima de Zosa die Tage vor ihrem Verschwinden in einer Klinik verbracht hatte. Da Gefahr im Verzug zu sein schien, hatte sich die Kriminaltechnik die Wohnung in der Fahrgasse noch in der Nacht vorgenommen. Vor wenigen Stunden hatten sie von den Kollegen eine mündliche Auswertung der Spurensuche erhalten. Das Fazit: Es existierte nicht der geringste Anhaltspunkt dafür, dass Fátima de Zosa gewaltsam aus ihrer Wohnung verschleppt worden war. Im Anschluss an die Besprechung hatten sie erstmals versucht, Rosen zu erreichen, und von dessen Sekretärin erfahren, dass sie ihn um eine halbe Stunde verpasst hatten. Es hatte gut zwei Stunden gedauert, bis er sie auf ihre an die Sekretärin gerichtete Bitte hin zurückgerufen und diesen Termin mit ihnen vereinbart hatte.

»Wir möchten Sie gar nicht lange aufhalten«, sagte Mannfeld und kam zur Sache. »Vorhin am Telefon haben Sie bestätigt, dass Ihre Frau gemalt hat.«

»Richtig.« Rosen lächelte. Er machte einen gefassteren Eindruck als bei ihrem letzten Treffen. »Früher war die Malerei Marthas größtes Hobby.«

»Früher?«, hakte Mannfeld nach.

»Ja. Meine Frau interessierte sich für die unterschiedlichsten Themen und Dinge. Ständig befand sie sich auf der Suche nach Neuem. Und wenn sie glaubte, etwas Spannendes entdeckt zu haben, war sie auch bereit, ein altes Hobby dafür aufzugeben. In den letzten Jahren widmete sie sich verstärkt dem Okkultismus.«

»Warum haben Sie uns das mit der Malerei nicht schon bei unserem ersten Gespräch gesagt?« Dass sie bei der Frage vielleicht einen etwas zu barschen Ton angeschlagen hatte, merkte Mannfeld daran, dass Born aufschaute und sie tadelnd ansah.

»Weil ich es nicht für wichtig gehalten habe, Frau Kommissarin. Außerdem haben Sie mich nicht danach gefragt.«

»Haben Sie denn mittlerweile die Bilder Ihrer Frau gefunden?« Am Telefon hatte er gesagt, er müsse erst nachsehen, wo sie sie aufbewahrte.

»Ja, nach einigem Suchen. Martha hatte ihre Werke auf den Speicher verbannt. Sie gefielen ihr wohl selbst nicht mehr so gut.

Wenn Sie sich die Bilder ansehen möchten, ich habe das, was ich finden konnte, dort hinten auf den Esstisch gelegt.«

Entlang einer ockerfarbenen Wand mit Antilopengeweihen erstreckte sich ein Holztisch, an dem mindestens zehn Personen Platz finden konnten. Auf der dunklen, polierten Tischplatte lagen über zwei Dutzend Aquarelle und Zeichnungen. Ein Großteil der Bögen war mit Staub bedeckt. Martha Rosen hatte bei der Lagerung ihrer Werke keine große Sorgfalt walten lassen.

Mannfeld entdeckte das Aktbild halb verdeckt unter einem in zu poppigen Farben gehaltenen Stillleben und einer Landschaftsstudie in tristen Brauntönen. Im Gegensatz zu den ausdefinierten Bildern der anderen beiden Hobbykünstlerinnen war bei diesem Bild das Geschlechtsteil lediglich anskizziert. Der tätowierte Löwenkopf hingegen zeichnete sich detailgetreu auf der Hüfte des Mannes ab.

»Ist es dieses Bild, für das Sie sich interessieren?«, erkundigte sich Rosen und schaute ihr von hinten über die Schulter.

Mannfeld wandte den Kopf zur Seite und nickte.

»Hat das Bild etwas mit den Morden und der verschwundenen Frau zu tun, nach der Sie mich vorhin gefragt haben?«

»Das könnte durchaus sein«, antwortete Mannfeld und dachte daran, dass sowohl die beiden Opfer als auch Fátima de Zosa allem Anschein nach Kontakt zu ein und demselben Mann gehabt hatten. Zu einem Aktmodell, das alle drei – schenkte man den Datumsangaben neben den Signaturen Glauben – vor über fünf Jahren gemalt hatten. »Wissen Sie, warum Ihre Frau den Löwenkopf auf der Hüfte des Mannes so deutlich hervorgehoben hat?«

Die Augenbrauen leicht zusammenziehend, nickte Rosen. »Ich habe das Bild bisher nur einmal zu Gesicht bekommen. Als Martha zu Hause daran gearbeitet hat. Ich habe sie das Gleiche gefragt, und sie hat geantwortet, es komme bei der Malerei auf die Details an.«

»Sie sagten gerade, dass sie das Bild zu Hause malte. Hat ihr dafür jemand Modell gestanden?«

»Nein«, korrigierte Rosen, »ich habe gesagt, dass Martha zu Hause an dem Bild *gearbeitet* hat. Gemalt hat sie es in der Malschule. Und soviel ich weiß, hat dem Kurs ein junger Mann Modell gestanden.«

Bei der Erwähnung der Malschule zuckte Mannfeld zusammen.
»Wann hat Ihre Frau diesen Kurs besucht?
»Das ist schon ein paar Jahre her.«
»Wissen Sie, wo er stattgefunden hat?«
»Hier in Frankfurt. In Bornheim, soweit ich mich erinnere.«
»Und der Name der Schule?«
»Den habe ich leider nicht mehr parat.«

DREIZEHN

Während sich in der Innenstadt der frühmorgendliche Dunst bereits verzogen hatte, hing im Westhafen der Nebel noch in dünnen Schlieren über dem Main. Müde und aufgekratzt zugleich starrte Born durch die Windschutzscheibe seines Wagens, den er wenige Schritte von der Polizeiabsperrung entfernt geparkt hatte.

Auch diesmal hatte der Täter die Leiche an einem öffentlich zugänglichen Ort abgelegt. Laut Aussage der Kollegen von der Schutzpolizei auf dem Parkplatz des ehemaligen Druckwasserwerks. In dem denkmalgeschützten Backsteinbau residierte schon seit einigen Jahren ein nach dem Bauwerk benanntes Restaurant. Ein Szenelokal, dessen Betreiber sich glücklich schätzen durften, in der neusten Ausgabe des »Journal Frankfurt« unter den »In-Places« auf Platz eins gelistet zu sein. Hin und wieder riskierte er selbst einen Blick in den beliebten Gastronomieführer. Sein Augenmerk galt jedoch fast ausschließlich den Rubriken »Gut & günstig«, »Garten- & Apfelweinlokale« und »Pizzerien, Orient-Imbisse, Snack & Weck«. Ein feudaler Laden wie das »Druckwasserwerk« kam für seine Ausgehbelange nicht in Frage. Allerdings würde es ihn nicht wundern, wenn Verwöhn-Jan seine Prinzessin zu feierwürdigen Anlässen dorthin ausführte. Beispielsweise nach Ausstrahlung seines hundertsten Schenkelklopfers. Um sie mit Lammkarree und Amarone della Valpolicella abzufüllen, bevor er sie später im Bett, auf dem Sofa, dem Küchentisch oder wahlweise auch auf dem Badvorleger als zweites Dessert vernaschte.

Bemüht, die in ihm aufkeimende schlechte Laune nicht an die Oberfläche dringen zu lassen, hievte er seine knapp neunzig Kilo Lebendgewicht aus der Fahrertür. Obwohl es in den vergangenen Stunden zu tauen begonnen hatte, wehte ihm vom Fluss her ein unverhältnismäßig kühler Wind ins Gesicht. Fluchend nahm er sich vor, nun doch vom nächsten Sold eine Steppjacke zu kaufen. Am besten eine mit besonders voluminöser Daunenfüllung, ganz gleich, ob er darin aussah wie das berühmte Pirelli-Männchen.

Als er sich unter dem Absperrband durchbückte, stürmte

eine klapperdürre Gestalt in Uniform auf ihn zu. Doch bevor Mr. Wichtig zu einer Belehrung ansetzen konnte, hielt Born ihm den Dienstausweis unter die Nase und stapfte wortlos an ihm vorüber.

Die Restaurantparkplätze befanden sich im rückwärtigen Bereich des Areals. Nachdem er um die Ecke des Backsteingebäudes gebogen war, sah er, dass die Kollegen der Kriminaltechnik ihre Arbeit bereits aufgenommen hatten. Auf Stative montierte Scheinwerfer leuchteten das Gelände aus. Stefan Reiter vom Erkennungsdienst machte mit der Digitalkamera Aufnahmen vom Tatort und der Leiche.

Der Körper der Frau lehnte am Zaun des Heizkraftwerks Mainova. An genau der Stelle, an der das Grundstück des Energieversorgers sowohl an das des ehemaligen Druckwasserwerks als auch an den Fahrradweg am Bahndamm grenzte.

Born blieb etwa zwei Meter vor der Leiche stehen. Dass es sich bei der Toten um Fátima de Zosa handelte, war so gut wie sicher. Dem rechten Bein fehlte der Unterschenkel. Der Täter hatte ihnen nicht die geringste Chance gelassen, die vermisste Portugiesin lebend zu finden. Der gelösten Totenstarre nach zu urteilen, war der Tod vor mindestens vierundzwanzig Stunden eingetreten. Nicht unwahrscheinlich also, dass die Frau bereits in der Nacht ihres Verschwindens ermordet worden war.

Bedacht darauf, die Schöße seines Mantels nicht mit dem nassen Boden in Berührung zu bringen, ging Born ein Stück in die Hocke. Der Täter war mit größerer Brutalität ans Werk gegangen als bei den anderen beiden Morden. Davon zeugten der tiefe Schnitt, der über dem Kehlkopf klaffte, die zahlreichen Hämatome auf Gesicht und Armen und der Abdruck auf der Wange, der wie eine Bisswunde aussah. Zudem gab der Zustand der Kleidung Anlass zu der Vermutung, dass die Tat sexuell motiviert gewesen war. Der braun-beige karierte Tweed-Rock des Opfers war bis über die Hüfte hochgezogen. Wollstrümpfe und Slip waren im Intimbereich zerrissen. Angeleuchtet vom grellen Scheinwerferlicht, glitzerten einige Wassertropfen im schwarzen Schamhaar. Soweit es auf den ersten Blick zu erkennen war, wies die Vagina keine äußeren Verletzungen auf. Ob Fátima de Rosa vor ihrem Tod Sex gehabt hatte? Dazu würden sich die Rechtsmediziner zu einem späteren Zeitpunkt äußern. Apropos Rechtsmedizin. Born hob seinen Kopf und schaute sich suchend um. Merkwürdig, dass noch niemand aus Professor Blochs Schreckenskabinett am Fundort war.

Stattdessen tauchte Michalchewski rechts von ihm auf. »Morgen, mein Guter. Siehst verschlafen aus.«

»Danke fürs Kompliment«, entgegnete Born.

»Wo hast du denn heute deine leckere Kollegin gelassen?«

»Dünnschiss.«

»Jula?«

»Nein, ihr Söhnchen«, brummte Born ins Zischen eines über die Eisenbahnbrücke fahrenden ICEs hinein. Während er sich in der Eiseskälte an einem Leichenfundort abquälte, saß Mannfeld im Warmen beim Kinderarzt. Gerade mal fünf Minuten bevor ihn die Meldung der Schutzpolizei erreicht hatte, hatte sie gesimst, dass Klein Henry unter Durchfall litt und sie heute später ins Präsidium kommen würde. »Wie's aussieht«, fuhr er fort, »wurde die Frau nicht erst gestern Nacht getötet. Also ist der Parkplatz nicht der Tatort.«

»Weise Schlussfolgerung, Herr Kommissar.« Michalchewski kratzte sich unter der Kapuze des weißen Overalls am Kopf. »Wenn das Opfer hier ermordet worden wäre, müsste alles voller Blut sein.«

»Was hast du bisher zur Spurenlage?«

»Nichts, aber wir sind auch noch mitten in der Sichtung. Die Jungs asservieren alles Verdächtige, was hier so rumliegt. Auf dem Parkplatz ist das allerdings wenig. Der wird wohl regelmäßig gesäubert. Den Erdwall am Bahndamm nehmen wir uns als Nächstes vor. Und davor graut's mir. Da liegt ein Haufen Mist im Gestrüpp und an den Masten. Dosen, Verpackungen, Kippen, Kondome und all das, was die Leute so aus dem Zugfenster schmeißen.«

Borns Blick folgte der Hand des Kriminaltechnikers, die auf den Erdwall deutete. Am Himmel darüber zeichnete sich das ummantelte Rohrleitungssystem des Heizkraftwerks ab, das, von Masten gestützt, einen Großteil des Geländes umlief.

»Und was ist mit Reifenspuren? Gibt's da was Verwertbares?«

»Siehst du welche?« Michalchewski musterte ihn, als hätte er nach Reifenabdrücken auf dem Mond gefragt. »Dort, wo der Schnee noch nicht geschmolzen ist, ist er verharscht. Hier, mein Lieber, kannst du nur gefrorene Bruchstücke von Reifenprofilen sichern.«

»Könnte sein, dass unser Täter einen Japaner fährt.«

Michalchewski stieß ein meckerndes Lachen aus. »Wenn du lange genug auf dem Boden rumkriechst, findest du hier die Profile von nahezu jedem Reifentyp.«

»Weißt du, wer das Vergnügen hatte, die Tote zu finden?«, erkundigte sich Born und schaute dabei seiner Atemwolke hinterher.

»Ein griechischer Geschäftsmann, der gestern im Restaurant zu Gast war. Er hat seinen Wagen stehen gelassen und wollte ihn jetzt abholen. Und wenn du mich fragst, sieht der heute Morgen allerdings immer noch so aus, als ob er sich besser keinem Alkoholtest unterziehen sollte. Er sitzt drüben im Einsatzwagen.«

Nachdem er den immer noch unter Schock stehenden Kostas Konstantinopoulos befragt hatte, kehrte Born zu seinem Wagen zurück. Mit gestartetem Motor, die Heizung auf die höchste Stufe gestellt, blickte er auf den Main, auf dessen Oberfläche sich die Nebelschwaden mittlerweile vollständig verzogen hatten.

Während er mit den Händen aufs Lenkrad trommelte, rätselte er, welche Bedeutung die Orte, an denen der Täter die Leichen abgelegt hatte, haben könnten. Nur ein einziges Mal – im Fall Selma Tassen – hatte er sein Opfer am Tatort zurückgelassen, was vielleicht bloß dem Umstand geschuldet war, dass er den Leichnam nur unter größten Schwierigkeiten unauffällig aus dem Hotel gebracht hätte. Die interessante Frage, die sich in diesem Zusammenhang stellte, war, weshalb er bei den anderen beiden Morden das Risiko eingegangen war und die Leichen an öffentlich zugängliche Plätze gebracht hatte. Und wo er sein drittes Opfer mindestens einen Tag lang zwischengelagert hatte. Die wahrscheinlichste Antwort auf die erste Frage schien die zu sein, dass von den Tatorten leicht auf seine Identität zu schließen wäre. Vielleicht hatte er Martha Rosen und Fátima de Zosa sogar in seiner Wohnung getötet.

Das dröhnende Signal einer Schiffssirene störte Borns Konzentration. Einen Moment lang beobachtete er einen unter niederländischer Flagge fahrenden Lastkahn, der sich flussaufwärts schob, dann lenkte er seine Gedanken wieder zurück auf die Ermittlungen. Drei ermordete Frauen. Zwei davon waren Rentnerinnen mit deutschem Pass, die dritte eine etwa fünfzigjährige Portugiesin. Auf den ersten Blick bestand kaum Ähnlichkeit zwischen den Frauen. Doch alle drei hatten die Malerei zum Hobby gehabt. Und allen dreien hatte derselbe Mann Modell gestanden. Möglich, dass sich die Opfer und der Unbekannte durch den Malkurs kannten, von dem Edgar Rosen gesprochen hatte. Dass es in Bornheim nur eine Malschule gab, hatte Mannfeld noch am Vorabend recherchiert. Die »Kreativakademie« hatte ihren Sitz in der Nähe des Uhrtürmchens, an dem samstags der Wochenmarkt stattfand. Beim Versuch, dort telefonisch jemanden zu erreichen, hatte sich der späten Stunde entsprechend allerdings nur der Anrufbeantworter gemeldet, ebenso wie am Privatanschluss der über der Schule wohnenden Schulleiterin Sonja Romanowa, auf dem sie schließlich eine Bitte um Rückruf hinterlassen hatten.

***

Die am östlichen Ortsrand von Kronberg gelegene Villa präsentierte sich vor dem Hintergrund einer traumhaften Winteridylle. In den von der Sonne beschienenen Fenstern der oberen beiden Stockwerke spiegelte sich der wolkenfreie Himmel. Straßenlärm war am Ende der schmalen Stichstraße nicht zu hören. Nur in der Ferne erklang das leise Läuten einer Kirchturmglocke.

Vorsorglich schon mal in das Objektiv der Überwachungskamera lächelnd, drückte Fremden auf den Klingelknopf. Während das metallene Schiebetor zur Seite glitt, stellte er sich vor, wie der einäugige Bestatter die Szene auf einem Monitor beobachtete.

Er lenkte den Wagen im Schritttempo über die geräumte Auffahrt. Neben der Villa mit dem markanten Ecktürmchen befanden sich noch zwei weitere Gebäude auf dem weitläufigen Gelände. Ein an die Garage angrenzender Flachdachbau und ein kleines zweigeschossiges Haus, dessen Erdgeschoss fast rundum verglast war.

Gestern Nachmittag hatte er eine ganze Weile vergeblich versucht, Bruckner ans Telefon zu bekommen. Das war ihm erst am frühen Abend geglückt, als der Bestatter von einem Termin zurückgekehrt war. Auf seine Frage, ob er sich unter den persönlichen Dingen seiner Mutter umsehen dürfe, hatte Bruckner skeptisch reagiert und wissen wollen, warum er das für nötig halte. Fremden hatte geantwortet, dass er eine Erklärung dafür zu finden hoffte, warum sie erst auf dem Sterbebett ausgesagt hatte, ihr Mann sei in den See gestoßen worden. Seinen Verdacht, dass sie möglicherweise nicht ganz unschuldig am Tod ihres Mannes war, hatte er vorerst für sich behalten. Auch dass er in der Hinterlassenschaft nach Hinweisen auf die Identität des ominösen jungen Mannes zu suchen gedachte, von dem ihm Edgar Rosen und Vera Kaczorowski berichtet hatten.

Als er die Sandsteinstufen zur Eingangstür emporstieg, rutschte ein kleines Schneebrett vom schiefergedeckten Satteldach. Begleitet von einem leisen Schmatzen landete es auf dem Pflaster des Hofs.

Bruckner hatte die rechte Hand auf den Gehstock gestützt und reichte ihm die linke zum Gruß. An diesem Morgen trug er sein schwarzes Haar streng zurückgekämmt, wodurch von seiner bleichen, pergamentartigen Stirn eine noch größere Partie als sonst zum Vorschein kam.

Als Fremden die ihm angebotene Erfrischung ablehnte, schlug Bruckner vor, sich direkt ins Schlafzimmer seiner Mutter zu begeben. »Dort und im Atelier befinden sich all ihre persönlichen Dinge, die noch in meinem Besitz sind.«

Während er dem hageren Männchen über eine geschwungene Freitreppe in den ersten Stock folgte, überlegte Fremden, ob es geschickt wäre, Bruckner später auf die zwielichtigen Geschäfte seines Vaters anzusprechen. Nach kurzem Abwägen von Pro und Kontra verwarf er den Gedanken jedoch wieder.

»Hier sind wir schon.« Bruckner öffnete eine mit glänzend weißem Lack überzogene Holztür. »Treten Sie ein, Herr Fremden, und sehen Sie sich in Ruhe um. Wenn Sie Fragen haben oder etwas benötigen, melden Sie sich bitte. Mutters Atelier finden Sie quer über den Hof. Es ist das Haus mit dem verglasten Erdgeschoss. Der Schlüssel steckt. Wenn Sie hier fertig sind, können Sie gern rübergehen. Ich erledige in der Zwischenzeit ein paar Anrufe.«

Einrichtung und Ausstattung des Schlafzimmers wirkten, als seien sie eins zu eins einem Katalog für exklusives Wohnen entnommen. Jedes Detail zeugte von erlesenem Geschmack. Selbst das Muster der seidenen Tagesdecke auf dem Kingsize-Bett harmonierte farblich perfekt mit dem Kastanienbraun der Schals an den Fenstern. Der Boden war mit einem flauschigen milchkaffeefarbenen Teppich ausgelegt, der so sauber und neu aussah, dass Fremden einen Moment lang sogar mit dem Gedanken spielte, sich die Schuhe von den Füßen zu streifen. Neben dem Bett befand sich ein Nachttisch, dessen Schubladen abgesehen von einer Taschenbuchausgabe des Öko-Thrillers »Der Schwarm« leer waren. In der linken hinteren Zimmerecke führte eine schmale, türlose Wandöffnung in einen begehbaren Schrank. Nur noch wenige Kleidungsstücke hingen auf den Bügeln. Den Großteil der Garderobe hatte Bruckner bereits einer Organisation gespendet, die sich um das Wohl von Obdachlosen kümmerte.

Ein wenig enttäuscht, dass die Inspektion des Schlafzimmers nicht den erhofften Hinweis gebracht hatte, begab sich Fremden über den Hof zu dem allein stehenden Häuschen mit dem Atelier. Er betrat einen lichtdurchfluteten, nahezu quadratisch geschnittenen Raum, dessen einzige unverglaste Wand in Richtung Straße wies. Davor standen ein antiker Bauernschrank aus Weichholz und eine Pritsche, die mit festem natogrünem Stoff bezogen war. Neugierig öffnete er die Flügel der Schranktür. Doch auf den Einlegeböden reihten sich ausschließlich Bände über Maltechniken und Theoretisches über Epochen und Stile aneinander.

In der Mitte des Ateliers befand sich unweit der Staffelei ein uriger gusseiserner Ofen mit gewundenem Abzugrohr, das in der weiß verputzten Decke verschwand. Vom Ofen aus waren es nur wenige Schritte bis zu einem langen Holztisch. Während auf der linken Hälfte der Tischplatte eine chromblitzende Kaffeemaschine thronte, war die rechte unter einem heillosen Durcheinander aus Papierrollen, Blöcken, Fläschchen, Pinseln, Lappen, Spachteln, Grundierungen, Farbtuben, Pasten, Kreiden und Malstiften begraben. Zwischen den Tischbeinen lagerte eine Reihe von Keilrahmen mit Werken der Künstlerin.

Fremden besah sich die Leinwände, auf denen sich Amelie Bruckner mit Landschaftsmalerei auseinandergesetzt hatte. Als er sich nach einer Weile wieder von den Gemälden abwandte, ließ er den Blick durch den Raum schweifen. Die Art und Weise, wie das Atelier eingerichtet war, und dass es anscheinend an nichts fehlte, was das Künstlerherz begehrte, verströmte mehr als bloß einen Hauch von Dekadenz. Nur zu gut konnte er sich vorstellen, wie Amelie Bruckner in farbverschmierten Designerjeans, die Haare zu einem schlampigen Knoten hochgesteckt, den Pinsel schwang. Eine Grande Dame der Upperclass, die es sich erlauben konnte, im Überfluss und Reichtum zu schwelgen, weil ihr Mann osteuropäische Frauen in hiesige Bordelle verhökerte.

Da auch im oberen Geschoss, das offenbar nur als Abstellraum diente, kein Hinweis auf die Identität des vermeintlichen Liebhabers zu finden war, ließ er sich frustriert auf der Pritsche nieder. Nun war es wirklich an der Zeit, Klaus Bruckner zu gestehen, dass er keine Möglichkeit mehr sah, den Tod seines Vaters aufzuklären. Dass ein Mord aufgrund der Indizienlage zwar nicht auszuschließen war, er aber nicht in Erfahrung bringen konnte, wer als Täter in Frage kam.

Einen tiefen Seufzer ausstoßend, stemmte er sich von der Pritsche hoch. Dabei fiel sein Blick auf die Seitenwand des Bauernschranks. Er hielt abrupt in der Bewegung inne. Aus dem Spalt zwischen der Rückwand des Möbelstücks und der verputzten Mauer lugte die Ecke eines schwarzen Kartons hervor. Neugierig zog er daran und war fast ein bisschen enttäuscht, als sich herausstellte, dass es nur eine Zeichnungsmappe war. Nachdem er eine dünne Schicht Staub vom Deckel geblasen hatte, legte er die Mappe auf die Pritsche und löste das Verschlussband.

Wie nicht anders zu erwarten gewesen war, enthielt der Karton weitere Werke der Künstlerin. Zuoberst lagen kitschige Aquarelle mit Toskana-Flair: sanft geschwungene Hügel im Abendlicht, Zypressen, knorrige Olivenbäume, ein rustikales Bauernhaus am Rande eines Dorfes und die zahlreichen Türme von San Gimignano aus der Ferne.

Fremden nahm die Aquarelle aus der Mappe und legte sie beiseite. Als Nächstes folgten Kohlezeichnungen – Studien von Gegenständen des alltäglichen Gebrauchs: ein Hammer, eine Kaffeekanne, ein Weinglas, ein Reifen und eine Uhr, deren Zeiger auf kurz vor drei standen.

Während er noch überlegte, ob es nötig war, den gesamten Fundus an Bruckner'scher Kunst zu sichten, glitt ihm die Mappe von der Pritsche und landete mit einem lauten Klatschen auf dem Boden. Beim Einsammeln der herausgerutschten Bilder entdeckte er eine Zeichnung, die sein Interesse weckte. Es war die Skizze eines muskulösen Männertorsos. Gespannt, ob noch ähnliche Werke auftauchten, kramte er in den verstreuten Bögen. Und tatsächlich, verdeckt von einigen Landschaftsaquarellen, stieß er auf zwei Kohleskizzen von menschlichen Geschlechtsteilen. Im Vergleich zu dem Männerrumpf hatten diese Darstellungen eindeutig perversen Charakter. Das erste, mit dem Titel »Hungrige Muschi« versehene Bild zeigte eine glatt rasierte Vagina, in die eine Kompanie Strichmännchen einmarschierte. Die zweite Zeichnung trug keinen Titel. In wilder Strichführung war darauf ein erigiertes Glied zu sehen, über das ein nietenbesetztes Zaumzeug gezogen war.

Die Skizzen im Blick, ließ sich Fremden auf der Pritsche nieder. Etwas derart Radikales hätte er Amelie Bruckner gar nicht zugetraut. Doch dass sie die Urheberin der Werke war, davon zeugten die Signaturen an den unteren Bildrändern. Vielleicht zeigten der Akt und die Skizze mit dem zaumzeugbesetzten Penis ja Körperpartien des unbekannten jungen Mannes. Doch stellte man so jemanden dar, dem man nahestand?

»Hungrige Muschi«, knurrte Fremden leise und griff nach besagtem Bild. Als er den Bogen umdrehte, entdeckte er zu seiner Überraschung einen handschriftlichen Vermerk. *»Kamera aus Ferienhaus verschwunden. Drama! Verlust bemerkt am 21.11.11«*, stand dort geschrieben. Eine Notiz, die von Amelie Bruckner offenbar nur wenige Wochen vor ihrem Tod verfasst worden war und gleich eine ganze Reihe von Fragen aufwarf: Erstens, weshalb das Verschwinden einer Kamera für eine wohlhabende Frau dramatisch war. Zweitens, weshalb der Verlust ausgerechnet auf jenem Bild vermerkt worden war. Und drittens, was Amelie Bruckner so kurz vor ihrem Tod veranlasst hatte, in das Ferienhaus nach Kahl zu fahren. Ihrem Sohn schien sie davon nichts erzählt zu haben, sonst hätte dieser nicht behauptet, dass von der Familie schon ewig niemand mehr am See gewesen sei.

»Und? Etwas Interessantes gefunden?«

Fremden hatte gar nicht bemerkt, dass Klaus Bruckner das Atelier betreten hatte. So unauffällig wie möglich schob er die pornografischen Zeichnungen unter die Toskana-Aquarelle.

»Wie man's nimmt.«

»Wie man's nimmt«, wiederholte Bruckner und trat lächelnd zu ihm an die Pritsche. »Wie ich sehe, betrachten Sie gerade Mutters Arbeiten. Die sind gar nicht so übel für eine Hobbykünstlerin. Darf ich nun wissen, was Sie gefunden haben?«

»Ich, äh … ja, im Grunde habe ich einfach nur einen besseren Einblick in den Lebensstil Ihrer Mutter bekommen.«

Beide Hände auf den Gehstock gestützt, musterte ihn Bruckner mit ernster Miene. »Und das ist alles?«

»Beinahe.«

»Kommen Sie, Herr Fremden, nun lassen Sie sich doch bitte nicht jede Information einzeln aus der Nase ziehen.«

»Okay, ich bin da auf eine Notiz gestoßen. Die scheint mir interessant zu sein. In der beklagt Ihre Mutter den Verlust einer Kamera.«

»Was ist denn an solch einer Notiz interessant?«

»Dass die Kamera aus Ihrem Ferienhaus in Kahl verschwunden ist. Und dass Ihre Mutter den Verlust letztes Jahr im November bemerkt hat. Also nur wenige Wochen bevor sie starb.«

Bruckner kratzte sich an der Schläfe und blickte ihn fragend an. »Das würde ja bedeuten, dass Mutter noch mal im Ferienhaus war.«

Fremden nickte.

»Im November war sie aber durch die Krankheit schon sehr geschwächt. Wie hätte sie nach Kahl kommen sollen? Und was hätte sie dort gewollt?«

»Eigentlich hoffte ich, das von Ihnen zu erfahren. Vielleicht hat Ihre Mutter dort gezielt die Kamera holen wollen.«

»Mal angenommen, sie ist wirklich ins Ferienhaus gefahren,

dann muss sie ein Taxi genommen haben. Warten Sie ...« Bruckner verstummte. »Ich erinnere mich tatsächlich an einen Tag, an dem sich Mutter ein Taxi bestellte. Mir erzählte sie, dass sie ihre Freundin in Oberursel besuchen wollte. Wo ... wo haben Sie denn diese Notiz gefunden?«

»Auf der Rückseite einer Zeichnung.«

»Die würde ich mir gern mal ansehen.«

Fremden reichte ihm das Bild ohne jeglichen Kommentar.

»Was ist denn das?« Bruckner starrte ihn mit seinem weit aufgerissenen Auge an. »Das ist ja absolut ekelhaft. Und das soll Mutter gemalt haben?«

»Die Signatur und der Umstand, dass es sich zwischen all ihren anderen Werken befindet, deutet darauf hin. Ist das auf der Rückseite ihre Handschrift?«

Bruckner drehte den Bogen um und nickte. Dann ließ er das Blatt auf den Boden sinken und blickte durch die Glasfront in den verschneiten Garten.

»Wissen Sie«, fragte Fremden nach einer Weile vorsichtig, »ob Ihre Mutter nach dem Tod Ihres Vaters eine Bekanntschaft zu einem Mann unterhalten hat?«

»Von was für einem Mann sprechen Sie?«

Er suchte die Zeichnung mit dem nackten Torso aus dem Stapel. »Vielleicht von dem, der hierauf abgebildet ist.«

»Das scheint mir aber der Körper eines sehr jungen Mannes zu sein. Auf welche Art von Bekanntschaft spielen Sie denn an?«

»Ich könnte mir vorstellen, dass es eine sehr enge war.«

»Eine absurde Idee.« Bruckner schaute ihn mit entrüsteter Miene an. »Den Unfug können Sie sich aus dem Kopf schlagen.«

Die dicht bewaldeten, schneebedeckten Hügel des Taunus im Rücken, lenkte Fremden den Peugeot über die L 3005 in Richtung Frankfurt. In der Ferne vor ihm tauchte die Skyline mit der in der Sonne glitzernden Spitze des Messeturms auf. Er dachte über Klaus Bruckners empörte Reaktion nach. Rein menschlich gesehen, war die durchaus nachvollziehbar. Wer hörte schon gern, dass sich die eigene Mutter mit einem Liebhaber vergnügt hatte, der um einiges jünger gewesen war als man selbst?

An der Kreuzung zur Schwalbacher Straße zwang ihn eine rote Ampel zum Anhalten. Zwei in dicke Jacken gehüllte Frauen mit Kinderwagen überquerten die Fahrbahn. Fremden überlegte, was Amelie Bruckner an jenem Novembertag dazu bewogen haben könnte, das Ferienhaus aufzusuchen. Ein marodes Anwesen, in dem gammelige und von Staub überzogene Möbel auf sie warteten. Ihrem Sohn hatte sie vorgegaukelt, eine Freundin in Oberursel zu besuchen. Warum die Heimlichtuerei? Nur um eine Kamera zu holen? Fraglich war, weshalb sie sie überhaupt an diesem unbewohnten Ort zurückgelassen hatte, wenn ihr so viel an ihr lag, dass sie ihren Verlust als »Drama« empfand. Möglich wäre aber auch, dass sie das Fehlen der Kamera nur zufällig bemerkt hatte und aus einem ganz anderen Grund nach Kahl gefahren war. Weil sie verabredet gewesen war. Mit dem jungen Mann, mit dem Vera Kaczorowski sie angeblich schon früher beim Liebesspiel beobachtet hatte.

***

Ein dezenter Geruch von Lösungsmittel stieg Mannfeld in die Nase, als sie sich im Atelier der Malschule umsah. Die russischstämmige Inhaberin Sonja Romanowa lehnte an einem mit farbverschmierten Paletten und Papierbögen bedeckten Werktisch und telefonierte. Die aggressiv angehauchte Tonlage der Frau ließ darauf schließen, dass sie sich mit ihrem Gesprächspartner stritt. Eine gute Armlänge von ihr entfernt befand sich eine Staffelei mit einem halb fertigen Ölgemälde, das den Uni-Campus am ehemaligen IG-Farben-Haus zeigte. Wenige Schritte neben der Staffelei hockte Kollege Born auf einem Schemel. Er schien sich weder für das Telefonat noch für das Bild zu interessieren. Gedankenverloren starrte er auf das Waschbecken an der Wand. Ein bisschen abzuschalten hatte er sich nach dem ganzen Stress auch verdient. Mannfeld plagte immer noch das schlechte Gewissen, ihn am Morgen nicht unterstützt zu haben. Dass Henry heftigen Durchfall bekommen hatte, hatte sie sich natürlich nicht ausgesucht. Doch sie hätte auf Jans Angebot eingehen können, den Gang zum Kinderarzt für sie zu übernehmen. Mit dem schreienden Wurm auf dem Arm waren dann aber die mütterlichen Instinkte mit ihr durchgegangen. Sie war aus der Wohnung gestürmt und selbst gefahren. Was war die Erleichterung groß gewesen, als Dr. Neumann Henry ein Zäpfchen verabreichte und versicherte, dass die Ursache für das Wehklagen lediglich ein wunder Po sei. Beschwingt, dass ihren kleinen Augenschein nichts Schlimmeres plagte, hatte sie auf dem Rückweg in der Schweizer Straße angehalten, direkt vor dem »Maison du Pain«, um sich mit einem Café au Lait und einem der fabelhaften Croissants zu belohnen. Erst beim Bezahlen war ihr aufgefallen, dass ihr Telefon seit Betreten der Arztpraxis ausgeschaltet gewesen war. Nach Eingabe der PIN hatten sie nicht weniger als sechs SMS erreicht. In der letzten von Borns Nachrichten stand: *»Jula, melde dich endlich! Bei uns ist die Kacke auch am Dampfen.«*

Als sie endlich im Präsidium eingetroffen war, hatte er gerade versucht, Susana Rossi zu beruhigen. Mit hysterischer Stimme beschimpfte sie ihn als Versager und zeterte, Deutschland sei schlecht zu ihrer Schwester gewesen und habe ihr nur Unglück gebracht. Erst habe sie ihr Bein verloren, und nun sei sie in diesem Scheißland auch noch ermordet worden. Nachdem es ihnen gelungen war, sie ein wenig zu beruhigen, hatten sie sich erkundigt, wie Fátima de Zosas Verhältnis zu Männern gewesen war. »Nicht vorhanden«, lautete die Antwort, da sich niemand für sie interessiert habe.

Nachdem Susana Rossi gegangen war, hatte Born Mannfeld auf den neuesten Stand der Ermittlungen gebracht. Er erzählte ihr, dass der Täter sein Opfer diesmal brutal misshandelt und ihm die Kehle durchgeschnitten hatte. Und dass die Kriminaltechnik keine persönlichen Gegenstände wie Ausweispapiere oder ein Handy bei der Toten gefunden hatte. Ein Rätsel stellte auch die verschwundene Unterschenkelprothese dar, denn es war äußerst unwahrscheinlich, dass die Portugiesin das Haus ohne sie verlassen hatte. Mitten in der Diskussion darüber, ob der Täter die Prothese vielleicht als Trophäe behalten haben könnte, hatte sie schließlich der Anruf von Sonja Romanowa erreicht.

»Entschuldigung, dass ich Sie so lange habe warten lassen«, sagte Sonja Romanowa, nachdem sie aufgelegt hatte. »Eine komplizierte Familienangelegenheit in meiner alten Heimat. Darf ich Ihnen vielleicht einen Tee anbieten?« Lächelnd deutete sie auf einen

Samowar, der auf einem silbernen Tablett auf dem Bistrotischchen in der Ecke stand.

Nachdem sie beide halb im Chor abgelehnt hatten, sagte Mannfeld: »Vorhin am Telefon haben Sie uns erzählt, dass Sie Fátima de Zosa kennen.«

»›Kennen‹ ist vielleicht ein wenig übertrieben. Vor Jahren hat sie bei mir einen Kurs besucht. Sie war aber nur mäßig begabt.«

»Mittlerweile ist Fátima de Zosa leider tot.«

»Tot«, wiederholte Sonja Romanowa. »Hatte sie einen Unfall?«

»Nein, sie ist ermordet worden.«

»Ermordet? Das ist ja grauenhaft. Und ich sage noch etwas Negatives über ihre künstlerischen Fähigkeiten.«

»Wir vermuten, dass ihre Ermordung in Verbindung mit zwei anderen Taten steht, die hier in Frankfurt verübt wurden. Lesen Sie Zeitung?«

»Unregelmäßig«, antwortete Sonja Romanowa und strich sich über ihre kurz geschnittenen grauen Haare. »Die letzten beiden Tage war ich ständig unterwegs. Da bin nicht dazu gekommen.«

Mannfeld zeigte ihr auf dem Display ihres Smartphones die Fotos von Selma Tassen und Martha Rosen. »Kennen Sie diese beiden Frauen?«

»Ja, natürlich, die waren mit Fátima de Zosa im Anfängerkurs. Und im Semester darauf besuchten die Damen den Aufbaukurs. Danach hat nur noch Selma Tassen weitergemacht. Sie war die Begabteste. Sind die anderen beiden auch …?«

Mannfeld nickte. »Wir haben in der Hinterlassenschaft aller drei Opfer Aktbilder gefunden.«

»Das wundert mich nicht. Die Aktmalerei ist fester Bestandteil unseres Programms. Die Schüler lernen durch sie, ein Gespür für Proportionen zu entwickeln.«

»Wir interessieren uns für den Mann, der dem Kurs damals Modell stand.« Mannfeld blätterte auf dem Display bis zu dem Foto des Aktbilds, das sie in Fátima de Zosas Wohnung aufgenommen hatte.

»Ich erinnere mich gut an ihn. Er war sehr muskulös und hatte einen tätowierten Löwenkopf auf der Hüfte.«

»Können Sie uns sagen, wie er heißt?«

»Ja, Alexander.«

»Und der Nachname?«

»Den kenne ich nicht.«

»Die Adresse?«

»Die habe ich leider auch nicht. Ich weiß so gut wie nichts über ihn. Amelie Bruckner hatte ihn in den Kurs mitgebracht. Er sei ein Bekannter, sagte sie, der gern mal Modell stehe. Und da wir ihn nicht bezahlen mussten, habe ich das Angebot dankend angenommen.«

»Amelie Bruckner.« Sie notierte den Namen auf ihrem Block. »War sie eine der Kursteilnehmerinnen?«

Sonja Romanowa nickte. »Es war ein kleiner Kurs. Er bestand nur aus vier Frauen. Amelie Bruckner, Selma Tassen, Martha Rosen und Fátima de Zosa. Die vier verstanden sich prächtig. Oft sind sie nach der Stunde noch gemeinsam etwas trinken gegangen.«

»Und wie erreichen wir Amelie Bruckner?«, erkundigte sich Mannfeld.

»Da werden Sie leider kein Glück mehr haben. Vor einigen Wochen las ich in der Zeitung Amelie Bruckners Todesanzeige. Ihr Sohn, ein Bestatter aus dem Bahnhofsviertel, hat sie aufgegeben. Nach langer, schwerer Krankheit, hat er geschrieben, sei seine Mutter gestorben.«

Mannfeld warf Born einen kurzen Blick zu. Schwer einzuschätzen, ob er Ähnliches dachte wie sie: wie merkwürdig es doch war, dass alle vier Teilnehmerinnen des Malkurses mittlerweile tot waren. Die erste starb nach langer, schwerer Krankheit, und nur wenige Wochen darauf wurden die anderen drei ermordet. Das wirkte beinahe so, als könnte Amelie Bruckners Tod der Auslöser für die Morde gewesen sein.

***

Um ein Haar hätte er in der einsetzenden Dämmerung den dunkelblauen Golf übersehen, der neben dem Hexenhäuschen parkte. Von den Bäumen gefallener Schnee bedeckte Kühlerhaube und Frontscheibe des Wagens. Zwischen zwei Buchenstämmen blieb Fremden stehen. Nun, da ihn nur noch etwa zehn Meter von seinem Ziel trennten, stellte er fest, dass Vera Kaczorowski Besuch erhalten hatte. Wahrscheinlich irgendeinen bedauernswerten Tropf, den sie mit ihren fadenscheinigen Naturprodukten verköstigen konnte. Mit dem sie Kohlsuppe löffelnd oder Wurzelgebräu schlürfend am Tisch hockte und anscheinend doch nicht so einsam war, wie er bislang vermutet hatte.

Mit zusammengekniffenen Lidern spähte er auf das Heck des Fahrzeugs. Das Nummernschild verriet, dass es in Frankfurt zugelassen war. Ein Teekäufer aus der fernen Großstadt? Er stieß ein leises Lachen aus. Dann wurde er wieder ernst und überlegte, wie er der Situation begegnen sollte. Klingeln und unangemeldet hereinplatzen? Im Beisein eines Dritten würde er kaum die Fragen stellen können, auf die er so dringend Antworten suchte. Schon seltsam, wie das Leben manchmal spielte. Bei seinem letzten Besuch hatte er nicht schnell genug Reißaus nehmen können, obwohl Vera Kaczorowski ihm fast schon flehend hinterhergerufen hatte, sie habe noch Wichtiges über ihre Nachbarin und diesen Mann zu berichten. Und nun war er zurückgekehrt, weil er – motiviert durch Rosens Aussage und den Fund der perversen Bilder – nicht mehr länger davon ausging, dass Vera Kaczorowski phantasierte. Womöglich konnte sie tatsächlich einen Hinweis auf die Identität des jungen Mannes geben oder wusste sogar, ob er etwas mit Hugo Bruckners Tod zu tun hatte. Und ausgerechnet jetzt musste sie Besuch haben.

Noch während er damit haderte, sein Kommen nicht wenigstens telefonisch angekündigt zu haben, weckte das Geräusch einer sich öffnenden Tür seine Aufmerksamkeit. Reflexartig ging er hinter einem der Buchenstämme in Deckung. Eine kleine, in eine dicke Daunenjacke eingehüllte Person kam aus dem Haus. Mit tief ins Gesicht gezogener Kapuze lief sie auf den Golf zu.

Manches Problem, dachte Fremden, löst sich zum Glück von ganz allein.

Kurz bevor der scheidende Gast den Wagen erreicht hatte, drehte er sich noch einmal um und machte wieder einige Schritte auf das Haus zu. Als er nach einem an der Wand lehnenden Besen griff, gelang es Fremden, einen Blick auf das Gesicht des Daunenjackenmenschen zu erhaschen. Beinahe hätte er laut aufgeschrien, als er erkannte, wer da im Halbdunkeln zu dem Golf zurückkehrte. Es war Liliana Bode, die in aller Seelenruhe mit dem Besen die Frontscheibe vom Schnee befreite, einstieg, den Motor startete und durch den Wald davonfuhr.

Fremden hatte keine Ahnung, wie lange er nun schon hinter dem Buchenstamm verharrte. Waren es nur Minuten, oder handelte es sich schon um eine halbe Stunde? Gefangen in einer Art geistiger Schockstarre, hatte er nichts von dem mitbekommen, was um ihn herum geschah. Im oberen Stock des Hexenhäuschens brannte mittlerweile Licht. Der Wind hatte aufgefrischt. Hoch über seinem Kopf knarrten die Baumkronen, und pulvriger Schnee rieselte auf seine Schultern und sein Haupt. Jetzt spürte er auch wieder die Kälte, die ihm unbarmherzig durch die Sohlen in den Körper kroch. Dennoch brachte er es nicht fertig, sich einen Ruck zu geben und auch nur einen einzigen Schritt auf das Haus zuzumachen. Irgendetwas wollte nicht in seinen Schädel. Liliana Bode und Vera Kaczorowski. Zwei Frauen, die unterschiedlicher nicht sein konnten. Die attraktive junge Bedienung aus dem »King of Asia« und die alte Kräuterhexe aus dem Wald. Woher kannten sich die beiden? Wohl kaum durch einen befreundeten Druiden.

VIERZEHN

Nach einer der raren Parklücken Ausschau haltend, zuckelte Born im Schneckentempo durch die Münchener Straße. Mannfeld weilte unterdessen mit Sonja Romanowa im Präsidium, um ein Phantombild des Mannes anfertigen zu lassen, der dem Kurs Modell gestanden hatte. Es ergab durchaus Sinn, was seine immer noch wohltuend schuldbewusst dreinblickende Kollegin beim Verlassen der Malschule kundgetan hatte: Der geringe zeitliche Abstand zwischen Amelie Bruckners Tod und den Morden an ihren Maler-Freundinnen könnte ein Indiz dafür sein, dass Ersteres der Auslöser für die Taten gewesen war. Im Extremfall hatte Amelie Bruckner die Morde vor ihrem Ableben sogar selbst in Auftrag gegeben. Vielleicht hatte der Täter aber auch eigenständig gehandelt und konnte – aus welchen Gründen auch immer – erst nach ihrem Tod zuschlagen.

Er fand einen Parkplatz nur wenige Meter vom Eingang des Tagestreffs entfernt, in dem er den Punker Sid befragt hatte. Während er etwas umständlich rückwärts in die Lücke zwischen zwei Fahrzeugen stieß, musste er an den jungen Mann denken, zu dem Selma Tassen nach dem Besuch des Sexshops ins Auto gestiegen war, und an die rätselhaften Verabredungen von Martha Rosen und Fátima de Zosa an den Mordabenden. War es das Aktmodell Alexander, mit dem sich alle drei Opfer getroffen hatten? War er der Täter? Falls dem so war, mussten die Frauen noch etwas anderes mit ihm zu schaffen gehabt haben, als nur seinen nackten Körper auf Papier zu bringen. Ein junger Mann von athletischer Statur sowie zwei ältere Damen und eine jüngere, die eine Beinprothese trug. Was konnte zwischen diesen vier Personen vorgefallen sein, das schlussendlich zu den Morden geführt hatte? Welche Verbindung bestand außerhalb der Malschule zwischen ihnen? Und was hatte sich mit dem Tod von Amelie Bruckner geändert? Fragen, auf die er in wenigen Minuten Antworten zu finden hoffte.

Doch als er sich am Empfangstresen des Bestattungsunternehmens Pietät Bruckner meldete, wurde ihm leider mitgeteilt, dass der Chef schon gegen Mittag das Geschäft verlassen hatte.

***

Als Fremden am Hessenplatz ankam, sah er sie im Licht der Straßenlaternen in Richtung Marburger Straße laufen. Dass es sich bei der Fußgängerin um Liliana Bode handelte, erkannte er an der dicken Daunenjacke, deren Kapuze sie wieder tief ins Gesicht gezogen trug.

Allzu lange hat sie es in ihrer WG ja nicht ausgehalten, dachte Fremden und folgte der leicht gebückt laufenden Gestalt in sicherem Abstand. Die blau-weiß gestreifte Sporttasche über ihrer Schulter wertete er als Indiz dafür, dass sie nicht das »King of Asia« ansteuerte. Für den Schichtbeginn in einem Speiserestaurant war es auch schon ein bisschen zu spät. Und richtig, nach wenigen Minuten Fußmarsch bewahrheitete sich seine Vermutung. In der Leipziger Straße verschwand Liliana Bode in einer Hofeinfahrt, deren Tor ein Schild mit der Aufschrift *»yogaraum frankfurt«* schmückte.

Fremden beschloss, in der kleinen Stehpizzeria auf der gegenüberliegenden Straßenseite zu warten. Am Tresen bestellte er bei einer schwarzhaarigen Bedienung mit Pferdeschwanz eine Pizza Diavolo und eine Cola light. Mit der vor Kälte beschlagenen Flasche in der Hand begab er sich zu einem der Stehtische am Fenster. Bevor er sich auf dem Hocker niederließ, warf er einen Blick auf das bunte Potpourri von Fotos an der holzvertäfelten Wand: Don Camillo und Peppone, Luciano Pavarotti, das Empire State Building in New York, ein Sportwagen aus den Sechzigern mit offenem Verdeck und direkt daneben der aktuelle Mannschaftskader des AC Mailand. Die Kicker des Fußballvereins, dessen Hauptaktionär Silvio Berlusconi war, der als Regierungschef Italiens noch bis vor Kurzem mit Gerichtsverfahren und Bunga-Bunga-Partys kräftig für Schlagzeilen sorgte.

Er wandte sich wieder dem Fenster zu und widmete sein Augenmerk der Hofeinfahrt. Mittlerweile hatten sich dort drei junge Türken versammelt. Gestikulierend zündeten sie sich Zigaretten an. Während er dem Trio beim Rauchen zusah, musste er an die verwirrende Beobachtung denken, die er vor einer guten Stunde am Hexenhäuschen in Kahl gemacht hatte. Nachdem er Liliana Bode erkannt hatte, war er nicht mehr imstande gewesen, das Gespräch mit Vera Kaczorowski zu führen. Bevor er sie zu dem Liebesverhältnis mit dem jungen Mann befragte, das Amelie Bruckner angeblich unterhalten hatte, wollte er erst noch herausfinden, in welcher Beziehung sie zu Liliana Bode stand. Auf der Rückfahrt nach Frankfurt war er beim Grübeln bereits auf eine Gemeinsamkeit der Frauen gestoßen: Beide hatten mehr oder weniger intensiven Kontakt zu Hugo Bruckner gehabt. Liliana Bode als dessen Sekretärin und Vera Kaczorowski in der Rolle der schrulligen Nachbarin am See. Die eine Verbindung war geschäftlicher, die andere privater Natur. Doch weshalb kannten sich die beiden? Hatte Bruckner sie einander vorgestellt?

»Pizza Diavolo?« Die schwarzhaarige Bedienung schaute ihn fragend an.

Fremden nickte, und als der Teller mit der dampfenden Pizza vor ihm stand, griff er gierig zu. Beinahe hätte er laut aufgeschrien, als der heiße Käse an seinem Gaumen haften blieb. Fluchend ließ er die Pizzaecke auf den Teller zurückfallen und langte nach der Flasche Cola light. Nachdem er einige Schlucke genommen hatte und der Schmerz etwas nachließ, kehrten seine Gedanken zu Liliana Bode zurück. Wie passte die insektenverzehrende Schönheit ins Bild? Spielte auch sie eine Rolle bei Bruckners tödlichem Sturz in den See? Falls ja, welche? Steckte sie mit dem Täter unter einer Decke? War sie Mitwisserin? Was verbarg sich hinter ihrer auf den ersten Blick so selbstlosen Hilfsbereitschaft? Hatte er sie nach der Scheinhinrichtung im Wald tatsächlich angerufen, oder hatte sie das nur behauptet und war von jemandem geschickt worden? Um ihn auszufragen? Um zu erfahren, wie viel er wusste? Wie viel er von was wusste? Vom Mord an Bruckner oder von dem schmutzigen Geschäft mit den moldawischen Frauen? Mittlerweile war da eine ganze Armada an Fragen, die sich in seinem Kopf formierte.

Etwa eine Stunde nach dem Verzehr der Pizza sah er sie aus der Hofeinfahrt treten. Eilig legte er fünfzehn Euro auf den Tisch und hastete ihr hinterher. Unweit der U-Bahn-Station holte er sie ein und stellte sich ihr in den Weg.

»Huch, wo kommst du denn her?« Liliana Bode war sichtlich überrumpelt. »Geht's dir wieder besser?«

»Danke der Nachfrage. Und dir? Wie war der Trip nach München?«

»Hätte besser sein können«, antwortete Liliana Bode und schaute seitlich an ihm vorbei in den einsetzenden Schneefall.

»Besser? Warum besser?«

»Keine Lust, jetzt drüber zu reden.«

Sekundenlang sagte keiner von ihnen etwas. Während er sie schweigend ansah, zeichnete Liliana Bode mit der Spitze ihres Stiefels Kreise auf den nassen Asphalt.

»Wo warst du gerade?«

»Beim Yoga.«

»Hab ich gesehen. Und vorher?«

»Wüsste nicht, was dich das angeht.«

»Warum reagierst du nicht auf meine Anrufe?«

»Wird das jetzt 'ne Art Frage-und-Antwort-Spiel?«

»Antworte bitte.«

Mit in die Hüften gestemmten Händen machte Liliana Bode einen Schritt auf ihn zu. »Vielleicht habe ich nicht auf deine Anrufe reagiert, weil ich nicht mit dir sprechen will.«

»Das reicht mir nicht als Antwort.«

»So, das reicht dem Herrn also nicht. Glaubst du, nur weil ich dir mal in einer beschissenen Situation geholfen habe, bin ich gleich bereit, was mit dir anzufangen?«

»Liliana, ich frage dich jetzt noch mal: Wo warst du vorhin?«

Sie starrte ihn zornig an. »Ich glaub, deine Ermittlerei steigt dir ganz schön zu Kopf. Ich hab keinen Bock, mich hier auf der Straße dumm anmachen zu lassen.«

Als sie sich zum Gehen umwandte, packte er sie am Arm.

»Lass mich los«, fauchte sie und drehte ihren Arm aus seinem Griff.

»Was wolltest du bei Vera Kaczorowski?«

»Vera ist meine Tante.«

»Deine Tante?«, wiederholte er und stolperte ihr durch das stärker werdende Schneetreiben hinterher. »Warum … warum hast du das nicht schon früher gesagt?«

Ein schrilles Lachen ausstoßend, blieb Liliana Bode stehen. »Das wird ja jetzt immer absurder. Warum hätte ich dir denn sagen sollen, dass Vera meine Tante ist? Du hast dich nach meinem ehemaligen Chef erkundigt.«

»Ist aber ein verdammt merkwürdiger Zufall.«

»Was ist ein merkwürdiger Zufall?«

»Ich untersuche, wie Hugo Bruckner ums Leben kam, befrage seine frühere Sekretärin und seine Nachbarin, und dann stellt sich raus, dass die beiden miteinander verwandt sind.«

»Ich verstehe immer noch nicht, was daran merkwürdig und vor allem zufällig sein soll.«

»Na, dass ausgerechnet die Tante der Sekretärin neben dem Ferienhaus des Chefs wohnt.«

»Das ist doch kein Zufall.« Liliana Bode wischte sich mit dem Fäustling die Schneeflocken von ihrer Daunenjacke. »Was glaubst du denn, wie ich damals an den Job gekommen bin?« Als er mit den Schultern zuckte, fuhr sie fort: »Durch Vitamin B. Durch die Vermittlung von Tante Vera. Sie und Amelie Bruckner sind sich früher manchmal am Seeufer begegnet. Kamen ins Gespräch. Tante Vera hat erwähnt, dass ich auf Jobsuche bin. Und da hat Amelie Bruckner angeboten, dass ich mich im Bestattungsunternehmen vorstellen kann.«

»Wusstest du bei unserem letzten Treffen, dass ich auch deine Tante befragt habe?«

»Nein, das hab ich erst vorhin erfahren. Leider komm ich nicht so häufig dazu, Tante Vera zu besuchen. Heute war's mal wieder so weit. Hab ihr ein paar Einkäufe vorbeigebracht. Da hab ich deine Visitenkarte auf dem Tisch liegen sehen.«

***

Als sie die Lampe am Alibertschränkchen anknipste, begann die Neonröhre wie wild zu flackern. Das bedrohlich tiefe Brummen, das das Blitzlicht begleitete, nährte in ihr den Verdacht, dass die Leuchte bald den Geist aufgeben würde. Vielleicht sollte sie Liliana bitten, im Baumarkt vorsorglich eine neue zu besorgen.

Die linke Hand auf den Waschbeckenrand gestützt, fuhr sich

Vera Kaczorowski mit dem Waschlappen ein paarmal übers Gesicht. Ihr linkes Auge brannte, als es mit dem nach Lavendel duftenden Seifenschaum in Berührung kam. Nachdem sie die Nachtcreme aus Johanniskrautöl und Sheabutter aufgetragen hatte, machte sie sich daran, die Zahnprothesen aus dem Mund zu nehmen. Eine allabendliche Prozedur, die nur bei der oberen auf Anhieb gelang. Am rechten Unterkiefer hingegen hakte das vermaledeite Ding immer ein wenig.

Als sie nach zwei ergebnislosen Anläufen endlich auch die untere Schiene zwischen ihren Fingern hielt, bemerkte sie im Spiegel den glasigen Speichelfaden, der sich quer über ihr eingecremtes Kinn gelegt hatte. Alt zu sein ist wahrlich keine Freude, jammerte sie in Gedanken und bückte sich nach dem Handtuch über der Badewanne. Dabei streifte ihr Blick das Fenster. Nanu. Was war das? Spielten ihr nun auch noch ihre Sinne einen Streich, oder hatte sie gerade das Aufblitzen eines Lichts gesehen? Drüben, am Ufer des Sees. Irritiert trat sie ans Fenster. Mit dem Ärmel ihres Bademantels rieb sie über die beschlagene Scheibe. Dann spähte sie nach draußen. Tatsächlich. Es bestand nicht der Hauch eines Zweifels. Hinter den Fenstern bei den Bruckners tanzte ein schmaler Lichtkegel auf und ab. Wer zum Teufel konnte das sein? Jonas Fremden, der scheue Detektiv? Nachts? Ein Reiter? Sie stieß ein heiseres Lachen aus. Reiter, Reiter, Reiter. Er hatte bestimmt ganz schön dumm aus der Wäsche geguckt, als sie das gesagt hatte. Doch das da drüben war nicht der Detektiv, der hatte Bruckners Erlaubnis und würde tagsüber kommen. Aber wer konnte sich sonst dort herumtreiben? In dem verlassenen und verwahrlosten Haus. Ein Landstreicher? Nein, so einer verirrte sich nicht hierher bei den Temperaturen. Und für einen Vandalen war derjenige zu leise. Ihr stockte der Atem, als ihr eine vierte Möglichkeit einfiel. Jemand, der einfach so Leute im Wald …

Ihre Hände zitterten, als sie das Licht ausschaltete. Was, wenn das bereits zu spät war? Wenn der Meuchelmörder längst beschlossen hatte, zu ihr herüberzukommen? Die Polizei zu alarmieren war zwecklos. Bis die ihr Haus erreicht hätten, wäre sie tot. Im Grunde gab es nur eins: Sie musste hier raus. Im finsteren Wald konnte sie sich verstecken.

Mit klopfendem Herzen grapschte sie nach ihren Kleidern auf dem Schemel. Hastig streifte sie sich Strumpfhose, Rock und Kittelschürze über. Erst danach fiel ihr auf, dass sie den Schlüpfer und den Büstenhalter vergessen hatte. Im Flur stieg sie in die Stiefel und schnappte sich den Lodenmantel von der Garderobe. Doch kurz vor der Haustür kehrte sie noch mal um. Die Dielen ächzten, als sie in die Küche lief und das Fleischmesser von der Anrichte nahm. Damit bewaffnet, schlich sie aus dem Haus und wagte es nicht, sich umzusehen, bis sie nach etwa hundert Metern hinter gelagerten Baumstämmen Deckung fand. In der Ferne tanzte immer noch der Lichtkegel hinter den Fenstern auf und ab. Nach einer Weile hatten sich ihre Augen an die Dunkelheit gewöhnt. Suchend hielt sie nach einem Auto Ausschau. Als sie keins entdeckte, schlussfolgerte sie, dass der Eindringling an der Absperrung zur Bundesstraße geparkt und den Rest des Wegs zu Fuß zurückgelegt haben musste.

Nachdem sie einige Minuten im Schutz der Stämme verharrt hatte, beruhigte sich ihr Herzschlag. Nun spürte sie die Kälte durch ihre Kleider dringen. Ewig würde sie es im Freien nicht aushalten können. Doch was sollte sie tun? Sie atmete ein paarmal tief durch. Dann holte sie das Messer aus der Manteltasche und löste sich aus ihrem Versteck. Von Baum zu Baum schleichend, näherte sie sich dem Ferienhaus. Vielleicht konnte sie ja aus kürzerer Distanz sehen, wer sich bei den Bruckners herumtrieb.

***

Er wusste nicht, wie lange er schon auf der Hollywoodschaukel saß und den Kegel der Taschenlampe durchs Zimmer wandern ließ. Mit einer Mischung aus Irritation und Abscheu registrierte er den morbiden Zustand des Hauses. Den Verfall, die zerbrochenen Fensterscheiben, das feuchte Laub auf den Dielen und die schimmelige Tapete, die in Bahnen von den Wänden hing. Zu seiner Verwunderung schien kaum etwas entwendet worden zu sein. Das meiste war noch vorhanden. Der Korbstuhl in der Ecke, die Glasvitrine samt Geschirr, der Fernseher auf dem Regal und gleich daneben die Kompaktanlage. Selbst den Haustürschlüssel hatte er noch am Nagel des Verandapfostens vorgefunden.

Die Scharniere der Schaukel gaben ein quietschendes Geräusch von sich, als er aufstand, um zum Fenster zu gehen. Wolken verdunkelten den Mond. Der See – eine schwarz glänzende Fläche. Nun war er also tatsächlich an den Ort zurückgekehrt, an dem das Unheil seinen Anfang genommen hatte. Vielleicht, weil er hoffte, so auch emotional einen Schlussstrich unter das dunkelste Kapitel seines Lebens setzen zu können. Zwei lange Tage und Nächte hatte er mutterseelenallein im Hotel »Iris« zugebracht. Sich wahllos durch die Fernsehprogramme gezappt und mit Suizidgedanken herumgeschlagen, vietnamesisches Essen konsumiert und gerätselt, was er mit der Leiche in seiner Wohnung anstellen sollte.

In Marthas Fall hatte er sofort gewusst, dass er sie auf dem Lohrberg ablegen würde. Auf der Bank, auf der er sie an einem sonnigen Frühlingstag das erste Mal außerhalb der Malstunde getroffen hatte. Damals hatte sie ihm errötend gebeichtet, was sie sich so sehnlichst von ihm wünschte.

Er fragte sich, weshalb ausgerechnet die Entsorgung von Fátimas Leiche zu so einem großen Problem für ihn geworden war. Durch den Kehlenschnitt hatte sie extrem viel Blut verloren. Die Menge hatte er unterschätzt. Die Lache hatte sich auf dem Boden bis weit über die mit der Plane abgedichtete Stelle ergossen. Vergangene Nacht war er in seine Wohnung zurückgekehrt. Der bestialische Gestank, der ihn an der Tür empfangen hatte, hätte ihn beinahe in die Flucht geschlagen. Doch er hatte sich zusammengerissen. Hatte Fátimas Körper in die Plane gewickelt, ihn durchs Treppenhaus nach unten geschleift und in den Kofferraum des Wagens geladen. Um die Reinigung der Wohnung würde er sich später kümmern. Ziellos war er mit seiner leblosen Fracht durch die Stadt gefahren. Nach einer unbestimmten Zeit landete er im Westhafen, am Druckwasserwerk. Auf dem verlassenen Parkplatz hatte er den Leichnam aus dem Kofferraum gehievt und beim Ablegen am Zaun des Heizkraftwerks festgestellt, dass die Prothese noch in seiner Wohnung sein musste. Die hatte sie im Todeskampf verloren.

Er konnte immer noch nicht richtig glauben, dass nun alles vorbei sein sollte. Ein schlechtes Gewissen, getötet zu haben, hatte er nicht. Dazu hatten ihn die unersättlichen Schlampen auf viel zu niederträchtige Art und Weise ausgenutzt. Wobei Martha ihre Überlegenheit weniger brutal ausgespielt hatte als die beiden anderen. Mit ihr hatte er Tische gerückt und Tarotkarten gelegt. Hatte sie von dem okkulten Hokuspokus genug, gab sie ihm ein blaues Pillchen zu schlucken. Nach Einsetzen der Wirkung dirigierte sie ihn zwischen ihre wabbeligen schneeweißen Schenkel. Martha stieß ein absurd hohes Wimmern aus, wenn sie kam. Und im Nachgang des unappetitlichen Akts überfielen sie regelmäßig Schuldgefühle. Die versuchte sie zu kompensieren, indem sie ihm Geld aufs Kopfkissen legte und um Verzeihung bat, bevor sie ging.

Selma war ein anderes Kaliber. Sie zeigte keine Reue. Ihr war es wichtig gewesen, ihre Dominanz zu demonstrieren. Sie hatte er unterwürfig mit »Madame« oder »Memsahib« ansprechen müssen. Niemals durfte er ihr in die Augen sehen. Doch auch mit ihr verlief der Sex weitgehend normal. Manchmal wurde sie nicht richtig feucht. Dann half sie mit einem Gleitmittel nach.

Und Fátima? Sie hatte ihm am übelsten zugesetzt. Dabei begannen die Treffen mit ihr meist recht harmlos. Zuerst die Begrüßung und die formelle und überaus höfliche Bitte, ihn malen zu dürfen. Lag er dann mit gespreizten Beinen auf dem Bett, richtete sie ständig sein Glied, das angeblich in eine falsche Position gerutscht war. Als würde es ihr nur ums rein Technische gehen. Sobald das Bild fertig war, wurde ihre Gangart rauer. Im kasernenhofartigen Ton wies sie ihm die Rolle zu, in die er für den Rest des Abends zu schlüpfen hatte. Entweder die des gehorsamen Hündchens, das die Leine angelegt bekam und auf allen vieren im Zimmer umherlaufen musste, bevor es Frauchen ausgiebig die Muschi zu lecken hatte. Oder die des vulgären Fernfahrers, der sie an den Haaren packte und es ihr unter Du-bist-so-geil-Rufen von hinten besorgen musste. Am Montagabend hatte sie ihn auch erst wieder formell und höflich um Erlaubnis gebeten, ihn malen zu dürfen.

Den Blick immer noch in die dunkle Nacht gerichtet, nahm die Szene vor seinem inneren Auge Gestalt an. Er hatte kopfschüttelnd abgelehnt. Ob der kleine Trucker jetzt vorhabe, rebellisch zu werden, hatte sie gefragt und war im Bad verschwunden. Keine zwei Minuten später kehrte sie zurück. In der Hand seinen bis zum Rand mit Urin gefüllten Zahnputzbecher. »Trink«, flüsterte sie und reichte ihm lächelnd den warmen Becher. »Wenn das

Truckerlein nicht artig sein will, muss es eben büßen.« Ohne ein Wort zu sagen, hatte er das Gefäß auf den Tisch gestellt und ihr ins Gesicht geschlagen. Unter Stöhnen war sie zu Boden gesackt. Es hatte gedauert, bis sie sich Blut spuckend aufgerafft und ihn mit hasserfülltem Blick angestarrt hatte. Ein scharfer und strenger Geruch von Urin lag dabei in der Luft – und die Prophezeiung, dass er das bitter bereuen werde. Sie hatte es kaum ausgesprochen, da stürzte er sich auf sie und biss ihr ins Gesicht. Welch Genuss, sie schreien zu hören. Sie wehrte sich. Begriff. Strampelte wild und bettelte gleichzeitig um ihr lausiges Leben. Er hatte ihr die Kleider zerrissen und erneut zugeschlagen. So lange, bis sie leise wimmernd auf dem Boden liegen blieb. Dann war er ruhigen Schritts in die Küche gegangen und hatte das Messer geholt.

***

Das Handy klingelte, als er sich aus dem Kühlschrank eine Flasche Bier holte. Nach einem flüchtigen Blick aufs Display musste er lächeln. Dass sie sich demnächst mal melden würde, hatte sie versprochen. Doch dass es schon so bald sein würde, hatte er nicht zu hoffen gewagt. Noch vor einer Stunde hatte er in ihrem Zimmer gesessen. Den Umstand, bei ihr in der WG gelandet zu sein, verdankte er ihrer Neugierde und dem miserablen Wetter. Weshalb er heute Abend zu ihrer Tante gefahren sei, hatte sie im immer dichter werdenden Schneetreiben gefragt. Und als er geantwortet hatte, dass das eine längere Geschichte sei, hatte sie gesagt, dass er ihr die aber lieber im Warmen erzählen möge. Auf ihrem Sofa weißen Tee aus China schlürfend, hatte er vom Stand der Recherchen und von seiner Hoffnung berichtet, mit Vera Kaczorowskis Hilfe die Identität des jungen Mannes zu ermitteln, um den Fall Bruckner vielleicht doch noch lösen zu können. Nachdem Liliana Bode sich im Gegenzug für ihre Patzigkeit entschuldigt hatte, war sie auch ein Stück weit mit dem Grund herausgerückt, weshalb sie auf seine Anrufe nicht reagiert hatte. Und dass ihre ablehnende Haltung indirekt mit dem Überraschungsbesuch in München zu tun gehabt hatte. Soweit er verstand, hatte sich ihr Freund nicht so ganz allein in der Wohnung aufgehalten, als Liliana Bode dort aufgetaucht war. Und in ihrer Enttäuschung hatte sie nicht die geringste Lust verspürt, sich von jemandem den Hof machen zu lassen.

Sie klang aufgekratzt, als sie sich meldete. »Gerade eben … gerade eben war der Mann im Ferienhaus.«

Fremden hatte keine Ahnung, wen Liliana Bode meinte. Intuitiv dachte er an Varujan. Doch welchen Grund sollte Rosen haben, ihn dorthin zu schicken?

»Von welchem Mann sprichst du?«

»Na, von dem, den Tante Vera damals durchs Fenster gesehen hat.«

»Und wen bitte hat sie damals durchs Fenster gesehen?«

»Stehst du jetzt auf der Leitung, oder was? Den Typ, mit dem die Bruckner es getrieben hat natürlich.«

Er brauchte einige Sekunden, um die Tragweite dieser Nachricht zu begreifen.

»Glaubst du, deine Tante phantasiert?«

»Nur weil sie sich ab und zu merkwürdig ausdrückt?«

»Nein. Ich frage mich nur, warum sie dich und nicht mich angerufen hat.«

»Weil du neulich so schnell abgehauen bist und sie deshalb annimmt, dass du ihr eh nicht glaubst.«

Vera Kaczorowski hockte, den Oberkörper leicht nach vorne gebeugt, auf dem Schemel und nippte an einem kelchförmigen Glas. Als sie das Gefäß auf dem Tisch abstellte, schwappte die weizengelbe Flüssigkeit darin hin und her.

»Nun erzähl uns doch bitte mal in aller Ruhe, was vorhin geschehen ist.« Liliana Bode strich ihrer Tante sanft über den Unterarm und lächelte sie ermunternd an.

»Liebes, ich war gerade dabei, mir die Zähne –« Vera Kaczorowski stockte einen Moment und warf Fremden einen unsicheren Blick zu. »Also, ich hab gerade mein Gebiss rausgenommen, als ich durchs Fenster dieses Licht sah. Eine Taschenlampe, die drüben durchs Haus spukte.«

»Und was haben Sie da gemacht?«, fragte Fremden und rutschte mit seinem Hintern ein Stückchen weiter in Richtung Stuhlkante.

»Mich erschrocken. Und Angst bekommen.«

»Sind Sie gleich aus dem Haus gelaufen?«

»Nein«, antwortete Vera Kaczorowski und lächelte fast ein wenig verschämt. »Ich hab mir natürlich noch was übergezogen und das Licht gelöscht. Dann erst bin ich aus dem Haus, um mich zu verstecken.«

»Warum sind Sie überhaupt zum Haus der Bruckners gegangen?«

»Irgendwas musste ich doch tun. Wollt ja nicht erfrieren. Außerdem bin ich nicht gegangen, sondern geschlichen.«

»Und dann haben Sie den Mann gesehen?«

»Ja, der stand ganz dicht am Fenster.«

»Sind Sie sicher, dass das der Mann war, mit dem sich Amelie Bruckner getroffen hat?«

»Ich bin zwar alt, aber nicht blind. Es war der Schönling, mit dem sie geschnackselt hat«, sagte Vera Kaczorowski und stieß ein heiseres Lachen aus.

»Und der Mann? Was ist jetzt mit ihm? Ist er fort?«

Vera Kaczorowski nickte.

»Wie ist er ins Haus gekommen? Hat er die Tür aufgebrochen, oder ist er durchs Fenster gestiegen?«

»Nein, mit dem Schlüssel, glaub ich.«

»Mit einem Schlüssel«, wiederholte Fremden.

»Ja«, antwortete Vera Kaczorowski, »mit dem, der immer am Pfosten der Veranda hängt.«

Mit der Taschenlampe aus seinem Kofferraum machte er sich auf den Weg zum Ferienhaus. Tante und Nichte hatte er in der warmen Stube zurückgelassen. Im Wald herrschte gespenstische Stille. Eine Stille, die nur hin und wieder durch den Schrei eines Nachtvogels und das Knirschen seiner Schritte auf dem Schnee durchbrochen wurde. Der Schlüssel zur Eingangstür hing tatsächlich an dem von Vera Kaczorowski beschriebenen Verandapfosten.

Nachdem er das modrig riechende Haus betreten hatte, ließ er sich auf der Hollywoodschaukel nieder. Was mochte den Unbekannten an diesen verlassenen Ort getrieben haben? Neugierig blickte er sich um. Im Schein der Taschenlampe wirkte alles viel größer als am Tage.

Ein plötzliches Rascheln rechts von ihm ließ ihn zusammenzucken. Wahrscheinlich nur eine Maus oder Ratte, die durch das herumliegende Laub huschte. Doch als er den Lichtkegel auf die betroffene Stelle richtete, entdeckte er nur Unmengen von Blättern und einige verstreute bunte Scherben. Das Muster des Porzellans weckte in ihm eine vage Erinnerung. Nur wusste er nicht, welche. Seufzend erhob er sich und ging einige Schritte im Zimmer auf und ab. Dabei dachte er ein weiteres Mal an Amelie Bruckner und was sie dazu bewogen haben könnte, sich an jenem Novembertag mit dem Taxi an den See chauffieren zu lassen. Ein letztes Treffen mit ihrem jungen Liebhaber? Oder hatte sie die lange Fahrt auf sich genommen, um die Kamera zu holen? Möglich auch, dass sie aus reiner Nostalgie an diesen Ort zurückgekehrt war. Intuitiv glaubte er, dass es mit der Kamera zusammenhing. Falls dem so war, erklärte das aber nicht, warum die sterbenskranke und wohlhabende Frau den Aufwand betrieb, wegen einer Kamera, die wahrscheinlich nur ein paar hundert Euro kostete, so weit zu fahren und den Verlust derselben später als Drama zu bezeichnen.

Vor dem Korbstuhl blieb Fremden abrupt stehen. Auf einmal dämmerte ihm, dass es Amelie Bruckner möglicherweise gar nicht um den materiellen Wert der Kamera gegangen war, sondern vielleicht um Bilder oder Filme, die auf ihr gespeichert waren.

Als er wieder im Hexenhäuschen eintraf, stellte Liliana Bode gerade eine Kanne frisch gebrühten Tee auf den Tisch. Ob sie ihm auch eine Tasse einschenken dürfe? Er lehnte dankend ab und bat, die Toilette benutzen zu dürfen.

Beim Verlassen des Bads streifte sein Blick wie schon bei seinem letzten Besuch das Wandregal mit den vier Matrjoschka-Puppen. Nur erregten sie diesmal auf Anhieb seine volle Aufmerksamkeit. Die Augen weit aufgerissen, stand er da und starrte auf die Porzellanfiguren. Die mittlere der nach der Größe geordneten Puppen schien zu fehlen. Doch das war es nicht, was ihn in Erstaunen versetzte, sondern vielmehr der Umstand, dass die Figuren exakt das gleiche Muster hatten wie die Scherben auf dem Boden im Ferienhaus der Bruckners.

»Na, haben Sie den Schlüssel an der Veranda gleich gefunden?«, fragte Vera Kaczorowski, nachdem er in die Stube zurückgekehrt war. Sie langte nach ihrer Teetasse und nahm laut schlürfend einen Schluck des heißen Gebräus.

»Ja, habe ich. Ich habe aber das Gefühl, dass nicht nur der junge Mann von dem Schlüssel Gebrauch gemacht hat.«

Die beiden Frauen wechselten irritierte Blicke.

»Was meinst du mit ›nicht nur der junge Mann‹?« Liliana Bode lächelte ihn unsicher an.

»Das kann uns vielleicht am besten deine Tante erklären.«

»Ich?«, fragte Vera Kaczorowski und fuhr sich mit der Hand über ihren fettigen Haarknoten.

»Die Puppen auf dem Regal im Flur, woher haben Sie die?«

»Vom Flohmarkt«, entgegnete Vera Kaczorowski und untermalte ihre Antwort durch mehrmaliges Nicken.

»So, vom Flohmarkt. Im Ferienhaus gibt es auch eine Matrjoschka-Puppe. Sie liegt in Scherben auf dem Boden. Aus Porzellan sind die Figuren äußerst selten. Üblicherweise werden sie aus Holz gefertigt. Das Muster auf den Scherben ist identisch mit dem auf Ihren Puppen.«

»Na und?« Vera Kaczorowski blickte ihn schulterzuckend an.

»Das deutet darauf hin, dass sie zusammengehören. Oder wollen Sie mir jetzt erzählen, dass Sie mit Amelie Bruckner auf dem Flohmarkt waren und sie beide einen identischen Satz Puppen gekauft haben?«

»Warum nicht?«, antwortete Vera Kaczorowski und lächelte verschmitzt.

»Tante Vera, nun mal im Ernst: Woher hast du die Dinger?«

Einige Sekunden lang sagte niemand etwas.

»Frau Kaczorowski, auf dem Regal im Flur stehen vier Puppen. Soweit mir bekannt ist, besteht ein Satz normalerweise entweder aus drei, fünf, sieben oder zehn Puppen. Demnach fehlt Ihnen mindestens eine. Und die liegt in Scherben im Ferienhaus auf dem Boden.«

»Die muss Amelie mir gestohlen haben.«

Die Antwort war so absurd, dass Fremden lachen musste.

»Umgedreht wird ein Schuh draus. Sie wussten, wie man ins Haus kam. Und als die Bruckners dort nicht mehr auftauchten, nutzten Sie die Gelegenheit, sich im Inneren mal ein bisschen umzusehen.«

»Wollt ihr jungen Leute jetzt nicht lieber gehen? Ihr habt doch bestimmt auch noch was Besseres zu tun, als mit einer alten Frau in der Stube zu hocken.«

Fremden registrierte aus den Augenwinkeln, dass Liliana Bode die Röte ins Gesicht stieg.

»Stimmt das, Tante Vera? Und drucks jetzt bitte nicht rum. Bist du in das Ferienhaus eingebrochen?«

»Eingebrochen, wie klingt denn das?«, fragte Vera Kaczorowski in entrüstetem Tonfall und rieb mit dem Ärmel ihres Strickpullovers einen Tropfen Tee von der Tischplatte. »Zwei- oder dreimal hab ich mir Sachen geliehen. Mehr nicht.«

»Was für Sachen?«, hakte Fremden nach.

»Zeug aus der Küche. Nudeln, Mehl, Konserven. Was nicht so auffällt, wenn's weg ist. Mit meiner kleine Rente muss ich jeden Groschen umdrehen.«

»Und die Puppen?«

»Die haben mir halt gefallen.«

»Und eine ist Ihnen heruntergefallen.«

Als Vera Kaczorowski nickte, lief ihr plötzlich eine Träne über die Wange. »Ich versprech, die anderen zurückzubringen.«

»Was ist mit der Kamera? Erinnern Sie sich, eine im Haus gesehen zu haben?«

Der Blick der alten Frau ruhte starr auf dem Tisch.

»Frau Kaczorowski, eine Kamera. So ein Ding, mit dem man Fotos schießt.«

»Die war in der größten Puppe versteckt«, antwortete sie mit leiser Stimme und erhob sich von ihrem Schemel. Dann schlurfte sie zum Küchenschrank, holte aus einer der unteren Schubladen eine alte Canon IXUS hervor – das gleiche Modell, das er letzte Woche bei seinem Onkel in Bad König gefunden hatte – und reichte sie ihm.

Gespannt drückte er auf den Powerknopf. Doch zu seiner Enttäuschung schaltete sich das Gerät nicht ein, da der Akku entladen war.

FÜNFZEHN

Verblüfft sah Mannfeld auf die nicht enden wollende Kolonne von Fahrzeugen auf der Gegenfahrbahn. Aus der Vogelperspektive betrachtet, musste das morgendliche Spektakel beinahe apokalyptisch wirken. Wie eine Massenflucht nach einer Naturkatastrophe. Doch das hier war kein Erdbeben, Waldbrand oder gar Hurrikan, der die Bevölkerung aus dem Taunus in Richtung Frankfurt trieb. Es war lediglich der Berufsverkehr, der vor gut einer Stunde eingesetzt hatte.

Als sie Klaus Bruckner telefonisch um die Erlaubnis gebeten hatten, sich in der Hinterlassenschaft seiner Mutter umsehen zu dürfen, hatte er eine merkwürdige Bemerkung fallen gelassen. Etwas in der Art, dass sie da nicht allein auf weiter Flur stünden. Doch als sie nachgehakt hatte, was er mit der Andeutung meine, hatte er nur leise gelacht und gesagt, dass er das später lieber von Angesicht zu Angesicht erklären würde.

Während Born den Dienstwagen hinter dem Ortsschild von Schwalbach wieder auf Touren brachte, nahm sie das auf ihrem Schoß liegende Phantombild zur Hand. Sonja Romanowa hatte, was die Genauigkeit ihrer Beobachtungsgabe betraf, nicht geprahlt. Mühelos und über jeden Zweifel erhaben, hatte sie sich an jedes noch so winzige Detail im Gesicht des Modells erinnert. An das kleine Grübchen am Kinn, den sanften Schwung der Augenbrauen und das kleine punktförmige Muttermal an der Oberlippe.

Anhand der Zeichnung versuchte Mannfeld abzuschätzen, ob ihr der Mann mit den weichen, ebenmäßigen Zügen in natura gefallen würde. Wahrscheinlich nicht, urteilte sie und ließ das Blatt zurück in ihren Schoß fallen. Sie mochte es, wenn ein Typ Macken und Kanten hatte. So wie Jan mit seiner leicht schiefen Nase, die ihm ein Mitschüler bei einem »Fight«, wie er sich markig auszudrücken pflegte, gebrochen hatte.

Als sie die Villa erreicht hatten und Klaus Bruckner die Tür zu seinem Anwesen öffnete, zuckte sie innerlich zusammen. Der auf einen Gehstock gestützte Mann wirkte auf den ersten Blick wie das Gegenstück zum Beau auf dem Phantombild. Seine Statur war schmächtig, die Haare glänzend schwarz, die Gesichtshaut blass, und mit dem linken Auge schien irgendetwas nicht zu stimmen.

»Was haben Sie denn da Interessantes in der Hand?«, erkundigte sich Bruckner, nachdem er ihnen die Mäntel abgenommen hatte. »Sieht aus wie eine dieser Polizeizeichnungen in den Filmen.«

»Es handelt sich tatsächlich um ein Phantombild«, antwortete Mannfeld und hielt das Blatt in die Höhe, sodass Bruckner das darauf abgebildete Gesicht sehen konnte. »Kommt Ihnen der Mann bekannt vor?«

»Nein. Müsste er? Um wen handelt es sich denn, bitte?«

»Das wissen wir leider noch nicht«, sagte Mannfeld und dachte, dass es ihnen nun wohl doch nicht erspart blieb, mit der Zeichnung an die Öffentlichkeit zu gehen. »Die Person könnte ein Bekannter Ihrer Mutter gewesen sein. Möglicherweise hat sie den Mann in einem Malkurs kennengelernt.«

»In einem Malkurs«, wiederholte Bruckner und strich sich mit seinem knöcherigen Zeigefinger ein paarmal über sein Oberlippenbärtchen.

»Wundert Sie das?«

»Nein, nicht wirklich. Gestern hat mich auch schon jemand auf einen angeblichen Bekannten meiner Mutter angesprochen. Derjenige hatte aber kein Bild dabei. Und genau wie Sie wollte er sich unter den persönlichen Sachen meiner Mutter umsehen.«

»Und? Haben Sie es ihm erlaubt?«

»Ja, ich habe es dem Detektiv gestattet.«

»Dem Detektiv?«, hakte Mannfeld nach. »Was haben Sie denn mit einem Detektiv zu schaffen?«

»Ich habe ihn engagiert.«

»Darf ich fragen, zu welchem Zweck?«

»Um den Tod meines Vaters aufzuklären.«

Auf ihre erneute Nachfrage berichtete Bruckner von einem Ferienhaus in Kahl und dass sein Vater dort im August 2005 in den See gestürzt und ertrunken war. Viele Jahre habe er fest an die Version des tragischen Unfalls geglaubt, bis seine Mutter auf dem Sterbebett andeutete, der Vater sei damals von jemandem ins Wasser gestoßen worden.

»Sagten Sie nicht, dass Ihr Vater schon vor Jahren ertrunken ist?«

»Ja, das sagte ich«, antwortete Bruckner und schaute sie mit seinem seltsam starren Blick an.

»Aber warum hat Ihre Mutter so lange gewartet, bis sie das mit dem In-den-See-Stoßen sagte?«

»Das Gleiche habe ich mich auch schon gefragt.«

Born klinkte sich ins Gespräch ein. »An welche Detektei haben Sie sich gewandt?«, fragte er.

»Es ist keine richtige Detektei, sondern ein kleiner Ein-Mann-Betrieb in Bad König. Der Inhaber heißt Jonas Fremden. Warten Sie, seine Karte müsste hier irgendwo auf dem Tischchen liegen.«

Born starrte eine gefühlte Ewigkeit stumm auf die Visitenkarte, bevor er den Kopf hob und fragte: »Wie alt ist der Mann?«

»Etwa so alt wie Sie, vielleicht ein paar Jahre älter.«

»Und warum haben Sie ausgerechnet den engagiert?« Born betonte das »den«, als würde er nicht von einem Provinzdetektiv, sondern von einem Kinderschänder, Vergewaltiger oder dem Teufel persönlich sprechen.

»Mein Vater war mit seinem Onkel befreundet. Der war Detektiv, und Vater hat große Stücke auf ihn gehalten. Als ich nach Bad König fuhr, um ihn zu engagieren, wusste ich nicht, dass besagter Onkel mittlerweile nicht mehr lebt. Auch nicht, dass sein gleichnamiger Neffe die Detektei übernommen hat. Mir gegenüber gibt er sich als erfahrener Detektiv aus. Dass er nicht der richtige Jonas Fremden ist, wurde mir aber erst klar, als ich mich beim Amt über ihn erkundigt habe. Doch es stört mich nicht, dass er mich ein bisschen an der Nase herumführt. Im Gegenteil, ich finde das Spielchen, das er da treibt, sogar ziemlich amüsant und traue ihm durchaus zu, dass er noch herausfindet, wie Vater ums Leben kam.«

Mannfeld fragte sich, ob sie an Bruckners Stelle eine ebenso tolerante Haltung einnehmen könnte.

»Und hat dieser falsche Jonas Fremden etwas Interessantes in der Hinterlassenschaft Ihrer Mutter gefunden?«, erkundigte sich Born, der die Visitenkarte noch nicht aus der Hand gelegt hatte.

»Ja, ein absolut scheußliches Bild, das Mutter gemalt hat und auf dessen Rückseite sich eine merkwürdige Notiz befindet.«

»Können wir das bitte mal sehen?«

Während Bruckner durch eine weiß lackierte Flügeltür im Nebenzimmer verschwand, dachte Mannfeld an ihre Hypothese, Amelie Bruckners Krebstod könnte der Startschuss zum Töten gewesen sein – und daran, dass das zwar nach wie vor zutreffen, aber nur ein Teil der Wahrheit sein könnte. Vielleicht gab es ja einen Zusammenhang zwischen den Morden an den drei Frauen und dem Jahre zurückliegenden tödlichen Sturz in den See?

Bruckner kehrte zurück. »Hier, bitte.« Er hielt den Bogen nur mit zwei Fingern, als würde er ein gebrauchtes Taschentuch in Händen halten.

Das mit dem Titel »Hungrige Muschi« versehene Bild zeigte eine glatt rasierte Vagina, die eine Gruppe von Strichmännchen »verschlang«. Angewidert drehte Mannfeld die Zeichnung um. Und tatsächlich, auf der Rückseite des Blatts befand sich ein handschriftlicher Vermerk: *»Kamera aus Ferienhaus verschwunden. Drama! Verlust bemerkt am 21.11.11.«*

»Anscheinend hat die Kamera Ihrer Mutter viel bedeutet. Wissen Sie, weshalb?«

»Da fragen Sie mich leider zu viel. Mutter hat die Kamera mir gegenüber niemals erwähnt.«

»Halten Sie es für möglich, dass noch Foto- oder Filmmaterial darauf gespeichert war?«

Diese Frage beantwortete Bruckner mit einem Schulterzucken.

***

Als er die Augen aufschlug, standen die Zeiger des Weckers auf neun Uhr dreißig. Vergangene Nacht hatte er seit Langem wieder von Felix geträumt. Gähnend stemmte er sich von der Matratze hoch.

In sitzender Position ging sein Blick aus dem Fenster. Die Haflinger standen bereits wieder auf der Koppel. Es war ein friedliches Bild, das sich ihm da bot. Ebenso die Ansicht des sonnenbeschienenen, mit einer unberührten Schneeschicht bedeckten Gartens. Kaum vorstellbar, dass er in dieser Idylle vor eineinhalb Wochen brutal überfallen worden war.

Während er nach der über der Stuhllehne hängenden Jeans

langte, drang aus dem Erdgeschoss ein leises Husten zu ihm ins Schlafzimmer. Wie erstarrt hielt er in der Bewegung inne. Als er begriff, wer im Erdgeschoss herumgeisterte, durchlief ihn ein heißes Kribbeln. Wie hatte er das nur eine einzige Sekunde lang vergessen können? Dass sie mitgekommen war. Dass sie ihm – als sei es das Selbstverständlichste der Welt – vor dem Haus ihrer Tante mitgeteilt hatte, ihn nach Bad König zu begleiten. Nach all der Aufregung brannte sie ebenso wie er darauf, zu erfahren, ob sich brisantes Datenmaterial auf der Kamera befand. Selbst sein Argument, dass das Laden des Akkus mehrere Stunden dauern könne, hatte sie nicht von ihrem Entschluss abgebracht. Zur Not gebe es in dem großen Haus doch bestimmt ein Gästezimmer. Und dann waren sie tatsächlich im Konvoi nach Bad König gefahren. Nachdem er den Akku an das Ladegerät seines Onkels angeschlossen hatte, rollte er auf der Couch den Schlafsack für sie aus. Ob sie bei ihm im Schlafzimmer übernachten wolle, hatte er sich nicht zu fragen getraut. Stundenlang fand er keinen Schlaf und zermarterte sich sein Hirn mit dem Gedanken, ob er nicht zu ihr nach unten gehen sollte. Ob sie das nicht doch insgeheim erwartete. Die Dielen hatten geknarrt, als er auf Zehenspitzen aus dem Schlafzimmer geschlichen war. Auf halbem Weg zur Treppe verließ ihn der Mut. Irgendwann war er dann doch eingeschlafen und hatte von Felix geträumt.

»Na, gut geschlafen?«

»Geht so«, antwortete Liliana Bode, die in der Küche die Kaffeemaschine befüllte. Nachdem das Wasser durch den Filter gelaufen war, begaben sie sich mit ihren Kaffeetassen ins Wohnzimmer. Während Fremden schweigend den Akku in die Kamera einsetzte, bemerkte er, dass der Schlafsack schon zum Auslüften auf der Terrasse hing.

Am liebsten hätte er einen Jubelschrei ausgestoßen, als nach dem Einschalten der Kamera das Objektiv unter leisem Summen ausfuhr und sich das Display erhellte. Erstes Indiz, dass das Gerät noch funktionierte. Fotos befanden sich keine auf der Speicherkarte, dafür aber ein Video. Gespannt drückte er den Wiedergabeknopf.

In den ersten Sekunden wackelte die Aufnahme ein wenig. Dann wurde das Bild ruhiger. Auf dem Bootssteg des Ferienhauses standen zwei Männer. In dem älteren, der Ähnlichkeit mit Mario Adorf hatte, erkannte er Hugo Bruckner. Der Blonde war wesentlich jünger und nur im Profil zu sehen. Bei einem kleinen Kameraschwenk tauchte am rechten Bildausschnitt der Strandkorb auf. Die Abendsonne stand bereits tief über dem See und blendete ein bisschen. Die Szene mochte im Spätsommer oder Herbst aufgenommen worden sein. Darauf deutete auch die Kleidung der Männer hin. Der jüngere trug einen leichten Strickpulli, dessen Ärmel bis zu den Ellbogen hochgeschoben waren, Bruckner eine blaue Seglerjacke. Mit ausgestrecktem Arm hielt er dem blonden Mann etwas entgegen. Was, war nicht zu erkennen. Ein, zwei Sekunden lang schien das Bild zu erstarren. Dann hob der jüngere wie zur Entschuldigung beide Arme und machte ein paar Schritte auf Bruckner zu. Wer daraufhin wen zuerst berührte, war aus der Kameraperspektive nicht zu sehen. Im folgenden Gerangel erhielt Bruckner einen Stoß vor die Brust. Während er noch mit rudernden Armen versuchte, das Gleichgewicht zu halten, verloren seine Füße bereits den Halt. Nachdem er in den See gestürzt war, ging der Blick auf den Fußboden, und einige Sekunden lang waren im Display nur der Dielenboden des Ferienhauses und ein nacktes Frauenbein zu sehen. Dann erfolgte ein Schnitt, und der Bootssteg war wieder im Bild. Der junge Mann stand jetzt allein auf den Planken. In der rechten Hand hielt er eine lange Holzstange, mit der er Bruckner unter Wasser drückte. Als der nach quälend langen Minuten nicht mehr auftauchte, brach die Aufnahme ab.

»Nun haben wir den Beweis, dass es tatsächlich Mord gewesen ist«, sagte Liliana Bode leise und stellte ihre Kaffeetasse neben die Kamera auf das Nierentischchen.

»Ja, nur weiß ich leider immer noch nicht, wer der Mann ist.«

»Was willst du tun? Zur Polizei gehen?«

Fremden überlegte einen Moment, dann schüttelte er den Kopf. »Klaus Bruckner ist mein Auftraggeber. Ihm werde ich den Film zuerst zeigen. Was er damit macht, ist dann seine Sache.«

Ein Klingeln an der Haustür ließ ihn zusammenzucken. Intuitiv dachte er an den grimmig dreinblickenden Nachbarn mit der Schneeschaufel.

»Willst du nicht öffnen?«

»Doch«, antwortete Fremden, als es erneut klingelte, und setzte sich in Richtung Tür in Bewegung.

***

Noch vor zwei Stunden hätte Born jede Wette abgeschlossen, dass es ihn nicht so schnell wieder in seine alte Heimat, den Odenwald, verschlagen würde. Doch nun stand er neben Mannfeld an der Eingangstür eines Odenwälder Fachwerkhauses und wartete darauf, dass geöffnet wurde. Von einem Scharlatan. Nachdem sie weder in Amelie Bruckners Schlafzimmer noch in dem Atelier der Frau einen Hinweis auf die Identität des Modells namens Alexander gefunden hatten, hatte er vorgeschlagen, dem falschen Detektiv auf den Zahn zu fühlen. Auch dass es sich bei diesem Jonas Fremden aller Wahrscheinlichkeit nach um den Bruder seines vermissten ehemaligen Klassenkameraden handelte, hatte er Mannfeld mitgeteilt. Allzu viele Menschen dieses Namens konnte es schließlich nicht geben. Und auf dem Klassentreffen war ja ebenfalls gemunkelt worden, dass sich der Typ wieder im Land befand.

»Sind Sie Jonas Fremden?«

»Ja, und mit wem habe ich die Ehre?«

Ohne zu antworten, hielt Born seinen Dienstausweis in die Höhe. Auf den ersten Blick bestand keine Ähnlichkeit zwischen Felix und dem Mann auf der Türschwelle. Wundern durfte ihn das nicht, schließlich war Felix zum Zeitpunkt seines Verschwindens noch ein Kind gewesen.

Sie folgten Fremden in ein Wohnzimmer, in dem sich noch eine weitere Person befand. Eine junge rothaarige Frau mit leuchtend grünen Augen.

»Sagt Ihnen der Name Bruckner etwas?«, erkundigte sich Born und blieb in Nähe der Terrassentür stehen.

»Natürlich, ich ermittle im Auftrag eines Klienten, der Klaus Bruckner heißt.«

»Darf ich fragen, in welcher Angelegenheit?«

»Ich befürchte, das fällt unter meine Schweigepflicht.« Fremden setzte ein zuckersüßes Lächeln auf.

Unschlüssig, wie er auf die Verschanzung hinter der Schweigepflicht reagieren sollte, ließ Born seinen Blick durch den Raum schweifen. Ein wild zusammengewürfelt wirkendes Potpourri an Ramschmöbeln stand hier herum. Von der dunklen Holzdecke hingen Lampenschirme aus Rauchglas, die Wände waren zugekleistert mit kitschigen Puzzles und Jagdtrophäen. Er dachte an das Reality-Format »Raus aus dem Messie-Chaos – rein ins Leben«. Fehlten nur noch die Müllberge und die Stapel alter Zeitungen, und die Kulisse wäre prädestiniert für die Entrümpelungs-Dokusoap.

»Kann es sein, dass sich Ihre Ermittlungen um den Tod von Hugo Bruckner drehen?«

Fremden zuckte mit den Schultern, und Born beschlich das Gefühl, als ob das Lächeln des Mannes noch eine Spur breiter geworden war.

»Wenn es sein muss, können wir Sie gern aufs Präsidium vorladen«, ergänzte er und nahm im selben Moment etwas Silberfarbenes auf dem Nierentischchen wahr, an dem die rothaarige Frau lehnte. »Was liegt denn da für eine Kamera?«

»Eine digitale.«

»Danke, das sehe ich. Ich möchte wissen, wem sie gehört.«

»Das fällt leider auch unter die Schweigepflicht.«

»Darf ich mir die Kamera wenigstens mal ansehen?«

»Haben Sie einen Durchsuchungsbefehl?«

Born atmete einmal tief durch, dann machte er einige Schritte auf Fremden zu. Als er ganz dicht vor ihm stand, raunte er ihm mit vorgehaltener Hand ins Ohr: »*Beschluss*, mein Freund. Das heißt Durchsuchungs*beschluss*. Und wenn wir uns einen besorgen, stellen wir deine Rumpelkammer hier bis in den letzten Winkel komplett auf den Kopf. Dann kommen auch die unschönen Dinge zutage. Deine Geheimnisse. Ich weiß genau, wer du bist. Ich weiß auch, wer dein Onkel war und dass du ohne Gewerbeschein ein bisschen lauwarm herumermittelst. Leute abzockst und dem armen Klaus Bruckner ein X für ein U vormachst. Arglistige Täuschung nennt man das. Und ich weiß sogar das Allerschlimmste: dass dein Bruder vor Jahrzehnten verschwunden ist und dass du Penner allein dafür die Verantwortung trägst.«

Born trat einen Schritt zurück und schaute Fremden fest in die Augen. Es verging eine ganze Weile, während der sich die beiden Männer schweigend anstarrten. Schließlich wandte sich Fremden zur Seite und reichte Born die Kamera.

Das auf der Karte gespeicherte Video war nicht einmal fünf Minuten lang. Nachdem sie es angesehen hatten, sagte zunächst niemand etwas. Das Gesicht des Mannes, der Hugo Bruckner in den See gestoßen hatte, war fast ausschließlich im Profil zu sehen. Dennoch bestand kaum ein Zweifel, dass es sich um dieselbe Person handelte wie auf dem Phantombild. Das Modell Alexander war demnach nicht nur der mutmaßliche Mörder der drei Frauen, sondern auch der des Bestatters.

Ein Räuspern der Rothaarigen durchbrach die angespannte Stille. Born ließ die Kamera in seiner Manteltasche verschwinden und stellte fest, dass er das Gerät samt Speicherkarte als Beweismittel hiermit sichergestellt habe. Ferner untersagte er Fremden und der rothaarigen Frau, mit irgendjemandem über das Video zu sprechen, auch nicht mit ihrem Auftraggeber Klaus Bruckner.

»So, und jetzt weihen Sie uns mal in Ihre Ermittlungen ein.«

»Was wollen Sie denn wissen?«, brummte Fremden.

»So ziemlich alles. Fangen wir mit dem Ferienhaus an. Was genau hatten Sie dort zu suchen?«

In den folgenden Minuten berichtete Fremden in leicht konfuser Chronologie von seinem ersten Besuch am See, dann auf einmal von Unterlagen aus dem Fundus seines Onkels, die dokumentierten, dass Hugo Bruckner kurz vor seinem Tod erpresst worden war, und von einem goldenen Schmuckanhänger in Form eines Löwen, den man am Geldübergabeort gefunden hatte. Die Erwähnung des Löwensymbols ließ Born sofort an die Löwenköpfe auf den Zeichnungen der ermordeten Frauen denken. Im weiteren Verlauf des Gesprächs erzählte Fremden, wie er auf die Fährte von Gregor Bronski und Edgar Rosen gestoßen war. Der Umstand, dass der Ehemann des zweiten Mordopfers ebenfalls in den Ermittlungen des Pseudodetektivs auftauchte, war ein weiteres Indiz, dass eine Verbindung zwischen den Fällen existierte. Schließlich schilderte Fremden noch seine angebliche Entführung. Von einer Scheinhinrichtung war großspurig die Rede und dass er um sein Leben bangend in Bademantel und Schlappen durch den Wald geirrt war. Von Schock und Krankheit einigermaßen erholt, hatte er Tage darauf Rosens Observierung aufgenommen und herausgefunden, mit was der Mann – außer dem Managen von Konzerttouren und Künstlern – sein Geld machte. Born musste sich insgeheim eingestehen, dass der Typ sich für einen Anfänger gar nicht mal so blöd angestellt hatte. Und als Fremden zu guter Letzt auch noch die aus Moldawien verschleppten und an deutsche Bordelle und Saunaclubs vermittelten Frauen ins Spiel brachte, machte es bei Born gewaltig klick.

»Wow, welche Zauberformel hast du denn dem ins Ohr geflüstert? Auf einmal war der ja äußerst redselig und vollkommen handzahm.«

»Ich glaube, das möchtest du nicht wirklich wissen«, antwortete Born und legte die Akte Bruckner, die er ebenfalls als Beweismittel gesichert hatte, zu der Kamera auf die Rückbank. Dann schaute er durch die Windschutzscheibe auf die Straße. Eine mit Plastiktüten beladene alte Frau stapfte über den schneebedeckten Bordstein.

»Gut, dann will ich das eben nicht wissen«, entgegnete Mannfeld, während sie sich anschnallte. »Apropos wissen: Mittlerweile wissen wir zwar, wie der Mann aussieht und dass er, wenn er nicht gelogen hat, mit Vornamen Alexander heißt. Wir wissen aber immer noch nicht, wo er sich aufhält und wie sein Familienname lautet. Also, wie sollen wir an ihn rankommen? Mit Hilfe der Medien, indem wir das Phantombild veröffentlichen?«

»Damit würde ich noch warten.«

»Warten? Warum?«

»Weil ich eine bessere Idee hab. Erinnerst du dich an den Facebook-Freund von Martha Rosen?«

»An … ›hotcrusher‹?«

»Er nennt sich ›hotcracker‹. Ich glaube, dass er unser Mann sein könnte. Es dämmerte mir, als Fremden die moldawischen Nutten erwähnte. Dieser ›hotcracker‹ ist in seinem letzten Post auch auf moldawische Nutten eingegangen.«

»Und du denkst, dass das kein Zufall ist?«

Kopfschüttelnd beobachtete Born die alte Frau, die sich mit ihren Einkaufstüten Schritt für Schritt die Stufen zu einem Hauseingang hocharbeitete. »Natürlich kann es Zufall sein, dass ein Kerl Moldawierinnen nach Deutschland schleust und ein anderer im Internet postet, dass er gern zu den Damen in den Puff geht, weil sie ihn nicht verstehen. Aber vergiss nicht, dass zwischen ›hotcracker‹ und Mordopfer Nummer zwei über Facebook eine direkte Verbindung existiert.«

»Und was sollten wir deiner Meinung nach jetzt tun? Uns mit Facebook in Verbindung setzen? Und über die E-Mail-Adresse den richtigen Namen ermitteln?«

»Im Idealfall würde das sogar zum Erfolg führen«, antwortete Born, um ein mildes Lächeln bemüht. »Aber du glaubst doch nicht im Ernst, dass sich unser Mann an die Vorschriften gehalten hat? Sicher hat er seinen Facebook-Accout mit einer falschen Freemail-Adresse oder Ähnlichem eröffnet. Ich denke eher daran, dem Typ eine Falle zu stellen.«

***

Erst als er sich nach getaner Arbeit auf dem Stuhl niederließ, spürte er, dass seine Knie schmerzten. Erschöpft atmete er ein paarmal tief ein und aus. Unter den scharfen Geruch des Reinigungsmittels mischte sich immer noch der dumpfe Gestank des Blutes. Doch wenigstens hatte er die sichtbaren Spuren des Gemetzels so gut wie eliminiert. Nur an drei, vier Stellen hatte sich der Dielenboden dunkel verfärbt. Dafür war er aber auch stundenlang wie eine Putzmamsell auf allen vieren über den Boden gekrochen und hatte mit der Wurzelbürste jede noch so kleine Fuge und Rille geschrubbt. Eimerweise hatte er mit Blut versetztes Wasser ins Bad geschleppt und in den Abfluss gekippt.

Nachdem er sich auf dem Stuhl eine Weile ausgeruht hatte, humpelte er zum Schreibtisch, um den Computer hochzufahren. Routinemäßig startete er zuerst das E-Mail-Programm. An der Flut eingegangener Werbung merkte er, dass er schon seit mehreren Tagen nicht mehr online gewesen war. Mit einigen Mausklicks beförderte er die Spammails in den Papierkorb, dann öffnete er den Internetbrowser. Als Startseite baute sich die von Facebook auf. Ein Icon am oberen linken Bildschirmrand signalisierte, dass er eine neue, noch ungelesene Nachricht hatte. Neugierig klickte er auf die Nachrichtenleiste, um weitere Informationen zu erhalten. Jemand, der sich »Bestattermord« nannte, hatte ihn angeschrieben. Einen Augenblick lang stockte ihm der Atem. Konnte es sein, dass jemand, der sich mit diesem Pseudonym bei ihm meldete, *nichts* von seiner Vergangenheit wusste? Es dauerte einige Sekunden, bis er sich dazu durchringen konnte, die Nachricht zu öffnen. *»Interessantes Video«*, stand im Textfeld geschrieben. Darunter befand sich ein Link. Sonst nichts.

Auf seiner Oberlippe bildeten sich winzige Schweißtropfen, als er das Video anklickte. Schon nach den ersten Sequenzen wusste er, dass er den Film schon einmal gesehen hatte. Einen Film, von dem er dachte, dass er nach Amelies Tod nicht mehr existierte. Aufgenommen an einem verhängnisvollen Spätnachmittag im August 2005. Bruckner hatte ihn nach Kahl zum Ferienhaus bestellt. Der Herbst hatte in jenem Jahr bereits früh seine Boten vorausgeschickt. Die Blätter an den Birken leuchteten in kräftigem Gelb, und im See trieb schon vereinzelt Laub. Als er ankam, rief Bruckner ihn zu sich auf den Bootssteg. Amelie bereitete unterdessen das Abendessen zu. Ein Gericht mit Fleisch. Das hatte er an den Geruchsschwaden erkennen können, die der Wind vom Haus auf den See hinaustrug. Dass sein Chef ihn an seinem freien Tag zu sich zitierte, war nicht außergewöhnlich. Auch nicht, dass er mit seinem Anliegen rasch zur Sache kam.

»Wo ist dein Löwenanhänger abgeblieben?«, erkundigte er sich, noch bevor er ihn begrüßen konnte. Auf den Glücksbringer angesprochen, den er vor Jahren bei einem Landgang in Hongkong gekauft hatte, war sein Mund mit einem Schlag trocken geworden. »Was ist? Hat's dir die Sprache verschlagen? Du bist doch Sternzeichen Löwe und trägst das Ding immer um den Hals.«

Er vermisste den Anhänger seit dem Tag der missglückten Geldübergabe. Doch bis zu diesem Moment hatte er nicht gewusst, ob er ihn erst im Wald oder schon in den Stunden zuvor verloren hatte.

»Schade, dass ausgerechnet du es bist, der mir das antut. Ein jämmerlicher Versuch, mich zu erpressen. Dabei hatte ich Pläne mit dir. Sogar große. Hab ich dich nicht immer wie einen Sohn behandelt?« Bruckner war einen Schritt auf ihn zugekommen und hatte ihm fest in die Augen gesehen. »Der einzige Grund, weshalb ich dich nicht wie eine Laus zerquetschen lasse, ist, dass du Amelie damals auf der MS Merdiva das Leben gerettet hast.«

Wer daraufhin zuerst laut geworden war, daran konnte er sich nicht mehr erinnern. Doch es war in jedem Fall Bruckner gewesen, der handgreiflich wurde. Der ihn am Pullover packte und zerrte, wogegen er sich mit einem kräftigen Stoß zur Wehr gesetzt hatte. Bruckner verlor das Gleichgewicht, stürzte und landete im See.

Er hatte den Rettungsring schon in der Hand gehabt, doch ein Ruf von Amelie ließ ihn in der Wurfbewegung innehalten.

»Tu es nicht. Du darfst Hugo nicht glauben, dass er dich am Leben lässt. Niemand kennt ihn so gut wie ich. Du oder er. Du musst ihn töten. Wenn du das tust, helfe ich dir.«

Mit der hölzernen Stake, die auf dem Bootssteg herumlag, hatte er Bruckner so lange unter Wasser gedrückt, bis dessen Körper nicht mehr an der Oberfläche auftauchte. Und Amelie hatte der Polizei das Märchen vom tragischen Unfall erzählt.

Nach Bruckners Tod war sein Sohn Klaus aus den USA nach Hause zurückgekehrt, um die Führung des Bestattungsunternehmens zu übernehmen. Ihn, den Mörder, hatte Amelie aus der Schusslinie gezogen. Keinen einzigen Tag musste er mehr für sie arbeiten. Ihr Versprechen, ihn zu unterstützen, hielt sie dennoch. Sogar eine kleine Zwei-Zimmer-Wohnung finanzierte sie ihm. Anfangs hatte er sich noch der Illusion hingegeben, dass sich sein Leben nun zum Besseren wenden würde. In seiner Naivität wertete er Amelies Fürsorge als Zeichen ihrer Dankbarkeit, sie von einem despotischen Ehemann befreit zu haben. Dass sie jedoch völlig anders tickte, bekam er an einem Samstagabend zu spüren, als sie unangemeldet bei ihm in der Wohnung erschien. Ob er ein Glas Wein mit ihr trinken wolle? Nach dem zweiten Glas zeigte sie ihm die Kopie des Videos, das sie vom Fenster des Ferienhauses aus aufgenommen hatte. Was er zu sehen bekam, schockierte ihn. Warum nur hatte sie Beweismittel geschaffen, wo sie doch den Mord vertuschen wollte?

Nach der Vorführung des selbst gedrehten Materials hatte sie einen zweiten, gekauften Film aus ihrer Handtasche geholt und die

DVD, ohne ihn um Erlaubnis zu bitten, in den Player eingelegt. Er schämte sich, dass es ihn anfangs sogar ein bisschen angetörnt hatte. Der Anblick der stöhnenden Mulattin, die auf einem rosa Plüschsofa von zwei Männern in Ledermasken genommen wurde. Gar nicht angetörnt hatte ihn allerdings, was auf dem Höhepunkt der Szene passiert war. Als Amelies altersfleckige Hand den Reißverschluss seiner Hose öffnete und gierig nach seinem Schwanz griff.

Seufzend wandte er den Blick vom Monitor ab. Er erhob sich und ging einige Schritte im Zimmer umher. Auf einmal spielten seine Nerven verrückt. Auf den Dielen, die er wie ein Wahnsinniger geschrubbt hatte, sah er wieder all das Blut. Und Fátimas verdrehten Leichnam und die Beinprothese, die er in ein dickes Tuch gewickelt und mit Steinen beschwert in den Main geworfen hatte. Beruhige dich, dachte er mahnend, um sich wieder auf ein normales Level herunterzubringen. Aber der Gedanke, dass Amelie das Video vor ihrem Tod an jemanden weitergegeben haben könnte, begann in seinem Kopf zu nagen. Wer verbarg sich hinter dem Webnamen »Bestattermord«? Und woher wusste der- oder diejenige, dass er, »hotcracker«, Bruckner getötet hatte? Martha fiel ihm ein. Seinen Alias kannte nur sie. Er hatte ihn ihr verraten müssen, als sie gemeinsam vor dem Computer saßen, damit er ihr »dieses Facebook erklärte«. Trotz oder gerade wegen ihres okkulten Krams hatte sie eben auch ein bisschen »modern« sein wollen. Falls Martha ihn in diese Lage manövriert hatte, musste auch sie im Besitz des belastenden Filmmaterials gewesen sein.

Doch was bezweckte »Bestattermord« mit seiner Nachricht? Im besten Fall wollte er Geld von ihm erpressen, das er nicht besaß. Und im schlimmsten Fall verbarg sich dahinter die nächste unersättliche Schlampe, die ihm auf perfide Art zu verstehen gab, dass sie ihn in der Hand hatte.

Er empfand unbändigen Ekel bei dem Gedanken daran, wie Amelie ihn weitergereicht hatte. Als sei er ein Gebrauchsgegenstand. Es hatte sie gekränkt, dass er sich nach dem Sex mit ihr regelmäßig übergeben musste. Als sie ihn im Bad beim Gurgeln mit Mundwasser erwischte und zur Rede stellte, giftete sie, dass er seinen mangelnden Respekt noch bitter bereuen werde. Die Woche darauf hatte er für den Zeichenkurs Modell stehen müssen. Und wieder eine Woche später hatte Selma vor seiner Tür gestanden. Ihr sei zugetragen worden, dass er sich für reifere Damen interessiere. Als er aus Fassungslosigkeit nichts erwidern konnte, drückte sie ihm eine Butlerlivree in die Hand und erklärte haarklein, was sie von ihm erwartete. Dann folgten Martha und Fátima. Damals hatte er keine Ahnung gehabt, was die Frauen über den Mord wussten und ob Amelie der Polizei das Video tatsächlich zuspielen würde, falls er sich ihren Freundinnen verweigerte. Die Rache einer gekränkten Frau.

Vor wenigen Wochen hatte ihn dann die Botschaft ereilt, dass Amelie unheilbar erkrankt war. Kurz vor ihrem Tod hatte sie ihn ein letztes Mal zu sich bestellt. Aber nicht, um ihm das Übliche abzuverlangen, sondern um mit ihm über seine Zukunft zu sprechen.

Immer noch geschockt über das virtuelle Auftauchen eines weiteren Mitwissers, kehrte er an den Computer zurück.

»Was soll das?«, tippte er ins Antwortfeld der Nachricht.

Die Reaktion erfolgte keine zehn Minuten später.

»Ich glaube, mein Freund, das weißt du am besten. Immerhin bist du im Film der Hauptdarsteller.«

»Geht's um Geld?«

»Was Sache ist, erkläre ich dir heute um siebzehn Uhr in Kahl am Ferienhaus.«

»Warum ausgerechnet dort?«, fragte er nach.

Doch Antwort erhielt er keine.

***

Nur schemenhaft hoben sich die Umrisse des Gebäudes vor dem dunklen Hintergrund des Sees ab. Das sanfte Rauschen des Windes drang an ihre Ohren. Sonst war kein Laut zu hören. Mannfeld wandte den Kopf zur Seite und spähte in den Wald hinein. Finsternis umhüllte die kahlen Bäume, die dicht an dicht im Schnee standen.

»Meinst du, er kommt?«, fragte sie und rückte die schusssichere Weste zurecht, die unangenehm auf ihre Brust drückte.

»Davon gehe ich aus«, antwortete Born, der nur eine Armlänge von ihr entfernt hinter einem Baum kauerte und das Areal mit dem Nachtsichtgerät absuchte.

Sie hätte nie gedacht, dass »hotcracker« so prompt auf ihre Nachricht reagieren würde. In puncto Fallestellen hatte Born einen guten Riecher bewiesen. Doch mittlerweile regten sich bei ihr Zweifel, ob die weitere Umsetzung seines Plans aufgehen würde. Unvorschriftsmäßig war ihre Vorgehensweise außerdem. Es hatte ihr nicht ganz eingeleuchtet, warum er »hotcracker« ausgerechnet zu dem Ferienhaus bestellt hatte und nicht an einen Ort in Frankfurt, der besser zu überwachen war. Das Haus am See sei ihm einfach so auf die Schnelle in den Sinn gekommen, hatte Born geantwortet. Vielleicht auch, weil dort der allererste Mord passiert war.

Zu ihrem Missfallen hatte es Born dann auch noch strikt abgelehnt, die Kollegen über ihren Einsatz zu informieren. Nicht einmal die bayerischen jenseits der Landesgrenze. Offenbar hatte er Bammel, sich vor größerer Mannschaft zu blamieren, falls »hotcracker« doch nicht erschien. Es war ein leichtsinniges und verdammt riskantes Spiel, auf das sie sich da einließen. Immerhin hatte der Mann bereits vier Menschen auf dem Gewissen, und es war durchaus möglich, dass er, in die Enge getrieben, vor weiteren zwei Morden nicht zurückschreckte.

»Könnte uns Fremden vielleicht eine falsche Adresse genannt haben?«, flüsterte Mannfeld, als sich eine Viertelstunde nach der verabredeten Zeit immer noch nichts getan hatte.

»Glaub ich nicht. Das würde der Typ sich nicht trauen. Und dass wir den Fehler gemacht haben und zur falschen Adresse gefahren sind, glaub ich auch nicht. Immerhin gibt's hier ein Ferienhaus, einen See und einen Bootssteg, von dem man ins Wasser fallen kann.«

»Aber …«

»Still.« Born packte sie am Arm und lauschte angespannt in die Dunkelheit. »Hast du das gerade gehört?«

»Was?«

»Ein Knacken. Drüben am Haus.«

Eilig griffen sie nach den Nachtsichtgeräten.

»Nichts«, sagte Mannfeld, nachdem sie Meter für Meter die Umgebung des Ferienhauses abgesucht hatte. »Vielleicht war es nur ein Tier, das das Geräusch verursacht hat.«

»Möglich, aber um auf Nummer sicher zu gehen, sehe ich lieber mal nach. Behalt du bitte das Gelände im Blick und gib mir Bescheid, wenn sich was tut.«

Kurz nachdem sich Born zum Ferienhaus Zutritt verschafft hatte, gab er übers Funkgerät Entwarnung. Mit einem sonoren *»Over«* meldete er sich ab. Im dem Moment entdeckte Mannfeld einen Schatten an der Veranda. Eine dunkel gekleidete Gestalt, die sich dem Haus vom Seeufer genähert haben musste und die nun mit einem großen Schritt über das Geländer stieg.

»Pass auf, Ludger, da kommt jemand über die Veranda.«

Als sie wieder in den Empfangsmodus schaltete, hörte sie nur lautes Rauschen.

»Ludger, verdammte Scheiße, hörst du mich? Er ist da.«

Sie presste das Nachtsichtgerät so fest an ihre Augen, dass der Druck des Okulars auf ihrer Haut schmerzte. Doch als sie zur Veranda spähte, war die dunkle Gestalt nicht mehr zu sehen. Ein, zwei Atemzüge lang hielt sie wie erstarrt inne. Dann zog sie die Waffe aus dem Holster und rannte los.

Nur wenige Meter trennten sie vom Haus, als sie Born plötzlich laut rufen hörte. Sekundenbruchteile später zerriss ein Schuss die Stille. Ein dumpfer Schlag und das Geräusch von berstendem Holz folgten. Ein Körper stürzte von der Veranda. Als sie näher kam, erkannte sie, dass es Born war, der bäuchlings im Schnee lag. Fluchend rappelte er sich auf. Sein Gesicht war blutüberströmt.

»Lauf«, forderte er sie auf und stöhnte gequält. Er deutete in die Richtung, in die »hotcracker« verschwunden war.

»Und du?«

»Komm schon allein klar.«

Zögernd dachte sie an Henry und dann an Jan.

»Jula, lauf! Lass das Arschloch nicht entkommen.«

»Halt! Stehen bleiben, Polizei!«

Ihr rechter Fuß rutschte kurz seitlich weg, als sie dem Mann über den vereisten Waldweg folgte. Schon bald spürte sie in ihrer Lunge ein heftiges Stechen, das jeden ihrer Schritte begleitete. In einer Wegbiegung schlug ihr ein tief hängender Ast ins Gesicht. Ihr rechtes Auge brannte. Keuchend blieb sie stehen.

»Halt! Stehen bleiben oder ich schieße!«, rief sie kraftlos und rieb sich das tränende Auge.

Als sie wieder einigermaßen scharf sehen konnte, war sie sich sicher, den Flüchtenden verloren zu haben. Da hörte sie irgendwo seitlich im Wald das Jammern einer Zündung. Sie sprintete los. Das Aufheulen eines Motors in den Ohren, hetzte sie den Hügel hinauf. Nein, dachte sie, bitte nein, und sah einen weißen Kleinwagen über einen Waldweg davonjagen. Sie zog die Dienstwaffe und zielte auf die Reifen. Drei kurz aufeinanderfolgende Schüsse peitschten durch den Wald. Aus zusammengekniffenen Lidern beobachtete sie, wie das Fahrzeug ins Schlingern geriet und gegen einen Baum krachte. Unmengen von Pulverschnee rieselten aus dem Geäst und umgaben die Karosserie in Sekundenschnelle mit einem weißen Nebel.

Nachdem sich die Wolke ein wenig gelegt hatte, näherte sie sich dem Wagen vorsichtig von hinten. Der Motor tuckerte leise, als sie dem Fahrer befahl, mit erhobenen Händen auszusteigen. Doch aus dem Inneren des Wagens erfolgte keine Reaktion. Als sich auch auf ihre zweite und dritte Aufforderung hin nichts rührte, öffnete sie, die Waffe im Anschlag, die Fahrertür. Ein schlaffer, leblos wirkender Körper sackte ihr entgegen. Mit klopfendem Herzen starrte sie in das blutverschmierte Gesicht eines bewusstlosen blonden Mannes, auf dessen Stirn eine breite Platzwunde klaffte.

EPILOG

Fremden legte das Rasierzeug beiseite und schaute aus dem Fenster. Es war das erste Mal, dass er Zeuge wurde, wie die Haflinger abends von der Koppel abgeholt wurden. Im schwindenden Tageslicht führte ein schlanker blonder Mann die Tiere am Zaumzeug hinter sich her. Vielleicht war es die große Ähnlichkeit, die der Pferdehüter auf die Entfernung mit dem Täter auf dem Video besaß, die ihn in diesem Moment an sein letztes Treffen mit Klaus Bruckner denken ließ.

Im Verlauf des Gesprächs, das vor fünf Tagen im Ausstellungsraum des Bestattungsunternehmens stattgefunden hatte, hatte er erfahren, dass es der Polizei gelungen war, den mehrfachen Mörder in der Nähe des Ferienhauses zu stellen. Dass Bruckner das ausgelobte Honorar in voller Höhe zu zahlen bereit war, damit hatte er nicht gerechnet. Zumal der Bestatter diversen kleinen Andeutungen zufolge mittlerweile zu wissen schien, dass er nicht der Jonas Fremden war, den er zu engagieren geglaubt hatte. Doch offenbar störte er sich nicht daran, denn er wurde nicht müde zu betonen, dass er, Fremden, ein moralisches Anrecht auf die volle Summe hatte. Schließlich habe er es durch das Aufstöbern des Filmmaterials möglich gemacht, das Verbrechen an seinem Vater aufzuklären.

Über die Hälfte des Honorars hatte er schon in die Sanierung des Fachwerkhauses gesteckt. Nachdem er Wagenladungen von Unrat und alten Möbeln den Containern des örtlichen Recyclinghofs anvertraut hatte, hatte er im Baumarkt einen Großeinkauf getätigt und die darauffolgenden Tage damit verbracht, die provisorische Plane auf dem Dach zu entfernen, die schadhaften Ziegel auszutauschen, im gesamten Haus lose Dielen festzuschrauben und in Flur und Schlafzimmer die anscheinend mit Pattex befestigte Blümchentapete von der Wand zu spachteln und durch Malervlies zu ersetzen. Die meiste Zeit hatte er in die gründliche Reinigung von Küche und Bad investiert. An den Muff im Wohnzimmer hatte er sich allerdings noch nicht herangetraut. Dort hingen nach wie vor die kitschigen Puzzles und Bocksgeweihe an den Wänden. Und auf den wild gemusterten Teppichen thronte immer noch das altmodische Mobiliar: die abgewetzte Kordpolstergarnitur, das Nierentischchen, der dunkel gebeizte Weichholzschrank und das Spirituosenschränkchen mit den zwei vereinsamten Schnapsflaschen hinter der Glasscheibe. Auch das Foto, das seinen Onkel mit Edgar Rosen und den beiden anderen Männern zeigte, zog auf der Abdeckplatte weiterhin Staub an, genau wie das daneben, auf dem Fremdens Vater dem ehemaligen RAF-Terroristen Stefan Wisniewski so ähnlich sah.

Vor zwei Tagen hatte er einen mutigen Entschluss gefasst. Nämlich den, die Detektei seines Onkels weiterzuführen. Als ordentlich angemeldetes Gewerbe mit neuen Visitenkarten und Briefpapier. Oben auf dem Briefkopf würde stehen: *»Jonas Fremden, Private Ermittlungen – seit über 40 Jahren«*. Bei der Vorstellung musste er lachen. Doch schon einen Atemzug darauf wurde er wieder ernst. Den zweiten großen Fall seiner jungen Karriere hatte er bereits. Gleich morgen würde er die Akte dazu anlegen und *»Felix Fremden«* auf den Ordnerrücken schreiben.

Ein Blick auf seine am Waschbeckenrand abgelegte Armbanduhr verriet ihm, dass er noch fast eine Dreiviertelstunde Zeit hatte. Zeit, die er nutzen sollte, in der Küche eine Tasse Tee zu trinken.

Gut gelaunt lief er die Treppe hinunter. Als er etwa in der Mitte des Flurs angekommen war, hörte er in seinem Rücken das altersschwache Rasseln der Türklingel. Rätselnd, wer ihm unangemeldet einen Besuch abstatten könnte, wandte er sich um. Vielleicht ist es ja diesmal der grimmig dreinblickende Nachbar, dachte er und ging zur Tür, um zu öffnen.

Er war erstaunt, dass es der Polizist aus Frankfurt war, der ihn vom obersten Absatz der Sandsteinstufen aus unsicher anlächelte.

»Nanu, was führt Sie zu mir?«, erkundigte er sich und starrte auf die ausrasierte Stelle an der linken Kopfhälfte des Mannes, auf der ein großes weißes Pflaster haftete. Der Name des Polizisten war Born, fiel ihm nun wieder ein; die Frau, die bei ihm gewesen war, hieß Mannfeld. »Sind es wieder die Frauenmorde, oder wollen Sie mir diesmal eine Moralpredigt wegen Felix halten?«

»Nichts von beidem«, antwortete Born und blickte zu Boden. »Ich möchte Sie gern um Entschuldigung bitten.«

»Für was?«

»Für mein forsches Auftreten neulich, den ›Penner‹ und die Drohung, die ich geäußert habe.«

Nanu? So etwas wie Anstand hätte er dem gegelten Fatzke gar nicht zugetraut.

»Gut, treten Sie ein. Und da Sie schon mal den weiten Weg zu mir in den Odenwald gemacht haben, können Sie mir auch gleich verraten, woher Sie von der Sache mit meinem Bruder wissen.«

Im Wohnzimmer klärte ihn Born auf, dass er aus Michelstadt stammte und mit Felix die Schulbank gedrückt hatte. Und dass das Verschwinden von Fremdens kleinem Bruder noch heute Thema bei Klassentreffen war. Überrascht, dass solch eine unerwartete Verbindung zwischen ihnen existierte, wechselte Fremden das Thema.

»Mir ist über Herrn Bruckner zu Ohren gekommen, dass der Täter ein Geständnis abgelegt hat.«

Born nickte. »Im Grunde ist es eine ziemlich düstere und deprimierende Geschichte, die Alexander Nowak bei uns zu Protokoll gegeben hat.« Er berichtete, wie der Täter von den drei getöteten Frauen und der in dieser Sache federführenden Amelie Bruckner auf infame Weise ausgenutzt worden war. Wie sie ihn mit ihrem Wissen über den Mord an Bruckner erpresst und ihm widerlichste sexuelle Dienste abverlangt hatten, was letztendlich dazu führte, dass er nach Amelie Bruckners Tod den Entschluss fasste, sich seiner Peinigerinnen zu entledigen.

»Eines will mir dabei aber nicht in den Kopf: Wieso konnte sich Alexander Nowak so sicher sein, nicht mit den Morden in Verbindung gebracht zu werden? In der Hinterlassenschaft seiner Opfer hätte doch durchaus der Film oder irgendein anderer Hinweis auf ihn als Täter auftauchen können.«

»Auf den Aspekt haben wir ihn angesprochen. Daraufhin hat er von seinem letzten Treffen mit Amelie Bruckner erzählt. Sie hat ihn kurz vor ihrem Tod zu sich bestellt und ihm versichert, dass der Film und sämtliche Kopien davon vernichtet seien und dass ihre Freundinnen keinen Beweis für den Mord an ihrem Mann besäßen. In dem Punkt hat sie offensichtlich gelogen. Das Video existierte noch.«

»Warum hat Amelie Bruckner den dreien überhaupt erzählt, dass Nowak Hugo Bruckner getötet hat?«

»Das geschah vermutlich infolge einer Kränkung, die sie durch Nowak erfahren hatte. In einem schwachen oder besonders hasserfüllten Moment hat sie ihren Freundinnen die Tat dann wohl andeutungsweise anvertraut. So ganz klar war ihm das selbst auch nicht. Er hat nie gewusst, was die anderen Frauen konkret gegen ihn in der Hand hatten.«

»Und die drei sind nicht auf die Idee gekommen, zur Polizei zu gehen?«

»Auf die Idee vielleicht schon. Aber sie haben eben lieber dichtgehalten. Sie wären nicht in den Genuss von Nowaks Vorzügen gekommen, wenn der Mann in den Knast gewandert wäre.«

»Trotzdem, er ist ein verdammt hohes Risiko eingegangen, die drei Hexen zu töten.«

»Was wäre die Alternative gewesen?«, fragte Born und lächelte mitleidig. »Das erniedrigende Leben des Sexsklaven fortzuführen?«

Nachdem Fremden den Besucher verabschiedet hatte, blickte er noch eine Weile durch die geschlossene Terrassentür in den inzwischen dunklen Garten. Die Geschehnisse der letzten Wochen kamen ihm jetzt vor wie Ereignisse aus einer fernen Epoche: dass er von Rosens Schergen überfallen und verschleppt worden war, dass er Todesangst verspürt, mit Liebeskummer gekämpft und einen kniffligen Fall gelöst hatte, den zu lösen er sich vorher niemals zugetraut hätte. An jedem anderen Nachmittag wäre er jetzt einfach im warmen Wohnzimmer sitzen geblieben und hätte seine Gedanken treiben lassen. Doch heute konnte und wollte er das nicht. Mit einem Lächeln auf den Lippen stemmte er sich aus dem Kordsessel. Es war an der Zeit aufzubrechen. Sein Herz hatte einen kleinen Salto geschlagen, als sie angerufen hatte, um sich im beiläufigsten Tonfall der Welt zu erkundigen, ob er nicht Lust habe, zum Abendessen bei ihr vorbeizukommen.